UN MAL
POUR UN BIEN

ŒUVRES DE DANIELLE STEEL AUX PRESSES DE LA CITÉ

Album de famille
La Fin de l'été
Il était une fois l'amour
Au nom du cœur
Secrets
Une autre vie
La Maison des jours heureux
La Ronde des souvenirs
Traversées
Les Promesses de la passion
La Vagabonde
Loving
La Belle Vie
Kaléidoscope
Star
Cher Daddy
Souvenirs du Vietnam
Coups de cœur
Un si grand amour
Joyaux
Naissances
Le Cadeau
Accident
Plein Ciel
L'Anneau de Cassandra
Cinq Jours à Paris
Palomino
La Foudre
Malveillance
Souvenirs d'amour
Honneur et Courage
Le Ranch
Renaissance
Le Fantôme
Un rayon de lumière
Un monde de rêve
Le Klone et Moi
Un si long chemin
Une saison de passion
Double Reflet
Douce-Amère
Maintenant et pour toujours
Forces irrésistibles
Le Mariage
Mamie Dan
Voyage
Le Baiser
Rue de l'Espoir
L'Aigle solitaire
Le Cottage
Courage
Vœux secrets
Coucher de soleil à Saint-Tropez
Rendez-vous
À bon port
L'Ange gardien
Rançon
Les Échos du passé
Seconde Chance
Impossible
Éternels Célibataires
La Clé du bonheur
Miracle
Princesse
Sœurs et amies
Le Bal
Villa numéro 2
Une grâce infinie
Paris retrouvé
Irrésistible
Une femme libre
Au jour le jour
Offrir l'espoir
Affaire de cœur
Les Lueurs du Sud
Une grande fille
Liens familiaux
Colocataires
En héritage
Disparu

(Suite en fin d'ouvrage)

Danielle Steel

UN MAL POUR UN BIEN

Roman

Traduit de l'anglais (États-Unis)
par Nelly Ganancia

LES PRESSES DE LA CITÉ

L'édition originale de cet ouvrage a paru en 2019 sous le titre *Blessing in Disguise* chez Delacorte Press, Random House, Penguin Random House Company, New York.

Les Presses de la Cité, un département Place des Éditeurs
92, avenue de France 75013 Paris

ISBN : 978-2-258-19174-7
Dépôt légal : mai 2021

Presses de la Cité
un département **place des éditeurs**

place des éditeurs

À mes merveilleux enfants,
Beatie, Trevor, Todd, Nick, Sam,
Victoria, Vanessa, Maxx et Zara,

Puisse la vie vous couvrir
de cadeaux sans contrepartie
et les malheurs toujours être suivis
de belles surprises !

Je vous aime,
Maman/D S

1

Par un bel après-midi de novembre, avant de partir pour son rendez-vous, Isabelle McAvoy prit le temps de contempler, dans leurs cadres en argent disposés sur son bureau parfaitement ordonné, les photographies de tous les êtres chers à son cœur. Il y avait là sa fille aînée, Theo, à l'âge de 3 mois dans les bras de son père, Putnam. Et Xela à 2 ans, qui regardait l'objectif d'un air indigné, les poings sur les hanches. Ce cliché la faisait toujours sourire. C'était tellement caractéristique de sa chère Xela, avec son tempérament de sergent-recruteur ! Tout le contraire de Theo-la-rêveuse qui, timide et discrète depuis sa naissance, tenait beaucoup de son père. Comme lui, elle semblait débarquée d'une autre planète, mal équipée pour notre monde... Isabelle avait placé le portrait de Declan à côté de celui d'Oona, encore bébé et déjà tout sourire. Oona était sans doute la personne la plus joviale qu'Isabelle ait jamais rencontrée ; depuis qu'elle avait vu le jour, elle exsudait la joie et la bonne humeur. Il y avait enfin une photo prise vingt ans plus tôt, alors que ses trois filles étaient réunies autour d'elle lors de vacances en Italie. Theo semblait mélancolique, Xela, ennuyée, et la petite Oona, morte de rire. Isabelle était leur dénominateur commun. Aujourd'hui, à 37, 32 et 26 ans, elles n'avaient pas vraiment changé.

Le temps avait filé sans qu'Isabelle s'en aperçoive. Theo vouait maintenant sa vie aux défavorisés : voilà seize ans qu'elle travaillait en Inde auprès des plus démunis. Xela, entrepreneuse de génie, se consacrait à sa passion pour les affaires, tandis qu'Oona s'occupait avec bonheur de ses enfants, de son mari et de sa belle-famille en Toscane. Seule Xela vivait encore à New York, où elles avaient grandi. Isabelle elle-même poursuivait une belle carrière de consultante artistique indépendante, après avoir longtemps été conservatrice dans une galerie réputée du centre-ville. À présent, elle avait ses propres clients, parmi lesquels de célèbres collectionneurs. Si certains désiraient seulement faire étalage de leur fortune pour impressionner leurs amis, d'autres écoutaient avec intérêt ce qu'elle avait à leur apprendre, et une petite minorité nourrissait un véritable engouement pour les beaux-arts. Elle travaillait depuis son domicile, une élégante maison de ville située sur la 44e Rue Est. Outre son bureau, elle y avait installé une petite galerie privée. Ce n'était pas une grande bâtisse, mais ses filles y avaient grandi et elle lui convenait parfaitement. Vingt-sept ans plus tôt, c'était grâce à Putnam qu'elle avait pu en faire l'acquisition et lancer son entreprise, florissante depuis le premier jour. Sans avoir amassé une fortune colossale, elle était à l'aise et pouvait venir en aide à ses filles quand le besoin se faisait sentir. Son goût très sûr s'exprimait aussi bien dans la décoration de sa maison que dans son style vestimentaire : simple, chic et épuré. À 58 ans, c'était encore une très belle femme.

Sur son bureau, Isabelle avait aussi une photo d'elle avec son propre père, Jeremy. Ils posaient devant le fabuleux manoir de Newport, dans l'État de Rhode Island, où elle avait passé toute son enfance. Sa mère, institutrice, était morte quand Isabelle n'avait que 3 ans. Son père était alors conservateur au Museum of Fine Arts de Boston, et spécialiste de l'impressionnisme et de la Renaissance. Lorsqu'elle se remémorait ses plus anciens souvenirs, Isabelle se voyait avec lui dans les salles du musée. Mais deux ans après la disparition de son épouse, il avait opté pour une reconversion. L'occasion s'était présentée au bout de quelques mois à parcourir les petites annonces de son journal : la famille Vanderbilt recrutait un régisseur pour l'une de ses spectaculaires propriétés. Une résidence de soixante-dix pièces dominant la mer, que la dynastie désignait – avec un sens certain de l'euphémisme – sous le nom de « cottage ». Une petite maison indépendante, sise sur le domaine, servait de logement de fonction. Jeremy préférait qu'Isabelle grandisse à la campagne plutôt que dans leur appartement étriqué du centre-ville de Boston, et cet emploi lui laissait plus de temps pour l'élever que son travail de conservateur. Il était responsable des œuvres d'art, des antiquités, mais aussi du management de tous les autres employés du domaine. Tout devait être parfaitement entretenu en permanence, au cas où les propriétaires arriveraient à l'improviste. Mais ils n'occupaient le manoir que quelques semaines par an, au mois d'août. Le reste de l'année, les Vanderbilt habitaient leurs différentes résidences de New York ou Londres – et ils étaient dans le sud de la France en juin et juillet.

Onze mois sur douze, Isabelle était donc libre de courir d'un bout à l'autre du domaine et accompagnait souvent son père à l'intérieur du manoir. Elle passait des heures à admirer les tableaux ; Jeremy répondait à toutes ses questions sur les œuvres et leurs créateurs. Ses premiers coups de cœur furent pour Degas et Renoir. N'ayant jamais rien connu d'autre, elle ne s'étonnait pas de vivre au milieu d'une telle opulence, alors que rien de tout cela ne leur appartenait. Ni elle ni son père n'en tiraient une quelconque fierté ou sentiment de propriété, ils appréciaient simplement la chance qu'ils avaient de vivre dans un cadre aussi exceptionnel. D'une certaine façon, c'était un peu comme s'ils habitaient dans un musée. Dans son enfance et son adolescence, Isabelle avait pour amis la gouvernante, le majordome, la cuisinière, les femmes de chambre et les valets. Toutefois, son père et elle se retiraient chez eux pour le repas du soir. Elle se lia peu avec ses camarades de l'école publique. Il lui semblait trop compliqué d'expliquer où elle vivait, et pour quelles raisons.

Son père ne fut guère surpris de la voir choisir un cursus d'histoire de l'art à New York University, et devenir bénévole les week-ends au Metropolitan Museum of Modern Art. En troisième année, elle partit étudier à la Sorbonne et profita de chaque moment de liberté pour hanter le Louvre, le Jeu de paume et toutes les expositions sur l'impressionnisme. Son père lui avait transmis sa passion pour ce mouvement dès qu'elle avait été en âge de parler. Isabelle lui écrivait régulièrement et lui racontait en détail les œuvres, les installations, la muséographie… Jeremy, qui avait économisé pendant de longues années pour lui payer des études, était très fier d'elle et la soutenait dans son ambition de postuler pour un emploi au Met ou dans une des galeries les plus prestigieuses de New York une fois décroché son diplôme. En attendant, à l'issue de son année à la Sorbonne, c'est dans une galerie parisienne qu'Isabelle avait été embauchée pour un stage de deux mois.

Et c'est là que son destin avait été scellé. Les décisions prises et les personnes rencontrées à l'époque influaient encore sur sa vie actuelle...

En ce début d'été, l'année de ses 20 ans, Isabelle était ravie de se retrouver dans les vénérables salles de la galerie Verbier. Les plus grands collectionneurs du monde entraient dans cet univers feutré pour admirer des tableaux tous plus fabuleux les uns que les autres, qu'ils acquéraient pour des sommes astronomiques. On ne confiait à la jeune fille que des tâches subalternes : nettoyer la machine à café, commander des plateaux-repas à la brasserie du coin pour les chargés de vente et leurs clients, dresser la table dans la salle à manger de la galerie. Elle apprit à se servir de différents matériaux pour emballer les tableaux en vue de leur livraison ou leur expédition, sous l'œil attentif de l'un des employés permanents. Comme les autres, elle devait enfiler des gants de coton blanc pour manipuler les œuvres. Si on ne lui confiait pas les toiles les plus précieuses, cela ne l'empêchait pas de les admirer. Lorsqu'elle croisait un client, ce qui ne se produisait que rarement, elle était priée de se contenter de le saluer, alors qu'elle parlait désormais couramment le français. Avec sa longue tresse de cheveux blonds, la jupe bleu marine et le chemisier blanc qu'elle portait au travail, elle avait l'air d'une écolière.

Un après-midi, environ une semaine après le début de son stage, la galerie entra en effervescence. Un client s'était annoncé. Isabelle ne retint pas son nom, mais elle comprit que la venue de ce grand collectionneur était un événement rare, car il ne quittait presque jamais son château en Normandie. Sa dernière visite remontait à deux ans.

Le galeriste, M. Robert Pontvert, flanqué de ses deux assistants, accueillit le visiteur dans le hall. Ils l'introduisirent discrètement dans un salon et demandèrent à Isabelle d'apporter une bouteille d'eau minérale. En s'exécutant, elle eut tout juste le temps de remarquer les quatre superbes Monet accrochés aux murs, offerts à l'œil scrutateur d'un homme taciturne, mince et de belle prestance. Alors qu'elle posait le plateau sur une table, il se tourna vers elle pour lui adresser un sourire. Puis, respectant la consigne, elle disparut sans un mot. Lorsque le monsieur ressortit de la pièce, une heure plus tard, accompagné du directeur de la galerie, ce dernier arborait un large sourire. En chemin, le client s'arrêta un instant pour examiner un petit tableau représentant une jeune femme nue.

Lorsqu'il fut parti, Isabelle prêta l'oreille à ce que ses collègues disaient de lui. Putnam Armstrong était américain, rejeton d'une riche famille de Boston, et vivait en France depuis une vingtaine d'années. Dans la galerie, l'ambiance était à la fête : il venait d'acquérir deux des Monet, avant de repartir aussi vite qu'il était arrivé à bord de sa vieille Rolls-Royce gris métallisé, confiée au voiturier le temps de sa visite.

Le lendemain, Isabelle l'avait oublié. Elle continua de vaquer à ses occupations, observant en silence le ballet des clients. Et puis, le troisième jour, le directeur de la galerie la convoqua dans son bureau. Avait-elle commis une erreur ? Elle suivait pourtant à la lettre toutes les instructions. Quelqu'un l'avait-il surprise à admirer les tableaux dans la chambre forte ? Elle n'en avait touché aucun, s'était contentée d'étudier ceux exposés sur des chevalets… Pourvu qu'elle ne soit pas renvoyée !

— Vous souvenez-vous de M. Armstrong, le client qui est venu voir les Monet avant-hier ? demanda Robert Pontvert.

— Oui, monsieur.

— En passant, il a remarqué le petit nu de notre exposition du moment et souhaiterait le revoir. Il voudrait que nous l'envoyions à son château. C'est à deux heures de route d'ici, en Normandie. Vous conduisez ?

— J'ai passé mon permis international avant de partir…

Elle n'avait cependant eu que très peu d'occasions de s'en servir. Pour les excursions autour de Paris, il était souvent plus facile de prendre le train…

Putnam Armstrong avait expressément demandé à ce que « la jeune personne qui lui avait servi la bouteille d'eau » lui livre le tableau, mais M. Pontvert n'en dit rien à Isabelle. D'habitude, M. Armstrong ne se souciait pas de qui acheminait ses œuvres d'art… Mais le galeriste avait à cœur de satisfaire les désirs de l'un de ses meilleurs clients, qui payait toujours rubis sur l'ongle.

— Très bien. Vous irez demain avec la voiture de la galerie. Le majordome, un certain Marcel Armand, vous attendra.

— Devrai-je rester au cas où M. Armstrong ne voudrait pas garder le tableau ? demanda-t-elle prudemment.

Elle craignait tant de commettre une erreur ! Mais pourquoi lui avaient-ils confié une tâche aussi délicate ?

— Contentez-vous de le remettre au majordome et revenez aussitôt. Vous ne verrez pas M. Armstrong. Il prendra son temps pour examiner le tableau et nous tiendra au courant de sa décision.

Isabelle avait l'impression qu'on venait de lui confier la garde du Saint-Graal. Cette nuit-là, elle eut du mal à trouver le sommeil. Et si elle se perdait sur la route du château ? Ou que le tableau soit abîmé lors d'un accident ? À moins qu'elle ne se fasse braquer ? Les pires scénarios défilaient dans sa tête. Le lendemain matin, en arrivant à la galerie, elle était plus pâle que d'habitude dans sa jupe plissée et son chemisier repassé de frais. Le tableau était déjà emballé pour le transport et calé entre les sièges à l'arrière de la Citroën. *Au moins, il ne risque pas de tomber*, songea Isabelle avec soulagement. On lui donna une carte routière et on lui assura que le château, à une demi-heure de Trouville, était facile à trouver. Elle prit le volant quelques minutes plus tard, mais ne parvint à se détendre qu'après avoir quitté l'agglomération parisienne pour se retrouver dans la campagne. Le paysage la fit un peu penser à la Nouvelle-Angleterre. Elle fut enchantée par les chaumières à colombages qui bordaient la route, et encore plus par la vision fugitive de la mer qui scintillait sous le soleil de juin. Grâce aux indications de M. Pontvert, elle arriva effectivement en deux heures devant les imposantes grilles du domaine. Elle appuya sur le bouton de l'interphone. Au bout de quelques instants, une voix masculine la pria d'avancer. Le portail s'ouvrit sur une allée interminable et bordée de part et d'autre d'arbres centenaires.

Le parc était immense, avec de superbes jardins à la française au pied du château. Isabelle avait presque accompli sa mission. Il ne lui restait plus qu'à trouver le majordome, lui remettre son précieux chargement et rentrer à Paris.

En descendant de voiture, elle vit un homme aux cheveux grisonnants sur le perron. Ce devait être le majordome... En tout cas, il la regardait d'un air désapprobateur, sourcils froncés, comme si elle était entrée dans la propriété par effraction. Isabelle s'empressa d'aller à sa rencontre pour expliquer l'objet de sa visite. Il opina du chef. Alors qu'elle retournait prendre le tableau dans la voiture, Putnam Armstrong la rejoignit pour la saluer.

— Vous n'avez pas eu trop de mal à nous trouver ? s'enquit-il d'un ton affable.

— Pas du tout. M. Pontvert m'avait bien indiqué le chemin, répondit-elle en anglais.

— Oh, vous êtes américaine ? Je vous croyais française.

Il s'abstint de lui dire qu'elle ressemblait à une écolière avec ses cheveux tressés et ses ballerines plates.

— Merci pour le tableau, poursuivit-il. Il me hante depuis que je l'ai vu l'autre jour. Je tenais absolument à y jeter un second coup d'œil, mais c'est un peu l'expédition pour venir jusqu'ici...

— La route est superbe, le rassura-t-elle. C'était un plaisir pour moi.

Elle ouvrit la portière arrière et lui remit précautionneusement la toile. Au garde-à-vous en haut des marches, le majordome continuait de les observer comme si la jeune fille risquait d'agresser le maître des lieux.

Pendant un instant, Putnam étudia Isabelle de ses yeux sombres comme la nuit. On aurait dit qu'elle lui rappelait quelqu'un, ou qu'il se souvenait de l'avoir croisée dans une autre vie... Enfin, il s'adressa à elle d'une voix douce :

— Puis-je vous offrir quelque chose à boire ? Un jus de fruits, un soda ? Un verre d'eau, peut-être ? Il fait une de ces chaleurs...

Isabelle hésita. À la galerie, on ne lui avait donné aucune instruction pour le cas où on l'inviterait à entrer dans le château ! Ni elle ni M. Pontvert n'avaient envisagé cette éventualité. Finalement, le sourire chaleureux de Putnam la convainquit : la proposition semblait sincère, il aurait été impoli de refuser.

— Avec plaisir. Mais je ne reste qu'une minute, je ne veux pas vous déranger.

Ils remontèrent l'escalier sous le regard glacial du majordome, puis pénétrèrent dans un hall tout en longueur, plongé dans la pénombre. Lorsque Putnam alluma, Isabelle fut époustouflée par les tableaux impressionnistes qui tapissaient les murs. Il la laissa les admirer un moment, puis la conduisit dans un immense salon aux imposantes cheminées lui aussi plein d'œuvres d'art et d'antiquités. Les portes-fenêtres donnaient sur une terrasse dominant la mer : perché sur une falaise, le château surplombait une anse. Des barques et de petits voiliers étaient échoués sur la plage.

— Que c'est beau ! souffla-t-elle.

— Vous comprenez que je ne quitte presque jamais mon nid d'aigle… Je ne me rends à Paris qu'une ou deux fois par an. C'est si calme, ici !

« Mais bien solitaire », songea Isabelle sans oser le formuler à voix haute. Elle se demanda s'il avait femme et enfants. Son regard insondable dégageait quelque chose de profondément mélancolique…

Le collectionneur laissa le tableau sur un bureau, dans un coin de la salle de séjour. Il ne semblait pas pressé de le déballer, pas plus que de voir Isabelle repartir. C'est alors que le majordome fit son apparition pour demander à la jeune fille, d'un ton pincé, ce qu'elle désirait boire. Puis Putnam la guida sur la terrasse, où il l'invita à prendre un siège.

— Racontez-moi un peu ce qui vous a amenée à Paris.

Plus tard, Isabelle apprendrait qu'il l'avait d'abord prise pour la nièce timide d'un des employés de la galerie. Venue en renfort pour l'été, elle ne se sentirait pas obligée de lui faire la conversation en livrant le tableau, avait-il calculé. Or cette Américaine au joli minois se révélait d'une part très mûre dans son attitude, et d'autre part très au fait du marché de l'art. Désormais, Putnam ne cherchait pas à fuir le contact, tant s'en fallait…

L'homme et la jeune femme passèrent une heure à bavarder au soleil en contemplant la mer. Elle lui parla de son année à la Sorbonne, mais aussi de son enfance hors du commun à Newport, entourée de richesses qui ne lui appartenaient pas. Âgé de 47 ans, Putnam avait eu l'occasion de visiter le cottage Vanderbilt avant la naissance d'Isabelle. Il lui fit remarquer que c'était un peu l'histoire du film *Sabrina.* Elle rit à cette idée, mais objecta que les propriétaires n'étaient presque jamais là : contrairement au personnage joué par Audrey Hepburn, elle n'avait pas eu l'occasion de tomber amoureuse d'un riche héritier… De plus, son père n'était pas chauffeur, mais historien de l'art devenu régisseur. Isabelle avait toujours pensé qu'il retournerait travailler dans un musée quand elle partirait étudier, or Jeremy était heureux de la vie au grand air dont il jouissait sur la propriété. Il était très reconnaissant envers ses patrons de lui avoir permis d'élever sa fille dans ces conditions exceptionnelles.

— Votre vie est fascinante, mademoiselle McAvoy.

Il comprenait maintenant pourquoi elle semblait si à l'aise au château, sans pour autant sortir de son rôle.

Au grand dam de son majordome, Putnam invita Isabelle à rester pour le déjeuner. M. Armstrong n'avait pas l'habitude de recevoir, il passait le plus clair de son temps seul, à lire ou à se promener sur la plage. Marin expérimenté, il avait passé tous ses étés d'adolescent à Cape Cod, et manœuvrait seul son petit voilier. Le domestique savait, sans plus de détails, qu'il était venu en France à la suite d'un accident de navigation.

Autour d'un repas tout simple mais délicieux préparé par la cuisinière – poulet rôti et salade verte –, Isabelle apprit que Putnam était le fils unique de vieux parents plutôt froids et distants. À l'âge de 25 ans, il s'était installé en France et n'était jamais retourné aux États-Unis. Il n'était pas proche du reste de sa famille. La jeune femme, qui avait été baignée dans la tendresse de son père, en fut attristée pour lui. Puis la conversation se porta sur l'art, ce qui semblait un sujet moins intime. Après le repas, il déballa enfin le tableau qu'elle avait apporté et ils le regardèrent ensemble.

— Je crois que je vais la garder, déclara-t-il, songeur. Je vais la mettre dans ma chambre à coucher.

Putnam ne se rendait visiblement pas compte de ce que cette phrase pouvait avoir de suggestif, toutefois Isabelle fut soulagée qu'il ne lui propose pas de visiter la chambre en question ! Pendant le déjeuner, elle n'avait jamais eu l'impression qu'il tentait de la séduire. Il semblait juste heureux d'avoir quelqu'un à qui parler de peinture et de ses jeunes années en Nouvelle-Angleterre. On l'aurait dit suspendu entre deux époques et deux continents : pour lui, le temps s'était arrêté dans ce château qu'il ne voulait plus quitter.

Au bout d'un moment, Isabelle déclara qu'elle ferait mieux de rentrer : il était déjà 16 heures, elle devait ramener la voiture avant la fermeture de la galerie.

— Merci d'être venue me voir, dit-il en lui tenant la portière.

— Merci pour le déjeuner et pour la visite, répondit-elle avec sincérité. Si vous le permettez, je parlerai à mon père de votre fabuleuse collection. Je suis contente que vous gardiez le tableau. Elle est si jolie… Sa place est ici.

Alors qu'Isabelle s'éloignait dans l'allée, il lui adressa un signe de la main, puis rentra dans le château, pensif. Sa visite avait apporté une bouffée d'air frais entre ces vieux murs. D'un autre côté, elle avait ressuscité certains souvenirs qu'il préférait oublier. Putnam descendit sur la plage et hissa la voile de son bateau : il n'y avait rien de tel qu'un petit tour en mer pour lui changer les idées.

De retour à la galerie, Isabelle expliqua que M. Armstrong avait décidé de garder le tableau, ce qui remplit M. Pontvert de satisfaction.

— Nous commencions à croire que vous vous étiez enfuie avec la voiture, plaisanta le directeur.

En réalité, ils étaient plutôt inquiets pour elle... et craignaient qu'il soit arrivé quelque chose au tableau.

— Il m'a demandé d'attendre, le temps de prendre sa décision, se contenta d'expliquer Isabelle.

Elle ne tenait pas à raconter qu'elle avait passé l'après-midi avec Putnam...

— Le majordome vous a-t-il au moins donné quelque chose à manger ? Il n'est pas toujours des plus accueillant.

— Oui, on m'a servi à déjeuner.

Peu après, la galerie ferma ses portes et Isabelle regagna sa chambre de bonne située sur la rive gauche. Quelle belle journée elle venait de passer ! Le château de Putnam avait pour elle quelque chose de familier ; il lui rappelait le cottage Vanderbilt. En tout cas, cette excursion constituait un changement agréable dans la routine de son stage. Ce serait un beau souvenir et elle avait hâte de tout raconter à son père.

Quatre jours plus tard, Putnam appela la galerie pour demander à voir un autre tableau qui avait attiré son attention. Et cette fois encore, il tenait à ce qu'Isabelle le lui apporte.

— Vous serez bientôt notre meilleure commerciale, la taquina M. Pontvert en lui tendant les clés de la voiture.

Enchantée de revoir Putnam, elle arriva rapidement à destination : elle connaissait la route, désormais. Le châtelain dévala les marches du perron pour venir à sa rencontre et accueillit la visiteuse comme une vieille amie.

D'emblée, il lui proposa une promenade sur la plage et lui montra son voilier, un vieux bateau en bois qu'il avait restauré lui-même, et dont il était très fier.

— Aimez-vous la voile ? demanda-t-il. Je vous emmènerai, un jour.

Pour l'heure, ils se contentèrent d'une longue marche sur la plage avant de regagner le château. Marcel, le majordome, était revenu du village, où il avait emmené la cuisinière faire des courses. Putnam demanda à ce qu'on leur serve des sandwichs sur la terrasse. Lorsqu'ils furent installés au soleil, il pria Isabelle de lui raconter sa semaine et s'étonna de la trivialité des tâches qu'on lui confiait à la galerie.

— Ce stage ne me paraît pas des plus palpitant...

— Pas vraiment, non ! Sauf quand je viens vous voir. J'aime bien mon rôle de coursier.

Il sourit, enchanté de la voir aussi à l'aise en sa compagnie. Quant à Marcel, il ne semblait plus aussi hostile en leur apportant les sandwichs, mais toujours profondément perplexe. En vingt-cinq ans, M. Armstrong n'avait reçu que deux ou trois visiteuses, mais cela n'avait jamais duré longtemps ; pour autant qu'il sache, il n'y avait eu personne dans sa vie depuis une dizaine d'années. Et cette jeune personne aurait facilement pu être sa fille !

Après le déjeuner, ils examinèrent le nouveau tableau, une marine signée par un peintre italien inconnu d'Isabelle. Putnam décida de le garder également. Alors qu'elle s'apprêtait à repartir, il l'invita à rester pour dîner. Elle n'hésita pas longtemps : cette fois, M. Pontvert lui avait confié la clé du garage, au cas où elle aurait du retard.

Ils dînèrent côte à côte dans la salle à manger. Assise à cette immense table de chêne, elle ressemblait plus que jamais à une écolière, et Putnam était profondément touché par l'innocence qu'elle dégageait. Ils bavardèrent pendant des heures, puis c'est avec un air de regret qu'il lui dit au revoir et lui recommanda d'être prudente sur la route.

— La prochaine fois que vous viendrez, apportez des vêtements plus adaptés et nous ferons un tour en bateau, si cela vous dit, suggéra-t-il, plein d'espoir.

Pour le moment, tant qu'il continuait à acheter des toiles, la galerie lui envoyait Isabelle. Ce qui se passait au château ne les concernait pas.

Tout au long du mois de juin, Putnam demanda à voir d'autres tableaux dont la galerie lui envoyait les photos. Isabelle les lui apportait et il les achetait presque tous. Mais il ne se contentait plus de l'inviter à déjeuner : ils faisaient de la voile et profitaient de la plage, heureux de bavarder comme de garder le silence ensemble.

Ils se connaissaient depuis un mois lorsqu'elle osa lui demander pourquoi il n'était jamais retourné aux États-Unis et ne s'était jamais marié.

— J'ai été fiancé, commença-t-il, le regard perdu à l'horizon. C'était ma meilleure amie. Quand nous nous sommes rencontrés, j'étudiais à Harvard et elle à Radcliffe. Elle s'appelait Consuelo. Elle n'avait que deux ans de plus que vous aujourd'hui lorsque nous avons été pris dans une tempête, au large des côtes du Maine. Nous avons chaviré. J'ai échoué sur une île, où on m'a secouru le lendemain. Son corps a été retrouvé une semaine plus tard. Je m'en suis terriblement voulu. Tout le monde me répétait que ce n'était pas de ma faute, mais je ne pouvais pas l'entendre. Depuis, je n'ai jamais eu envie de me remettre avec quelqu'un. Trop de responsabilités. De la même façon, je n'envisage pas d'avoir des enfants. Mes parents m'ont infligé une éducation atroce. Ils étaient très durs, critiquaient tout ce que je faisais. Je n'étais jamais à la hauteur de leurs attentes. Et quand ils ne m'accablaient pas de reproches, ils m'ignoraient. Ils n'auraient jamais dû avoir d'enfant. Avec un modèle pareil, je ne veux pas commettre la même erreur.

— Vous n'êtes ni froid ni distant, remarqua Isabelle.

— Peut-être, mais je ne saurais pas comment m'y prendre. Dans ma famille, seules les apparences comptaient, certainement pas l'amour. Consuelo, c'était tout l'inverse : une personne solaire, un esprit libre... elle vous ressemblait beaucoup. Moi, je n'ai jamais eu une telle joie de vivre. Mes parents l'ont piétinée dès mon plus jeune âge. Depuis, je vis dans l'obscurité, je compte sur les autres pour m'apporter un peu de lumière, mais je ne supporte jamais cette clarté bien longtemps. Le besoin de solitude finit toujours par l'emporter. Consuelo l'avait très bien compris, et cela ne semblait pas la déranger. C'était quelqu'un d'exceptionnel. Avec le recul, je pense que je n'aurais pas fait un bon époux. Mais j'ai été heureux avec elle.

Isabelle avait elle aussi compris son besoin d'isolement. Elle devinait à quel point il lui était douloureux de fréquenter ses semblables, aussi ne s'imposait-elle jamais quand il était silencieux. Plus elle le connaissait, plus elle avait envie de fendre l'armure dont il se protégeait...

— Je suis arrivé en France six mois après l'accident, reprit-il après une pause. Je ne supportais plus que les gens viennent me présenter leurs condoléances, alors que beaucoup me tenaient pour responsable du drame, j'en suis certain. Il était plus facile de fuir que de lire ma culpabilité dans leurs yeux. Ici, personne n'avait entendu parler de cette histoire. J'ai acheté le château et j'y suis resté. Mes parents étaient déjà morts au moment de l'accident. Je vivais dans leur maison pleine de fantômes... Rien ne me retenait en Amérique. Parfois, il faut savoir laisser le passé derrière soi. Je n'ai pas de mauvais souvenirs de ce côté de l'Atlantique.

« Pas davantage de bons souvenirs non plus », songea Isabelle. Comment pouvait-il se contenter de cette existence sans passion ? Il était trop jeune pour se retirer du monde. À quel moment avait-il perdu foi en la vie ? Au cours de son adolescence, déjà ? Alors qu'il lui adressait un sourire mélancolique, Isabelle songea qu'il y avait quelque chose de profondément injuste dans la solitude qu'il s'imposait pour fuir le passé.

— Et vous ? demanda-t-il. Avez-vous un petit ami qui vous attend au pays ? À moins que vous n'ayez rencontré un jeune Français dont vous briserez le cœur en repartant ?

Alors qu'elle secouait la tête à chacune des deux questions, Isabelle ressentit un léger pincement au creux du ventre. Ils étaient côte à côte sur le sable, en maillot de bain, et reprenaient leur souffle après une baignade revigorante. Tous deux étaient excellents nageurs. Enfin, Isabelle se confia :

— Quand j'avais 15 ans, j'ai fait une bêtise. J'en ai payé le prix et je ne veux pas revivre la même chose. Les garçons de mon âge ne sont pas toujours très délicats…

— Je suis navré que vous ayez déjà essuyé des déconvenues, vous qui êtes encore si jeune et innocente. Vous méritez mieux.

— Pas si innocente que cela…

Putnam eut un petit rire tendre.

— Vous ne m'avez pas l'air d'une croqueuse d'hommes non plus, murmura-t-il en plongeant son regard dans le sien. À la galerie, tout le monde doit imaginer que je profite de la situation pour abuser de la jolie stagiaire…

Le cœur battant, Isabelle se demanda s'il allait l'embrasser, mais quelque chose le retint.

— Marchons un peu, voulez-vous ? dit-il en se relevant.

Entre tableaux et voyages en Normandie, entre déjeuners sur la terrasse et promenades sur la plage, juillet arriva. Habitué aux visites d'Isabelle, le majordome l'accueillait maintenant avec un visage impassible, mais sans hostilité. Force était de constater que son employeur semblait parfaitement heureux en compagnie de la jeune fille. Elle était avec lui d'une patience angélique.

Fin juillet, alors qu'ils prenaient un dernier café au clair de lune sur la terrasse, Isabelle rappela à Putnam que son stage touchait à sa fin et avec lui son séjour en France. Putnam ne répondit pas tout de suite. Il semblait à la fois surpris de cette nouvelle – comme s'il n'avait pas vu le temps passer – et aux prises avec ses propres démons. Enfin, il leva les yeux vers elle :

— Et si je vous demandais de rester ? Pas pour toujours – je préfère que ce soit clair dès le début. Mais pour un mois de plus, jusqu'à la rentrée ? Vous pourriez vous installer au château…

— En toute amitié ? fit Isabelle, troublée.

— J'avais… autre chose en tête.

À ces mots, il se pencha au-dessus de la petite table et déposa sur ses lèvres un baiser brûlant. Isabelle n'aurait pas soupçonné tant de passion de la part d'un gentleman aussi policé.

— C'est d'accord, dit-elle d'une voix étranglée par le désir.

— J'en avais envie depuis votre première visite, il y a deux mois. Mais je ne voulais pas vous effrayer…

— Vous ne m'effrayez pas, Putnam. Je vous aime depuis le premier jour.

— Moi aussi, je vous aime, Isabelle, mais je ne veux pas vous mentir. Nous n'aurons pas d'avenir commun. Je ne vous demanderai pas de devenir ma femme ou de rester plus longtemps. J'en suis incapable. Tout ce que je peux offrir, c'est un mois ensemble, ensuite je vous laisserai poursuivre vos études et réaliser vos ambitions. Est-ce suffisant pour vous ?

— Je n'en demande pas davantage.

Mais au fond d'elle-même, Isabelle ne le croyait pas et espérait qu'il changerait d'avis après lui avoir ouvert son cœur…

— Alors je suis comblé. Je vous attends samedi prochain. Changez votre billet d'avion, rendez votre chambre comme prévu, et venez me rejoindre. Inutile d'en parler à la galerie… Mais je vous sais discrète. Que direz-vous à votre père ?

— Je peux inventer un prétexte, par exemple que la galerie a besoin de quelqu'un pour assurer un service minimum au mois d'août. Mon père ne s'oppose jamais à mes projets, surtout s'il s'agit d'apprendre quelque chose ou d'enrichir mon CV.

Pour la première fois, Isabelle allait mentir à Jeremy. Elle aurait fait n'importe quoi pour rester avec Putnam et tenter de lui redonner foi en l'amour…

Trois jours plus tard, elle descendit du train avec ses deux sacs de voyage, après avoir fait envoyer ses livres à Newport. Putnam l'attendait à la gare avec la Rolls. Marcel la regarda avec des yeux ronds en la voyant arriver au château avec tous ses bagages. M. Armstrong, qui ne lui avait rien dit, pria le majordome de les monter dans l'une des suites réservées aux invités. Mais le domestique ne mit pas longtemps à comprendre que la jeune femme passerait ses nuits dans la chambre de Monsieur. Au fil des jours, Isabelle ouvrit les volets, retapa les coussins, cueillit des fleurs dont elle composa des bouquets dans toutes les pièces. Elle fit l'effet d'un véritable rayon de soleil entre les murs du château. Même Marcel se laissait aller à esquisser un sourire de temps à autre.

Le mois d'août se déroula comme dans un rêve. Quand ils ne profitaient pas de la mer, ils partaient en voiture pour de longues escapades à travers la campagne. Et toutes les nuits, ils faisaient l'amour pendant des heures, avant de s'endormir lovés l'un contre l'autre. Putnam initia Isabelle aux plaisirs de la chair avec patience et habileté, comme s'il les découvrait lui-même.

Pour elle, c'était une belle revanche sur une première expérience qu'elle aurait préféré oublier…

Qu'ils plaisantent ou qu'ils débattent d'arts et de lettres, leur complicité se faisait plus profonde de jour en jour. Isabelle s'était rendu compte dès leur rencontre de l'érudition de Putnam. En apprenant à mieux le connaître, elle comprit que sa posture de misanthrope dissimulait un cœur généreux, soucieux du sort des déshérités. Les dividendes de ses investissements étaient en grande partie versés à des organisations philanthropiques, dédiées pour la plupart à la protection de l'enfance et de la jeunesse. Putnam expliqua à Isabelle les différents programmes qu'il finançait : plusieurs villages du tiers-monde avaient survécu à de terribles crises et vu les conditions de vie de leurs habitants s'améliorer durablement grâce à lui. Cependant, il ne tirait aucune gloire personnelle de son action humanitaire, et Isabelle ne l'en admirait que davantage.

Quand le mois d'août approcha de son terme, les deux amoureux furent durement rattrapés par la réalité. Isabelle avait promis à son père d'être de retour début septembre, pour le week-end prolongé de Labor Day. Et, respectant leur accord, Putnam ne lui proposa pas de rester plus longtemps

Lors de leur dernière nuit, il la serra sur son cœur, des larmes plein les yeux.

— Je n'ai pas envie que tu partes, murmura-t-il en s'agrippant à elle comme à une planche de salut. Mais je ne peux pas te demander de rester. Je ne réussirais qu'à te décevoir, je le sais. À un moment ou à un autre, j'aurai besoin de me retrouver seul et de me couper de mes émotions, pour une période indéterminée.

— Je t'attendrai, objecta Isabelle, elle aussi en larmes.

— Non. Je ne veux pas que tu te sacrifies. Ta place est dans le monde. Tu es jeune, tu es vivante. L'avenir regorge de promesses pour toi, or elles ne sont pas compatibles avec mon mode de fonctionnement. Je n'oublierai jamais cet été en ta compagnie, et je t'aimerai toujours. Mais tu ne peux pas rester. Tu finirais par me détester.

— Je ne te détesterai jamais, Putnam, je t'aime tel que tu es.

— Alors il faut que tu partes demain sans te retourner. Tu emporteras mon cœur. Je t'ai donné tout ce que je pouvais.

— Et ça me suffit, déclara-t-elle.

Elle en était presque convaincue…

Elle eut à nouveau les yeux humides en prenant congé de Marcel.

— Vous nous manquerez, mademoiselle, dit-il après avoir mis ses valises dans le coffre de la Rolls.

À la gare, Putnam l'étreignit à l'étouffer. Il lui répéta qu'il l'aimait, puis l'aida à monter dans le train et Isabelle le regarda devenir de plus en plus petit sur le quai. Arrivée à Paris, elle prit le bus pour l'aéroport, où elle se sentit seule et abandonnée. Dès le début, elle avait su au fond d'elle-même qu'elle aurait le cœur brisé. Elle appela le château depuis une cabine ; Marcel répondit que M. Armstrong était parti en mer et lui souhaita à nouveau bon voyage. Elle embarqua telle une automate, comme sonnée par la force de son amour et l'intensité des derniers mois. Mais Putnam n'avait-il pas joué cartes sur table avec elle ?

2

Le père d'Isabelle l'attendait à l'aéroport de Boston. Bien qu'elle ne l'ait pas vu depuis un an, elle le trouva tel qu'elle l'avait quitté. Le mois d'août avait été aussi chargé que d'habitude pour Jeremy, les propriétaires venaient de repartir.

— Tu as bien fait de rester en France, ma chérie. Le cottage était plein d'invités pendant un mois, et les Vanderbilt m'ont confié quantité de nouveaux projets. Ils veulent redessiner entièrement le jardin sud pour y planter un verger et agrandir les écuries. M. Vanderbilt se lance dans l'élevage de chevaux de course. Madame veut faire repeindre le rez-de-chaussée, donc j'ai dû déplacer tous les tableaux. Je n'ai pas eu une minute à moi. Et sinon, comment va ma petite Parisienne ? Quand tu m'as dit que tu repoussais ton retour, j'ai imaginé que tu étais tombée amoureuse d'un garçon français !

Isabelle secoua la tête et regarda par la vitre pour cacher ses larmes. Elle n'avait même pas besoin de mentir : Putnam n'était en rien un « garçon français ». Il était bien plus que cela. Mais son père ne comprendrait jamais qu'elle puisse s'éprendre d'un homme de vingt-sept ans son aîné, qui ne lui proposait qu'une relation à durée limitée. Ce serait son secret. Elle aimait Putnam plus que jamais, d'autant plus, peut-être, qu'il restait inaccessible.

De retour à la maison, Jeremy remarqua que sa fille était bien silencieuse, mais se dit que c'était dû à la fatigue du voyage, au terme d'une année bien remplie dans un pays étranger. Il était certain qu'elle retrouverait sa vivacité coutumière dès que les cours auraient repris. Cinq jours après son arrivée, elle montait dans le train pour New York et se sentit complètement déconnectée en réintégrant sa chambre d'étudiante. Elle pleurait sans arrêt et écrivait à Putnam deux lettres par semaine. Comme elle ne voulait pas avoir l'air de mendier son amour, elle s'efforçait de garder sur le papier un ton léger et positif, mais pleurait de plus belle. Et pourquoi était-elle dans un tel état de fatigue ? À la Sorbonne non plus, elle n'avait pourtant pas ménagé ses efforts... Voilà qu'elle peinait à remettre les devoirs à temps, il lui arrivait même de s'endormir sur ses révisions. Au bout d'un mois d'épuisement et de langueur, elle commença à se sentir patraque dès le réveil.

D'après ses lettres, Putnam ne semblait pas non plus au mieux de sa forme. Il disait qu'elle lui manquait terriblement et que le château était d'un silence macabre en son absence. Alors pourquoi lui interdisait-il de revenir ? Il était retourné dans l'obscurité de sa « grotte », selon sa propre expression, pour des raisons qui lui appartenaient.

Octobre fut encore pire que septembre, mais Isabelle continuait de cacher son mal-être à son père. Le 1er novembre, enfin, elle comprit ce qui lui arrivait, après deux mois de déni. Cela avait dû se produire lors des derniers jours au château… Les genoux tremblants, elle se rendit à l'infirmerie du campus pour une analyse de sang, ne sachant si elle espérait être enceinte ou ne pas l'être. Putnam lui avait suffisamment signifié qu'ils n'auraient pas d'avenir commun… Mais si un enfant était en jeu, la laisserait-il revenir ?

L'infirmière la reçut le lendemain pour lui faire part du résultat de vive voix : le test était positif. Sous le choc, Isabelle regagna sa chambre et s'allongea sur son lit. Voilà qui expliquait son état des dernières semaines. Les crises de larmes, l'épuisement, les nausées… Vers qui se tourner, maintenant ? Tôt ou tard, elle serait bien obligée de le dire à Putnam et voir comment il réagirait. Elle ne voulait prendre aucune décision sans son avis et n'en parlerait à son père que dans un second temps.

Après deux semaines d'insomnie, elle prit son courage à deux mains et appela Putnam. Dans un état de sidération, elle n'avait même pas osé prendre rendez-vous chez le gynécologue, mais avait calculé que le terme de la grossesse se situait vers la fin mai. Avec un peu de chance, elle aurait le temps de décrocher son diplôme... À moins que son amant ne lui demande de le rejoindre sans plus attendre, ce qu'elle espérait de tout son cœur. Elle n'avait pourtant jamais voulu le piéger. Ils avaient été relativement prudents... Il fallait croire que « relativement » ne suffisait pas.

Il était très tard en Normandie, mais Isabelle savait que Putnam ne serait pas encore couché. Le son de sa voix l'enveloppa telle une caresse. Il était surpris de l'entendre : jusqu'à présent, elle avait respecté son souhait de rester en contact par le seul courrier.

— Quelque chose ne va pas ? demanda-t-il.

Les larmes jaillirent des yeux d'Isabelle.

— Oui... non... je ne sais pas. J'ai quelque chose à te dire, commença-t-elle, se sentant pathétique. Et je suis désolée de le faire par téléphone. Enfin voilà : je viens d'apprendre que je suis enceinte.

— Bon Dieu ! lâcha Putnam avec un accent de panique. Comment est-ce que c'est arrivé ?

Enfin, non, pardon, je me doute bien comment c'est arrivé… Que vas-tu faire ? Est-il trop tard pour avorter ?

— Je ne me suis rendu compte de rien pendant plus de deux mois. J'ai cru que je me sentais mal parce que tu me manquais… Mais c'était l'arbre qui cachait la forêt. Alors voilà : veux-tu que je revienne ?

Après une courte pause, la réponse tomba, implacable :

— Non, et tu m'en vois profondément désolé. Je t'aime plus que jamais, mais c'est au-dessus de mes forces. Je ne suis pas apte au mariage, ni à quoi que ce soit qui implique un engagement à plein temps. Bien entendu, je ne peux pas te forcer à avorter si ce n'est pas ce que tu souhaites, loin de moi cette idée. Mais je suis persuadé que si tu revenais, que ce soit maintenant ou dans six mois, je deviendrais vite invivable. Je connais mes limites et je sais que cela ne se passerait pas bien.

Isabelle avait beau être prévenue, elle était au désespoir.

— Sois sans crainte si tu décides de garder le bébé, la rassura-t-il. Je t'aiderai et pourvoirai à tout. Après tout, c'est de ma faute, j'aurais dû prendre davantage de précautions.

Au moins Putnam assumait-il ses responsabilités…

— Écoute, il se trouve que j'ai vécu une expérience similaire il y a cinq ans. J'ai commis une terrible erreur et je ne veux pas recommencer. Je n'étais qu'une enfant, je n'avais pas vraiment le choix. C'est mon père qui a pris à ma place la décision qu'il pensait être la moins pire, mais il a eu tort ! Je ne peux pas recommencer. Je t'aime. Je vais garder ce bébé, Putnam. Je ne peux pas faire autrement.

Sa phrase se finit dans un sanglot.

— Que s'est-il donc passé, il y a cinq ans ?

— Peu importe, ce qui compte, c'est qu'aujourd'hui je ne suis plus une gamine. Le bébé naîtra en mai. Je peux finir ma dernière année et décrocher mon diplôme. Ensuite, je rentrerai chez mon père, j'aurai tout l'été pour m'organiser et trouver un emploi pour la rentrée.

— Très bien, si tel est ton choix, je te donnerai tout ce dont tu as besoin, répéta Putnam.

— Je ne te demande rien pour moi, affirma Isabelle, seulement pour le bébé. Je ne l'ai pas fait pour obtenir quoi que ce soit de ta part.

— Je le sais bien, ne t'inquiète pas. Pour ma part, je n'aurais jamais imaginé me retrouver dans une telle situation. Isabelle, que dirais-tu d'y réfléchir encore quelques jours, pour t'assurer que c'est bien ce que tu désires ? Je ne sais pas ce qui t'est arrivé, mais si tu as subi un avortement difficile, cela ne veut pas forcément dire que ce sera encore le cas, si ?

Isabelle ne répondit pas tout de suite. Enfin, c'est d'une voix tranchante qu'elle déclara :

— Je n'ai pas l'intention de me débarrasser de notre bébé, Putnam. Je t'aime. Je m'en sortirai.

— Est-ce que tu en as déjà parlé à ton père ?

— Pas encore. Je voulais que tu sois le premier informé.

— Très bien. Restons en contact et tiens-moi au courant de ta décision.

— Je viens de le faire.

— Alors nous en reparlerons d'ici quelques mois. Pour l'amour de Dieu, prends soin de toi ! Ne devrais-tu pas arrêter la fac ?

— Certainement pas, si je veux trouver un emploi digne de ce nom.

— Je suis sincèrement navré, Isabelle. Je ne voulais pas te mettre dans une situation aussi difficile. J'ai adoré les moments que nous avons passés ensemble, mais le prix à payer me semble bien trop élevé en ce qui te concerne.

— Je n'ai pas cette impression en tout cas... Avoir un bébé de toi, c'était peut-être mon destin...

— Dieu ait pitié de ce bébé ! J'espère qu'il ne me ressemblera pas. Je sais que c'est difficile à croire, mais je t'aime, à ma façon...

Après avoir raccroché, Isabelle s'allongea sur son lit, repassant la conversation dans sa tête. Elle n'était plus une étudiante pleine d'ambition, qui rêvait de trouver un bon job et un bon mari. Elle s'apprêtait à devenir mère célibataire. Son enfant passerait avant tout le reste, et ce serait immanquablement un obstacle le jour où elle voudrait refaire sa vie. C'était exactement la situation qu'avait voulu lui épargner son père à l'âge de 15 ans... Mais sa décision était prise.

Elle avoua la vérité à Jeremy lors de son retour à Newport, le dernier jeudi de novembre, jour de Thanksgiving.

— Qui est le père ? Un blanc-bec de la Sorbonne, je suppose ? ragea-t-il, sous le choc.

— Pas vraiment. C'est un Américain et il est on ne peut plus adulte. Il m'aime, mais il ne veut pas fonder un foyer.

Jeremy ne pouvait dissimuler sa colère.

— Il est déjà marié ? gronda-t-il.

— Non, papa. C'est juste qu'il ne peut pas assumer, sur le plan émotionnel. Il m'avait pourtant avertie, mais je ne l'ai pas cru. Maintenant, je veux aller jusqu'au bout. Je vais avoir ce bébé toute seule.

— Je n'arrive pas à le croire... Nous voilà au même point qu'il y a cinq ans !

— Sauf que cette fois, c'est moi qui choisis. Je n'ai plus 15 ans et je suis capable de prendre mes décisions par moi-même. D'ailleurs, cela vaut mieux pour tout le monde. Je sais que j'y arriverai.

— Tu ne sais absolument pas de quoi tu parles ! Au cas où tu l'aurais oublié, j'ai dû changer de vie du tout au tout, à la mort de ta mère. Sans ce poste de régisseur, j'aurais dû te confier à une nurse ou à un pensionnat. Et toi, tu comptes faire quoi ? Du repassage à domicile ? ! Ce n'est pas ainsi que tu pourras nourrir deux personnes !

— Non, papa, je vais chercher un travail en rapport avec mes études et mes compétences. Je ne suis pas la première dans cette situation, je ne serai pas la dernière, et cela ne change rien à mon projet de m'installer à New York. Comment les veuves se débrouillent-elles, selon toi ? Il a de lui-même proposé de m'aider financièrement pour tout ce qui aura trait à l'enfant. Car même si je ne veux surtout pas être dépendante, j'aurai besoin d'un coup de pouce. Je sais que nous nous en sortirons. Pas question que je me débarrasse de ce bébé. De plus, j'aime encore son père. C'est un honnête homme.

— Certainement pas selon mes critères ! tonna Jeremy. Un type comme il faut t'aurait passé la bague au doigt ! Il n'a pas envie de s'engager ? Pas de chance ! Si on se prétend un homme, on ne peut pas faire ce que l'on veut sans en assumer les conséquences !

— Je ne le forcerai jamais à m'épouser si ce n'est pas ce qu'il veut, s'entêta Isabelle. Je le respecte tel qu'il est.

Pour elle, Putnam n'était pas un gredin, mais une âme torturée... Comment le faire comprendre à son père ?

— Isabelle, tu t'apprêtes à commettre une terrible erreur. Tu es trop jeune pour élever un enfant toute seule.

— Quand il naîtra, j'aurai 21 ans, c'est bien assez.

Sur ce, Jeremy sortit en claquant la porte, pendant qu'Isabelle se mettait aux fourneaux pour passer sa rage. N'était-ce pas elle qui préparait le menu de fête traditionnel depuis qu'elle était en âge de cuisiner ? En l'absence de mère, elle avait eu l'occasion d'apprendre à tenir une maison ! Pourquoi son père ne lui faisait-il pas confiance ? Il ne revint que pour se mettre à table et ne lui adressa pas la parole de tout le repas. À se demander lequel des deux était l'enfant...

Le lendemain, il passa la journée à courir d'un bout à l'autre de la propriété. Elle n'eut presque pas l'occasion de le voir, et c'est encore avec un visage fermé qu'il s'assit devant le dîner de restes accommodés. D'habitude, c'était un moment joyeux et détendu... On était déjà samedi quand Jeremy se décida à parler à sa fille. Hélas, ses paroles furent pires que son silence. Il eut beau l'interroger sur l'identité du père, Isabelle refusa de répondre. Elle était certaine qu'il ne comprendrait rien à Putnam, or elle était prête à le défendre contre vents et marées.

Le dimanche, Jeremy se radoucit légèrement en la raccompagnant à la gare routière. Le car l'emmènerait à Providence, d'où elle prendrait le train pour New York.

— Pardon de m'être mis en colère, dit-il. J'ai besoin de temps pour me faire à cette idée. Ce n'est pas la vie dont je rêvais pour toi.

— Moi non plus, papa, mais c'est ce qui s'est passé, et je compte bien faire contre mauvaise fortune bon cœur. Crois-moi, il ne nous abandonnera pas complètement.

— Il l'a déjà fait, ma chérie, même si tu refuses de le reconnaître...

— Ce n'est pas de sa faute. Il est... différent. Je suis désolée de te décevoir une seconde fois.

Elle le serra de toutes ses forces dans ses bras avant de gagner sa place, puis le regarda longuement par la vitre : les épaules voûtées, Jeremy semblait vieux avant l'âge.

3

Isabelle décrocha son diplôme mi-mai, à huit mois et demi de grossesse. Elle avait passé le dernier semestre à travailler à la librairie de l'université, pour gagner de quoi équiper le bébé : lit à barreaux, poussette, transat. Quelques jours après l'annonce de la grossesse, Putnam avait ouvert un compte en banque à son intention, mais elle n'y avait pas encore touché. Elle aurait besoin de son aide pour trouver un logement dans un quartier convenable, ainsi qu'une solution de garde dès qu'elle décrocherait un emploi. En attendant, elle voulait rester aussi indépendante que possible. Elle lui envoya une copie de l'échographie, réalisée à Langone Health, l'hôpital universitaire de NYU. C'était une image floue, sur laquelle le sexe du bébé n'était pas encore visible. Aussi Isabelle échangea-t-elle avec Putnam, par courrier, des idées de prénoms féminins et masculins. À sa façon, il s'impliquait et s'assurait à distance du bien-être d'Isabelle, plutôt comme un oncle ou un ami que comme un partenaire.

Jeremy avait fini par en prendre son parti, et il était très fier de sa fille lors de la remise de diplôme, malgré son ventre rond qui saillait sous la toge. Isabelle resta à New York une semaine de plus pour passer des entretiens d'embauche : plusieurs postes se libéraient en septembre. N'ayant à son actif qu'un seul stage, elle se doutait qu'elle devrait commencer tout en bas de l'échelle. Cependant, le directeur de la galerie Acker-Johnson sembla favorablement impressionné par son expérience parisienne. Voyant qu'elle était domiciliée dans le Rhode Island, il lui demanda si son mari travaillait à New York. « Oui, il est trader à Wall Street », précisa Isabelle, qui, pour faire taire les mauvaises langues, portait depuis plusieurs mois un demi-jonc à l'annulaire gauche. À ses camarades de promotion, elle disait avoir rencontré à Paris un étudiant en droit : elle était retournée l'épouser pendant les vacances de Noël, et il viendrait la rejoindre plus tard… « Nous vous tiendrons au courant » fut la seule réponse qu'elle put obtenir du galeriste.

Une semaine avant le terme, Isabelle rentra à Newport, et Jeremy sourit en la voyant coller des stickers de Winnie l'Ourson dans sa chambre de jeune fille. S'il ne comprenait toujours pas l'attitude de Putnam, il avait maintenant hâte d'accueillir son premier petit-enfant.

— On dirait que nous attendons un invité très spécial…, dit-il joyeusement.

Après avoir rangé le dernier petit body dans la commode, Isabelle se promenait dans le jardin du cottage, somptueux en cette saison, lorsqu'elle perdit les eaux en début d'après-midi. Elle ne comprit pas tout de suite ce qui lui arrivait, puis ne voulut pas y croire : elle avait encore rendez-vous avec un obstétricien le lendemain ! Elle alla trouver son père, en grande conversation avec l'architecte chargé de l'agrandissement des écuries. Une lueur de panique passa dans les yeux de Jeremy, qui prit rapidement congé de son interlocuteur. Le temps pour Isabelle de prévenir le médecin avec qui elle avait rendez-vous le lendemain, et Jeremy la conduisit à l'hôpital.

D'après la sage-femme qui l'examina sur place, le travail ne commencerait pas avant minuit. Isabelle demanda à rentrer chez elle, mais la dame lui expliqua que ce n'était pas à l'ordre du jour maintenant que la poche des eaux était rompue. On l'installa donc dans une chambre à deux lits dont l'un resta vacant.

— Surtout, appelle-moi s'il y a du nouveau, dit Jeremy avant de s'en aller sur la promesse de revenir d'ici quelques heures.

Alors que, sur le conseil de la sage-femme, elle arpentait le couloir, Isabelle se demanda si elle devait appeler Putnam. Mais à quoi bon ? Cela n'aurait servi qu'à l'angoisser inutilement. Après plusieurs allers et retours, elle s'arrêta pour jeter un coup d'œil à travers la vitre de la nurserie. Comme ils étaient mignons, ces bébés endormis, à peine âgés de quelques jours, voire de quelques heures ! Elle avait du mal à croire que d'ici peu, dans le courant de la soirée ou de la nuit, elle tiendrait le sien dans ses bras... Isabelle était en train de caresser cette pensée quand la première vraie douleur la terrassa. À peine eut-elle le temps de rejoindre la porte de sa chambre que déjà la contraction suivante arrivait. Une infirmière accourut en l'apercevant pliée en deux.

— Votre mari est reparti ? demanda-t-elle en l'aidant à s'allonger.

— C'est mon père, il est retourné travailler, mais je peux l'appeler. Le père de l'enfant..., enfin, mon mari est en France.

— Oh, un petit *Frenchy* ! Eh bien, préparez-vous à lui dire *bonjour* très bientôt !

Saisie par une nouvelle contraction, Isabelle n'eut même pas la force de sourire. À cet instant, la sage-femme les rejoignit dans la chambre et examina à nouveau la parturiente. Elle déclara que le travail avançait bien. C'était le moins que l'on puisse dire : à peine une heure plus tard, l'obstétricienne, une jeune femme au physique avenant, se présenta à son tour et décréta qu'il était temps de passer en salle de travail. Dès lors, tout s'accéléra. Les trois soignantes l'exhortèrent à pousser. Il n'était que 16 heures, Isabelle aurait tant voulu que Putnam soit à ses côtés… Au bout de trente minutes, elle crut mourir de douleur et réclama la péridurale.

— Ce ne sera plus long, lui assura le médecin. Tout est allé très vite, nous avons raté la fenêtre de tir pour l'anesthésie.

— Courage, vous tiendrez bientôt votre bébé dans vos bras ! confirma la sage-femme.

Malgré le masque à oxygène que l'on venait de placer sur son visage, Isabelle se sentit comme aspirée par la souffrance ; elle n'entendit même plus les voix autour d'elle. Puis un vagissement lui parvint, très lointain, comme au travers d'un brouillard. Elle ne comprit pas tout de suite de quoi il s'agissait, mais quelqu'un lui annonça joyeusement qu'elle avait une belle petite fille. Puis l'infirmière lui mit un autre masque pour l'endormir pendant quelques minutes, le temps que le médecin la recouse. Lorsque Isabelle se réveilla, la sage-femme lui tendit sa fille, emmaillotée dans une couverture rose, qui la scrutait avec une petite bouille sérieuse.

— Qu'elle est belle ! soupira-t-elle.

Et comme elle ressemblait à Putnam… L'enfant partageait avec lui l'apparence éthérée d'un être fraîchement débarqué d'une autre planète. Ses yeux étaient d'un bleu profond, et elle avait les cheveux blond suédois de sa mère, mais à part cela, c'était le portrait craché de son père. Elle ne pleurait pas, sa bouche minuscule ressemblait à un bouton de rose.

La sage-femme aida Isabelle à mettre son bébé au sein pour la première fois. Au bout d'une heure d'observation, la jeune femme ne présentait ni hémorragie ni signe d'infection, mais elle était encore trop faible pour tenir debout. On la conduisit donc à une nouvelle chambre sur son lit à roulettes, et le bébé à la nurserie. Il était alors 18 heures, soit minuit en France. Isabelle décrocha le téléphone sur la table de chevet.

— Désolée de t'appeler si tard, dit-elle, tremblant plus de fatigue que de froid sous les couvertures.

— Est-ce que j'ai un fils ou une fille ? demanda Putnam, sans savoir lequel des deux lui ferait plus plaisir.

Commençait-il à culpabiliser de ne pas être à ses côtés ?

— Nous avons une magnifique petite fille, dit-elle, alors qu'une larme perlait sur sa joue. Si tu savais comme elle te ressemble…

— La pauvre enfant !

Isabelle entendit son sourire dans l'appareil.

— Elle est toute petite, à peine deux kilos sept.

— Est-ce que tout s'est bien passé ? J'étais anxieux, tu sais, plus que je ne voulais me l'avouer.

— C'était dur, mais elle en vaut la peine.

C'est alors qu'il lui fit cette proposition surprenante :

— Écoute, j'ai très envie de faire sa connaissance. Je t'en prie, amène-la-moi l'été prochain !

— Vraiment, tu as envie de la voir ?

— Oui, et toi aussi. Que dirais-tu de venir passer le mois d'août au château, comme l'année dernière ? Penses-tu que vous serez en état de voyager d'ici là ?

— Oui, elle sera assez grande, et j'en serai ravie. Sinon… nous n'avons toujours pas trouvé de prénom de fille. Est-ce que tu as une idée ?

— Figure-toi que j'ai beaucoup pensé à ma grand-tante Theodora, ces derniers temps. C'était une femme formidable, pleine d'esprit et d'audace, et je trouve que ce prénom sonne bien. Qu'en dis-tu ?

— Oui, ça me plaît. Et j'aimerais y ajouter le nom de ma mère. Theodora Jane…

— Armstrong, compléta Putnam d'un ton résolu.

Isabelle n'avait jamais évoqué la question du patronyme. Pour elle, il était clair depuis le début que l'enfant s'appellerait McAvoy.

— Tu es sûr de toi ?

— Absolument. Je suis peut-être un ermite, mais certainement pas un salaud. J'ai l'intention de reconnaître ma fille. C'est le seul membre de ma famille qui compte pour moi, et ce sera vraisemblablement mon seul enfant. Merci du fond du cœur, Isabelle, de t'être battue pour la garder. Je ne vous laisserai jamais tomber, je te le promets.

Même s'il avait toujours joué franc-jeu avec elle, Isabelle avait appris à ne pas trop en attendre de lui.

Mais peu importait, car Theodora était à elle, et ce bébé comblait tous ses manques : sa mère morte trop tôt, l'enfant que son père lui avait défendu de garder à 15 ans, le mari que Putnam aurait pu être s'il l'avait voulu. Désormais, elle avait une fille.

— Oui, je pense que je vais l'appeler Theo. Cela lui va bien. Theodora Armstrong. Je t'enverrai des photos.

Après que Putnam lui eut une fois de plus juré son amour, Isabelle raccrocha pour appeler son père. Jeremy fut surpris d'entendre que sa petite-fille était déjà là, tout juste quatre heures après qu'il eut déposé Isabelle à la maternité. Mais le supplice avait paru interminable à la jeune maman… Il passa l'embrasser et admirer sa petite-fille, puis repartit rapidement pour les laisser dormir. Lorsqu'il revint le lendemain, en début d'après-midi, Isabelle venait de remplir le formulaire de déclaration de naissance. C'est alors qu'il apprit le nom de Putnam et Isabelle annonça son projet de se rendre en France au mois d'août. Puis elle se leva et proposa à son père d'aller avec elle chercher Theo à la nurserie.

— J'espère que Putnam va se ressaisir en voyant cette petite poupée, déclara Jeremy.

— Je n'attends pas cela de lui, papa.

Pour éviter de prononcer des paroles qu'il risquait de regretter, Jeremy sortit de la pièce. Comment un homme digne de ce nom pouvait-il laisser une toute jeune femme élever son enfant seule ? Il fallait qu'il n'ait pas de cœur, quoi qu'elle en dise.

La semaine suivante, Isabelle fut contactée par l'avocat de Putnam à Boston. Il lui annonça que M. Putnam Armstrong avait établi pour sa fille un fonds fiduciaire, dont la mère serait l'administratrice. Mlle McAvoy jouissait de toute la confiance de M. Armstrong. Avec l'aide des conseillers juridiques et financiers qu'il avait désignés, il savait qu'elle prendrait les bonnes décisions en dépit de son jeune âge. L'avoué ajouta que M. Armstrong lui donnerait plus de détails lorsqu'il la verrait, ce qui sembla complexe et mystérieux à Isabelle. Tout ce qu'elle avait besoin de savoir, c'était que Theo ne resterait pas sans ressources s'il lui arrivait malheur.

En juillet, Isabelle se rendit à New York avec le bébé pour passer de nouveaux entretiens d'embauche et chercher un appartement. Elle trouva un trois-pièces qui lui plaisait dans l'Upper East Side. Construit au début du XXe siècle, l'immeuble était fonctionnel, familial, bien entretenu et doté d'un portier. Isabelle ne courait pas après le luxe, mais souhaitait la sécurité : elle avait été propulsée dans l'âge adulte du jour au lendemain. Après avoir rencontré trois nounous potentielles, elle embaucha Maeve, qui aurait terminé son contrat actuel en septembre, quand les enfants entreraient à l'école. Cette Irlandaise entre deux âges, envoyée par une bonne agence, était bardée de recommandations. Elle paraissait sérieuse et responsable. Aux questions de Maeve, Isabelle répondit qu'elle était séparée du père : il vivait en France et ne viendrait jamais à l'appartement. La brave femme fut d'abord stupéfaite, puis pleine de compassion pour sa nouvelle patronne.

— Ah, les hommes ! On ne peut jamais compter sur eux. Mais on s'en sortira très bien sans papa, pas vrai, ma jolie ? dit-elle à l'intention de la petite, qui la scruta avec curiosité et sérieux avant de s'endormir dans ses bras.

Theo était un bébé facile, mais il fallait y mettre du sien pour la dérider. On aurait dit qu'elle pesait en permanence le pour et le contre avant de décider si la personne qui s'adressait à elle méritait un sourire.

Isabelle appréciait le fait que Maeve soit elle-même mère de six enfants. Veuve très tôt, elle les avait élevés seule dans un deux-pièces du Bronx. Ils étaient tous grands, à présent, et faisaient sa fierté. L'aîné était médecin, les deux filles avaient décroché avec brio leur diplôme d'infirmière. Le cadet était cuisinier dans un restaurant et les deux plus jeunes avaient embrassé la prêtrise. Isabelle se sentait pleinement rassurée à l'idée de lui confier Theo lorsqu'elle commencerait à travailler.

De retour à Newport, Isabelle reçut un coup de fil de la galerie Acker-Johnson : ils l'embauchaient comme assistante, pour un salaire dérisoire. Heureusement que Putnam mettait la main à la poche… Elle avait assuré le minimum vital : un toit au-dessus de sa tête et de celle de sa fille, un emploi à plein temps et une solution de garde.

Tout était en place lorsqu'elle s'envola pour Paris avec son bébé dans les bras, le dernier jour du mois de juillet. Que ressentirait-elle en retrouvant le château et, surtout, en revoyant Putnam ? La jeune fille insouciante qu'elle était un an plus tôt n'existait plus.

À Roissy, Isabelle aperçut Marcel qui les attendait après le contrôle douanier. Il embrassa Isabelle sur les deux joues.

— Grands dieux, que cette enfant est belle ! s'extasia le majordome.

Isabelle fut impressionnée de voir que Putnam avait pensé à acheter un siège bébé pour la Rolls. On était au début des années 1990, et même aux États-Unis, où ce dispositif était obligatoire depuis quelque temps, tout le monde ne respectait pas la loi… Une fois Theo bien arrimée, ils se mirent en route pour la Normandie.

Marcel annonça leur arrivée en sonnant à la grille du château et Putnam dévala les marches du perron pour serrer Isabelle dans ses bras. Puis il passa la tête par la portière de la voiture. Theo venait de se réveiller ; elle le regarda d'un air surpris mais ne pleura pas. Contre toute attente, Marcel avait réussi à la faire rire en l'installant dans la coque, en lui chatouillant le visage avec le lapin en peluche rose qu'il venait de lui offrir.

Putnam, lui, se contenta de l'accueillir avec son sourire tranquille. Il détacha la boucle de sécurité et la prit dans ses bras. Tandis que le majordome sortait les bagages du coffre, il porta sa fille jusqu'au château.

— Voilà ton autre maison, ma chérie, chuchota-t-il en pénétrant dans le hall.

Il traversa le salon pour l'emmener sur la terrasse. La petite distinguait-elle déjà la mer et les bateaux à l'horizon ? Elle semblait parfaitement sereine sous le soleil d'été, dans la robe rose à smocks et le chapeau assorti qu'Isabelle lui avait achetés pour le voyage. Enfin, quand son père embrassa ses petits pieds nus, Theo lui accorda son plus beau sourire. Isabelle eut les larmes aux yeux en les observant. Putnam était clairement tombé sous le charme de sa fille et Isabelle ne l'aurait jamais cru capable d'une telle émotion. Au bout d'un moment, il insista pour monter à l'étage et montrer à Isabelle le berceau ancien, digne d'une princesse, qu'il avait acheté lors d'une vente aux enchères à Deauville. C'était un meuble charmant, tapissé de dentelle et de taffetas rose. Putnam l'avait installé dans son vaste dressing-room, afin qu'ils puissent entendre Theo si elle pleurait la nuit. Isabelle fut émue de revoir la chambre où la petite avait été conçue.

— Je suis heureux que tu sois revenue, murmura-t-il avant de l'embrasser à nouveau.

Ni l'un ni l'autre n'auraient pu imaginer cette scène un an plus tôt. Tout à coup, ce moment d'intimité fut interrompu par les femmes de chambre, accourues pour admirer le bébé avec des « Oh » attendris.

— J'espère que Theo sera plus sociable que moi, commenta Putnam au dîner, sans quoi sa vie sera bien triste. Mais elle a deux parents qui l'adorent, ce qui n'a jamais été mon cas. Je suis sûr que cela fera toute la différence.

— C'est fou ce qu'elle est sérieuse pour un si petit bébé, renchérit Isabelle. D'après mon père, j'étais tout le contraire : je riais tout le temps. Mais je crois que Theo est simplement quelqu'un de réservé. Elle a déjà une personnalité bien affirmée.

Le lendemain, Putnam étonna une nouvelle fois Isabelle en sortant de sa boîte un porte-bébé flambant neuf, dans lequel il porta Theo toute la journée. Il descendit même sur la plage avec elle et lui fit tremper les pieds dans les vagues, avant de la réinstaller tout contre lui pour une longue balade, presque en famille.

Si leur complicité et leur admiration mutuelle étaient intactes, la jeune femme dut toutefois constater qu'ils avaient tous les deux perdu de leur ardeur. Isabelle était accaparée par l'allaitement et cette fois elle comptait bien être prudente. Putnam fut rassuré : pour lui non plus, il n'était pas question de devenir père une seconde fois. Theo était unique... et il souhaitait qu'elle le reste. C'était comme si toute leur passion s'était muée en tendresse pour leur fille. Putnam regardait maintenant Isabelle avec respect et dévotion, telle une madone : il prenait des dizaines de photos d'elle avec Theo dans les bras.

Un matin, il prit le temps d'expliquer à la jeune femme comment fonctionnerait le fonds fiduciaire qu'il avait établi à l'intention de Theo. À terme, elle serait sa seule héritière, mais d'ici là elle aurait accès à certains comptes, débloqués les uns après les autres en fonction de son âge. Il comptait sur Isabelle pour gérer de façon avisée ses retours sur investissement.

— J'entends qu'elle en fasse bon usage, déclara-t-il. Je ne veux pas qu'elle dépense tout pour elle-même. Elle devra agir pour alléger les souffrances du monde, que ce soit en faisant des dons à des œuvres philanthropiques ou en finançant ses propres initiatives charitables.

Isabelle n'avait certes jamais eu de formation dans le domaine de la finance, et elle n'avait jamais eu à gérer de telles sommes. Mais son statut de mère célibataire lui avait appris en quelques mois à dresser un budget... Supposant que les mêmes principes de bon sens s'appliquaient, elle promit à Putnam de se former. À l'issue de cette conversation, la jeune femme comprit à quel point Theo était privilégiée. Isabelle avait côtoyé toute sa vie des gens immensément riches, sans vraiment y prêter attention. À l'avenir, sa fille ferait elle aussi partie de ce monde. Isabelle ne demandait rien pour elle-même, elle était juste reconnaissante que Putnam soit décidé à inculquer à Theo des valeurs de solidarité.

— J'aimerais que vous reveniez ici chaque année, annonça-t-il la veille de leur départ. Je veux la voir grandir... Et je ne veux pas que nous perdions le contact. Je tiens trop à toi, Isabelle. Promets-moi que tu me l'amèneras l'année prochaine.

— Je te le promets.

— Et surtout, dis-moi si tu manques de quoi que ce soit ! Tu auras sans doute besoin de plus d'argent à mesure que Theo grandira.

Isabelle avait refusé qu'il lui verse davantage qu'un petit complément mensuel. Putnam en admirait d'autant plus son indépendance et son intégrité. Pour la remercier de lui avoir donné Theo, il lui avait offert un collier de perles ayant appartenu à sa mère, seul cadeau qu'elle avait accepté à titre personnel. Elle le portait tous les jours.

— D'ici là, j'espère bien gagner ma vie convenablement, répondit Isabelle avec assurance. Je ne vais pas rester les bras croisés en attendant que ça se passe… Je me donne quelques années pour devenir curatrice de ma galerie. Bien sûr, ce n'est pas ainsi que je ferai fortune, mais telle n'est pas mon intention. Je veux juste gagner de quoi faire quelques économies.

— Et moi, je veux que Theo intègre une bonne école privée, déclara Putnam, qui comptait mettre son grain de sel dans l'éducation de sa fille.

Isabelle en resta sans voix. Il est vrai qu'elle-même n'aurait jamais pu financer une telle structure. Aux États-Unis, inscrire un enfant dans une école payante n'était pas une simple affaire de conviction, c'était une garantie supplémentaire pour son avenir.

— Elle a beaucoup de chance, répondit-elle enfin, pleine de gratitude.

Le matin du départ, Putnam les serra toutes les deux contre son cœur, avant d'installer la petite dans son siège auto. Depuis son arrivée, elle avait beaucoup grandi, s'était arrondie, et sa peau tendre avait pris un léger hâle qui lui donnait bonne mine.

— Je t'écrirai, promit Putnam avant d'embrasser Isabelle.

Puis il les regarda s'éloigner comme si on lui arrachait son bien le plus précieux. Isabelle le plaignit plus que jamais. Dans cette histoire, c'était certes elle la mère célibataire, mais elle avait de la ressource, et elle avait Theo. Putnam, lui, restait seul au monde.

4

La galerie où elle travaillait étant fermée tout le mois d'août, les vacances en Normandie devinrent une tradition pour Isabelle et sa fille. En outre, elle n'aimait pas aller à Newport en même temps que les Vanderbilt, car c'était le coup de feu pour son père.

Putnam restait leur bienfaiteur et leur filet de sécurité. Il adorait avoir des nouvelles du travail d'Isabelle, suivait de près l'évolution de sa carrière. En quelques années, elle s'était vu confier plusieurs clients importants, et son salaire avait augmenté en conséquence. Il arriva même à Putnam de s'adresser à elle pour acheter de nouveaux tableaux, sachant que les commissions des ventes amélioraient son ordinaire. Et Putnam était enchanté de voir Theo grandir. C'était une petite fille très éveillée, aussi n'hésitait-il pas à lui expliquer des choses bien trop complexes pour la plupart des enfants de son âge. Quand elle était en France, ils ne se quittaient pas d'une semelle. Le reste du temps, Putnam maintenait un lien chaleureux avec ses lettres et ses appels téléphoniques. Dès ses premières années de vie, et malgré la distance, Theo fut assurée de l'amour de son père.

De son côté, Isabelle consacrait tout son temps libre à sa fille, ce dont elle ne se plaignait jamais. Même Jeremy dut admettre qu'elle avait réussi son pari : en dépit de son jeune âge, c'était une mère exemplaire. Isabelle pouvait en outre compter sur le soutien sans faille de Maeve, qui faisait des heures supplémentaires chaque fois que la jeune femme était retenue à la galerie plus tard que prévu. Une profonde affection s'était nouée entre Theo et sa nounou.

Pour Noël et Thanksgiving, elles allaient à Newport et Jeremy emmenait sa petite-fille faire de longues promenades autour du cottage. Tout comme Isabelle à son âge, elle adorait voir les chevaux et écouter les histoires qu'il avait à raconter sur la propriété, même si ce domaine enchanté n'étonnait pas vraiment la petite fille. Après tout, la propriété de son père en Normandie était encore plus vaste, son château plus imposant...

Jeremy regrettait seulement qu'Isabelle mène une vie trop austère pour son âge, tout en contraintes et en responsabilités. À sa connaissance, il n'y avait pas eu d'homme dans sa vie depuis la naissance de Theo. Elle aimait encore

Putnam, à sa façon, mais son père lui rappelait constamment qu'elle avait aussi besoin de s'amuser. En général, elle répondait que son mois d'août avec Putnam suffisait à lui changer les idées, à charger ses batteries pour redoubler de zèle à la rentrée.

— J'adore mon travail, assurait-elle.

Mais il est vrai qu'elle ne faisait aucun effort pour rencontrer quelqu'un. Elle ne participait pas aux soirées, déclinait les invitations à dîner de ses collègues. Sans s'en rendre compte, elle était devenue aussi solitaire que Putnam lui-même. Jeremy savait qu'elle avait encore le temps de trouver un bon mari, mais il estimait que son mode de vie n'était pas sain pour une jeune femme de son âge.

— Papa, je te signale que tu ne sortais pas beaucoup plus que moi quand nous nous sommes installés à Newport !

— Cela n'a rien à voir… J'avais déjà 40 ans, et j'avais vécu heureux pendant plusieurs années avec ta mère. D'ailleurs, il m'est arrivé de sortir avec des femmes de temps à autre. Je savais être discret, voilà tout.

Putnam lui-même prodiguait des conseils similaires à Isabelle, et ne doutait pas qu'elle finirait par refaire sa vie. Sa seule inquiétude concernait leur rendez-vous estival. Un autre homme s'accommoderait-il de cette situation ? Il n'était absolument pas possessif envers elle…

En revanche, il craignait que quelqu'un lui prenne sa place de père dans le cœur de Theo, et il s'en était ouvert à Isabelle en plusieurs occasions. La jeune femme, qui comprenait parfaitement, lui promit qu'il ne perdrait jamais sa fille, quoi qu'il arrive.

Au fil des ans, Isabelle fit tout son possible pour renforcer leur lien. Leur appartement était plein de photos de Putnam avec sa fille, et elle ne perdait pas une occasion de lui parler de lui. Elle lui lisait ses lettres, ne refusait jamais quand Theo demandait à appeler son papa. Elle attendait seulement qu'il soit une heure convenable en France... enfin, la plupart du temps. Et bien que Putnam détestât le téléphone, il était toujours ravi d'entendre sa fille.

Le jour de sa première rentrée au jardin d'enfants, l'année de ses 4 ans, elle l'appela pour tout lui raconter et annonça qu'elle avait déjà deux meilleures amies ! De son côté, Isabelle avait repris le travail sur les chapeaux de roues en ce début du mois de septembre. En effet, elle s'était portée volontaire pour participer à la mise en place d'une grande vente d'œuvres d'art, au profit du département de recherche sur le cancer du sein de l'hôpital Langone. Une cause qui lui tenait à cœur à plus d'un titre...

La galerie avait loué tout un étage du Lincoln Center et la soirée promettait d'être l'événement mondain de l'année. Après avoir visité le salon éphémère dans lequel les œuvres seraient présentées, les invités seraient conviés à un dîner de gala, puis un commissaire-priseur de chez Christie's présiderait aux enchères. Enfin, un groupe de musiciens connus ferait danser les invités jusque tard dans la nuit. Le prix de l'entrée était variable. Les billets « Platine » coûtaient dix mille dollars par personne. Pour s'asseoir à la table d'honneur, baptisée « Diamant » et placée tout près de l'estrade, il fallait débourser vingt-cinq mille dollars.

En tout, les organisateurs espéraient dégager cinq millions de dollars, et un très généreux mécène avait promis de doubler la recette. Au nom de Theo, Putnam avait fait un don important pour mettre la collecte sur les rails. Isabelle lui en était très reconnaissante.

Sa galerie proposait un petit dessin de Renoir qu'elle espérait céder pour une coquette somme. Quant aux autres exposants, venus de tout le pays, ils se disputaient les meilleurs emplacements de l'exposition... Même les plus petites structures jouaient des coudes pour assurer leur visibilité ! Isabelle, qui était chargée entre autres de l'attribution des stands, avait déjà dû régler plusieurs litiges. Elle s'était acheté une robe de soirée noire toute simple, qu'elle aurait encore l'occasion de porter pour des événements similaires. Isabelle n'avait guère le temps de s'attarder sur le choix de sa toilette. Si tout se déroulait comme prévu, les invités auraient l'impression de passer une soirée magique, alors qu'en réalité l'organisation demandait à la jeune femme et à son équipe de nombreuses heures de travail et était source d'un énorme stress. Mais le jeu en valait la chandelle.

Vers 15 heures, la veille de la vente, elle s'apprêtait à faire une pause-sandwich quand on l'appela sur son talkie-walkie : ses collègues avaient maille à partir avec un galeriste mécontent de son emplacement.

— Bonjour, monsieur, comment puis-je vous aider ? demanda-t-elle d'un ton aimable en arrivant sur place.

Elle se trouvait face à un homme d'une beauté frappante, en jean et chemise bleue, très énervé contre deux des organisatrices. Il criait presque et l'une d'elles était au bord des larmes.

— Débrouillez-vous ! J'ai dans mon carnet d'adresses les plus gros clients de toute la Californie, et vingt invités de Las Vegas qui ont réservé deux tables Platine. Vous croyez vraiment qu'ils auront envie d'aller voir mes tableaux dans la dernière rangée, derrière une galerie de Trifouillis-les-Oies ? Je ne vous laisserai pas me dévaloriser aux yeux de mes clients !

— Monsieur, je vous rappelle que nous sommes tous ici pour récolter des fonds au profit de la lutte contre le cancer, intervint Isabelle sans se départir de son calme. Tout le monde essaie de garder un bon esprit, quel que soit l'emplacement qui nous est attribué.

Isabelle jeta un coup d'œil au badge de l'homme, puis à la liste des exposants. Il tenait une galerie contemporaine à Newport Beach, une banlieue huppée de Los Angeles. Isabelle ne l'avait jamais rencontré : hormis les grosses pointures new-yorkaises, elle ne connaissait pas bien le monde de l'art contemporain.

Il la toisa en retour, comme pour jauger si elle était digne de prendre part à la discussion. Le physique d'Isabelle, allié à son calme olympien, sembla jouer immédiatement en sa faveur.

— Le but de la soirée n'est pas de démarcher de nouveaux clients, reprit-elle d'un ton ferme, même si tous deux savaient que ce n'était pas tout à fait exact.

Les stands, qu'une armée de menuisiers, d'électriciens et de décorateurs était en train de monter, accrocheraient l'œil des collectionneurs de tout le pays. C'est bien évidemment ce qui encourageait les galeries à faire don de certaines de leurs œuvres. Elles ne cédaient peut-être pas les plus prestigieuses, mais elles faisaient tout de même en sorte que ces toiles soient représentatives de leur catalogue.

— Si vous ne m'attribuez pas un stand correct, je vais choisir celui qui me plaît le plus au premier rang et m'y installer d'office, riposta le malotru. Et d'abord, vous êtes qui, vous ?

Étrangement, sa fureur le rendait encore plus séduisant…

— C'est moi qui suis chargée du plan de l'exposition, et je suis vraiment navrée que vous ne soyez pas satisfait, répondit Isabelle, diplomate. Écoutez, comme vous avez pu vous en apercevoir, nous avons essayé de classer les stands par époque et par genre. Mais il se trouve qu'un galeriste de Chicago a tout annulé ce matin en raison d'un deuil dans sa famille. Les œuvres dont il fait don seront présentées par une autre galerie. Allons voir si son stand vous conviendrait, monsieur… Stone.

— Appelez-moi Collin. Merci, mademoiselle McAvoy, fit l'autre en lisant lui aussi son badge.

— Isabelle. Je suis bien consciente que l'emplacement n'est pas idéal, mais il vous conviendra peut-être mieux que celui qui vous a été attribué.

Elle lui fit signe de la suivre, sous le regard reconnaissant des deux autres femmes.

— Comme je vous le disais, j'ai des acheteurs potentiels qui viennent de Vegas, je ne veux pas me trouver relégué dans un coin…

— Je comprends parfaitement, Collin, dit-elle en s'arrêtant devant un stand vide, à l'intersection des allées principales.

Comme elle s'y attendait, il ne sembla pas convaincu.

— C'est vraiment tout ce que vous avez ?

— J'en ai bien peur. Mais comme vous pouvez le voir, c'est très central.

— Hum, après tout, j'ai deux très grands formats qui trouveraient peut-être leur place ici… Merci, grâce à vous, je ne vais pas perdre la face ! conclut-il en esquissant enfin un sourire. Nous allons ouvrir une nouvelle galerie au cœur de Los Angeles dans quelques mois, et une autre à Las Vegas l'année prochaine. Nous sommes en pleine ascension, attendez-vous à entendre parler de nous !

— Je n'en doute pas, répondit-elle poliment.

— Accepteriez-vous de prendre un verre avec moi ce soir ? Vous m'avez ôté une sacrée épine du pied, Isabelle.

— Heureuse d'avoir pu vous rendre service. Dans le fond, c'était un coup de chance.

« Disons plutôt que le malheur des uns fait le bonheur des autres », songea Isabelle *in petto.*

— En revanche, je regrette mais je serai sans doute retenue ici jusqu'à 2 ou 3 heures du matin.

Aussi beau soit-il, elle n'avait aucune envie de sortir avec un homme qui semblait pénible, têtu et arrogant.

— Et quand vous n'êtes pas en train d'organiser cet événement, que faites-vous dans la vraie vie ?

La formule la fit sourire.

— Je suis associée chez Acker-Johnson, déclara-t-elle, parfaitement consciente de l'effet que produisait le nom de sa galerie.

— Ah oui, tout de même ! Mais vous êtes très jeune, pour une associée, non ?

— Je ne parais pas mon âge, et surtout, je n'ai pas compté mes heures pour en arriver là.

— Quant à moi, je suis cofondateur de ma galerie, dit-il en lui tendant sa carte. Bravo pour cette organisation, la soirée de demain s'annonce fabuleuse…

— Pour une très bonne cause.

— Êtes-vous concernée d'une façon ou d'une autre ? s'enquit-il.

— Ma mère est morte d'un cancer du sein quand j'avais 3 ans. Je n'ai presque aucun souvenir d'elle. C'était il y a longtemps, il paraît que les traitements se sont beaucoup améliorés, mais je ne veux pas que d'autres petites filles perdent leur maman.

— Ma propre mère s'en est sortie il y a quelques années. Vous avez raison : la médecine progresse. Merci encore pour le stand.

— Pas de problème. Merci de participer à l'événement. À demain.

En réalité, il y avait peu de chances qu'ils se recroisent. La soirée serait mouvementée et Isabelle ne verrait probablement que ses collaborateurs et leurs clients aux deux tables qu'ils avaient réservées. Alors qu'elle s'éloignait, elle reçut un appel de sa collègue sur le talkie-walkie.

— C'est bon, lui annonça-t-elle. Je lui ai donné le stand qui vient de se libérer et il s'est calmé.

— Heureusement que tu étais là ! Il a une gueule d'ange, mais c'est un vrai démon !

— Bof, c'est juste un prétentieux qui a terriblement peur de se couvrir de ridicule. Malheureusement, nous serons sans doute amenées à rencontrer toutes sortes de gens de cette espèce d'ici demain…

Vers l'heure du dîner, Isabelle décida de passer à la galerie pour relever ses messages. En ouvrant la porte, elle aperçut immédiatement un énorme bouquet de roses dans un vase. Sans doute Putnam lui envoyait-il ses encouragements pour la soirée. Elle ouvrit la carte.

« Merci pour le coup de pouce. Vous êtes un ange. Bonne chance et bon courage pour demain. Collin Stone. »

Isabelle apprécia le geste, même si ses deux collègues, qui avaient essuyé les foudres de ce goujat, méritaient les fleurs davantage qu'elle-même… Elle écouta ses messages en prenant quelques notes, appela deux de ses meilleurs clients qui venaient d'arriver à New York, puis attrapa un yaourt et une pomme dans le frigo avant de repartir pour le Lincoln Center.

Elle rentra chez elle vers 2 heures du matin. Dans la chambre de Theo, Maeve ronflait doucement dans le lit jumeau. Isabelle embrassa sa fille, la borda, se retira sur la pointe des pieds et s'endormit à peine la tête sur l'oreiller.

Le lendemain, elle fut réveillée par le téléphone. Putnam lui souhaita bonne chance et lui permit d'enchérir pour lui si elle voyait un tableau qui pourrait lui plaire, dans la limite de vingt-cinq mille dollars. Isabelle le remercia chaleureusement et promit de lui envoyer toutes les coupures de presse ayant trait à la soirée. Puis elle s'habilla à la hâte, aida Theo à se préparer et la déposa au jardin d'enfants avant de retourner au Lincoln Center. Toute la journée, elle ne fit que courir d'un bout à l'autre du hall d'exposition, mais au vu de la complexité de l'organisation, les choses se passaient étonnamment bien. Isabelle parvint même à se rendre disponible pour l'accueil des invités. Le gratin new-yorkais était présent, ainsi que les plus grands collectionneurs, tous en nœuds papillon et robes à paillettes. Elle-même était d'une élégance discrète, avec sa petite robe noire et le rang de perles que Putnam lui avait offert. Elle salua les quelques personnes qu'elle connaissait. Son badge l'identifiait comme organisatrice et elle indiquait aux gens les stands qu'ils cherchaient. Tout à coup, Collin Stone s'arrêta net en la reconnaissant.

— Merci pour les roses, dit-elle. Mais je ne les mérite pas vraiment.

— Bien sûr que si. Je rentre à L.A. dans deux jours. Que diriez-vous de dîner avec moi demain soir ?

— D'ici là, je serai morte d'épuisement. J'ai passé toutes mes soirées ici depuis le début de la semaine.

— Faites-moi plaisir : je n'ai pas si souvent l'occasion de venir à New York... Je vous appellerai demain, vous me direz comment vous vous sentez.

Il parlait d'un ton léger, comme s'il était parfaitement incapable d'avoir causé le scandale de la veille. Cet homme-là ne se laissait pas décourager si facilement ! Et il était d'une élégance renversante dans son smoking. Isabelle imagina Putnam en habit de soirée : il serait plus stylé et aristocratique que jamais... Collin, lui, respirait le chic moderne et affûté de la Cité des anges : veste cintrée, cheveux sombres parfaitement coupés. Il devait avoir dans les 35 ans et s'était approché un soupçon trop près d'Isabelle, plongeant ses yeux noirs dans les siens. Mais ses avances ne l'intéressaient pas le moins du monde. Après des semaines de préparation, elle était simplement heureuse de profiter de cette soirée terriblement glamour. Elle ne ressentait pas le besoin de repartir au bras d'un galeriste californien pour passer un bon moment. Certes, Collin était l'incarnation du mâle alpha, mais c'en était presque intimidant... Elle supposa qu'il fréquentait des tas de filles, sans doute des starlettes ou des chanteuses. Pourquoi s'intéresserait-il à elle, qui ne sortait que pour aller à la pizzeria du coin avec sa fille de 4 ans ? La vie d'Isabelle l'ennuierait à mourir.

Quand tout le monde fut invité à s'asseoir, elle l'aperçut, entouré de ses clients à l'une des tables Platine. Les hommes partageaient avec lui une allure racée et une évidente confiance en soi, tandis que les femmes, moulées dans des robes scintillantes, arboraient des courbes parfaites, des chignons volumineux et des bijoux voyants. Leur attitude décomplexée était typique de Los Angeles. Et les gens de la table voisine avaient quelque chose de plus clinquant encore : il s'agissait certainement des clients de Las Vegas.

Isabelle acquit une toile pour dix-huit mille dollars, au nom de Putnam Armstrong. La plus belle pièce de la soirée, donnée par une galerie de Palm Beach, partit pour cinq cent mille dollars. Au total, la vente dégagea sept millions de dollars... En théorie, du moins, car certains acquéreurs cherchaient seulement à épater leurs amis et ne venaient pas toujours réclamer les toiles. Cependant, ce soir-là, presque tous passèrent à la caisse aussitôt la vente terminée. Il faut dire que ces achats au profit d'une œuvre de bienfaisance étaient largement déductibles d'impôts. Isabelle remarqua qu'un seul tableau donné par la galerie de Collin était parti. L'artiste n'étant pas très connu, le jeune homme semblait satisfait. Un de ses invités avait acheté un tableau ancien. Dès que les premières notes de musique s'élevèrent, il invita Isabelle à danser. Elle accepta poliment, et c'est d'une main experte qu'il la fit virevolter sur la piste.

— Encore bravo pour l'organisation, commença-t-il.

— C'était un travail d'équipe, je n'étais qu'un maillon de la chaîne.

— Allons, ne soyez pas si modeste ! Mais dites-moi, y aurait-il un M. McAvoy quelque part ?

Elle secoua la tête, pour le regretter aussitôt. Il eût été tellement plus simple de mentir ! Elle était à la fois agacée par son arrogance et attirée par son charme indéniable.

— Je suis divorcée, répondit-elle après une pause, ce qui n'était pas si loin de la vérité.

— Vraiment ? Vous avez dû vous marier très jeune !

— J'avais 20 ans. J'ai passé ma troisième année d'études en France. C'est là-bas que vit mon ex-mari. J'ai une fille de 4 ans.

Collin était de plus en plus surpris.

— Vous avez de la chance. Moi, je cherche quelqu'un avec qui je pourrais me poser depuis que j'ai 30 ans, mais pour l'instant je suis resté bredouille. Je rêve de trouver la mère de mes futurs enfants. Après tout, c'est peut-être vous !

Même si c'était une plaisanterie, Isabelle fut estomaquée par tant de culot.

— Je me fie totalement à mon instinct, vous savez, poursuivit-il. Et vous êtes quelqu'un d'exceptionnel, je l'ai su dès le premier regard.

— Ah oui ? Qu'est-ce qui vous dit que je ne suis pas une folle furieuse qui décapite ses amants à la hache ?

— Vous ne m'avez pas l'air assez costaude pour soulever une hache ! Et si vraiment vous êtes divorcée, plutôt que veuve, c'est que votre mari n'a pas fini découpé en morceaux...

— Non, en effet. Nous sommes même restés en très bons termes, pour notre fille.

— Tu vois : c'est bien ce que je disais. Tu es une personne hors du commun, pleine de cœur et de sagesse, remarqua Collin en passant au tutoiement.

Isabelle se sentait légèrement étourdie quand Collin la raccompagna à sa place. Après l'avoir remercié, elle déclara qu'elle rentrait chez elle : elle ne faisait pas partie du comité chargé de la clôture et du démontage des stands.

Le lendemain, elle était à son bureau dès potron-minet afin de récupérer le retard accumulé au cours des derniers jours quand Collin l'appela pour réitérer son invitation.

— Ce soir, 20 heures, à La Grenouille ?

En lui proposant l'un des meilleurs restaurants gastronomiques de la ville, il sortait le grand jeu !

— Je regrette, mais je ne peux vraiment pas. Ma baby-sitter est épuisée, je lui ai promis que je serais chez moi ce soir.

— Et si je venais chez toi avec des plats chinois à emporter ? Je veux rencontrer ta fille.

— Bon, bon, alors viens si tu veux, je préparerai quelque chose de simple.

— Mais non, voyons, le but est de te laisser chouchouter. Je sais combien tu as travaillé dur, ces derniers jours.

— Alors apporte des pizzas. Tu te feras une amie de Theo.

— Voilà qui est parler !

Lorsqu'il sonna à la porte, Collin était vêtu d'un costume sombre et bien coupé, probablement de fabrication italienne. En plus des deux cartons de pizza, il déposa sur la table de la cuisine un sac isotherme frappé du logo d'une épicerie fine, dont il sortit une boîte de caviar et une bouteille de champagne, ainsi qu'un gâteau glacé en forme de clown à l'intention de Theo. La petite fille, d'habitude si réservée, tapa dans ses mains et lui offrit un large sourire.

— Theo, je te présente Collin. Lui aussi vend des tableaux dans une galerie, expliqua Isabelle.

La jeune femme était un peu stressée de l'introduire ainsi dans son quotidien, de le présenter à sa fille alors qu'elle le connaissait à peine. Mais rapidement, Collin quitta sa veste et retroussa les manches de sa chemise blanche, qu'il portait sans cravate. Il bavarda avec Theo comme si les enfants n'avaient pas de secret pour lui et lui lut une histoire pendant qu'Isabelle mettait la table.

Au cours du repas, la conversation fut facile et légère, puis Collin attendit au salon pendant qu'Isabelle couchait sa fille. Enfin, elle vint s'asseoir près de lui sur le canapé et il ouvrit la bouteille de champagne.

— Tu as vu les articles dithyrambiques sur la vente de charité ? Tu es la nouvelle star des soirées new-yorkaises !

Isabelle se détendit : dans la sphère privée, il semblait moins prétentieux que quand il cherchait à impressionner ses clients.

— Raconte un peu, comment as-tu attrapé le virus de l'art ? demanda-t-il.

— Je suis tombée dedans quand j'étais petite. Mon père était conservateur au MFA de Boston.

— Ah oui, c'est là-bas que tu as grandi ?

— Jusqu'à l'âge de 5 ans. Ensuite, nous avons déménagé à Newport.

— Très chic !

— Oui, enfin, non... Contrairement à sa réputation, la ville n'est pas uniquement peuplée de milliardaires.

Quelque chose la retint de lui parler de l'emploi de son père chez les Vanderbilt. Elle ne savait que penser de la facilité avec laquelle Collin s'immisçait dans l'intimité d'autrui. Comme si lui-même n'avait pas la moindre zone d'ombre.

— Et toi ? Comment en es-tu venu à vendre de l'art contemporain ? s'enquit-elle.

— Je ne vais pas te le cacher : c'est là que se trouve l'argent, en ce moment. Je veux ma part du gâteau. En fait, c'est un peu une revanche personnelle. Mon père était un cador de l'immobilier et de la Bourse, jusqu'au jour où une série de mauvais investissements lui a fait tout perdre. Il a découvert qu'il n'était pas aussi malin qu'il le croyait. Après avoir vécu dans le confort, ma mère et moi, on s'est retrouvés avec nos seuls yeux pour pleurer. Ça a eu raison de leur couple, elle a demandé le divorce. Je ne veux pas finir comme lui, petit représentant en assurances qui vit dans des motels pourris. À la fin, il était chauffeur de limousine. Moi, je veux revenir tout en haut de l'échelle, en vendant de l'art aux bonnes personnes. Je me donne dix à quinze ans pour réussir.

— Le marché de l'art n'est pas tellement plus prévisible que l'immobilier ou les actions boursières, remarqua Isabelle.

— Je le sais bien, mais tu serais surprise de voir combien certaines personnes sont prêtes à payer pour des nouveautés à Los Angeles. Surtout que là-bas, en art contemporain, on peut facilement négocier des marges de cinquante pour cent. C'est de la folie, et je viens tout juste de commencer à explorer Vegas ! Mes clients ne sont peut-être pas aussi aristocratiques et distingués que les tiens, mais l'argent n'a pas d'odeur, n'est-ce pas ?

Isabelle n'avait encore jamais rencontré quelqu'un d'aussi dépourvu de complexes quant à son ambition. C'était un peu déstabilisant, mais cela l'intriguait. À l'évidence, il ne ménageait pas sa peine et sa détermination forçait l'admiration. Elle-même n'avait jamais été ambitieuse. Et s'attachait à construire pas à pas une carrière solide et respectable, plutôt qu'à empocher de grosses sommes rapidement.

— Et toi, que veux-tu faire quand tu seras grande ?

Isabelle sourit.

— Consultante artistique, spécialisée dans les grands maîtres de la Renaissance et les impressionnistes. Ce sont mes domaines de prédilection. Mon but, c'est d'aider les gens à rassembler de belles collections. C'est un peu un travail d'entremetteuse entre les œuvres et le public. C'est très gratifiant.

— Moi, je n'ai ni ta patience ni tes connaissances, reconnut-il. Avec quelqu'un comme toi à mes côtés, je soulèverais des montagnes !

— J'ai l'impression que tu peux très bien y arriver tout seul, dit-elle en vidant sa flûte de champagne.

Collin lui en servit une deuxième. Elle commençait à se sentir légèrement pompette, un état qu'elle n'aimait pas quand elle était seule avec Theo. Mais après tout, la petite dormait à poings fermés, et elle-même ne tarderait pas à aller se coucher. Elle ne faisait rien de mal avec Collin.

— Je pense que ma vie n'aurait aucun sens si je n'avais pas un jour une femme et des enfants, murmura-t-il en plantant son regard dans le sien. La réussite professionnelle n'est pas tout, bien au contraire. Il suffit de rencontrer la bonne personne… et si c'était toi ?

Isabelle trouva ce discours embarrassant et prématuré, mais le champagne et le charisme de Collin lui tournaient la tête. Elle se laissa embrasser et ne se ressaisit que lorsqu'il essaya de l'allonger sur le canapé. Il avait encore une main sur son sein : malgré sa mauvaise conscience, elle n'était pas pressée de la repousser.

— Stop ! On arrête tout ! Ma fille dort dans la pièce d'à côté.

— Et si ce n'était pas le cas, cela changerait-il la donne ? Je sais que c'est complètement dingue, Isabelle, mais je crois que je suis en train de tomber amoureux de toi. Tu es belle, intelligente, sexy, bienveillante et une maman formidable… Tu es celle que je cherche depuis toujours !

— Minute, papillon. Tu ne sais rien de moi !

— Je sais tout ce que j'ai besoin de savoir. Je sais que si je t'épousais demain, nous formerions un couple du tonnerre.

— Par chance, ni toi ni moi ne sommes assez fous pour faire une chose pareille, dit-elle en se redressant.

— Quand pourrai-je te revoir ? Tu n'auras qu'à claquer des doigts pour que je vienne à New York. Tiens, dans deux semaines, je retrouve ici un client de Moscou, avant de partir à Hong Kong.

— Quelle vie trépidante…

— Alors partage-la avec moi ! Si tu le voulais, nous pourrions travailler ensemble.

— J'ai une fille et un métier qui comptent beaucoup pour moi.

— Moi aussi, je veux compter pour toi, avoir des enfants avec toi !

— Fais attention à ce que tu dis…, dit-elle doucement, se laissant à nouveau attendrir.

— Tu es la femme de mes rêves, Isabelle. Je reviens dans deux semaines. Garde-moi une place dans ton agenda. Tu viendrais en week-end avec moi ? Tu peux faire garder Theo ?

— Oui, pour ce qui est de libérer du temps et de faire venir la baby-sitter. Mais je ne passerai pas un week-end avec toi avant de te connaître mieux. Si tu veux vraiment me revoir, on va s'y prendre comme des gens raisonnables et éviter de mettre la charrue avant les bœufs. J'ai déjà commis une erreur, je n'ai aucune envie de recommencer.

Conscient qu'il lui fallait mettre la pédale douce s'il voulait gagner du terrain, Collin hocha la tête.

— Je ne veux pas te mentir, poursuivit-elle. Je ne suis pas divorcée. Je n'ai jamais été mariée au père de Theo. Je l'ai aimé de tout mon cœur, et c'est encore le cas, dans un sens. Malgré l'éloignement, c'est un papa merveilleux. J'ai fait la bêtise de me lancer dans cette relation alors que nous n'avions pas d'avenir commun. Je ne le regrette pas, parce que j'ai eu Theo, mais je ne veux plus faire n'importe quoi.

— D'accord, je comprends. Merci pour ta franchise. J'essaierai de ne pas te brusquer, mais quand j'ai une idée derrière la tête…

— Oui, j'ai cru remarquer ce trait de ta personnalité, plaisanta Isabelle.

Il l'embrassa si langoureusement qu'elle crut fondre. Par chance, il se releva pour partir : à une seconde près, elle ne répondait plus de rien.

— Merci pour le caviar et le champagne, dit-elle en le raccompagnant à la porte.

— C'est la vie que j'ai envie de mener avec la femme que j'aime…

Collin ne pouvait pas imaginer que le père de Theo en aurait offert autant à Isabelle, si elle l'avait voulu. Il ne se doutait pas qu'elle était heureuse de sa vie toute simple, et tenait en priorité à rester indépendante…

Pourtant, le souvenir des baisers de Collin la tint éveillée jusque tard dans la nuit. Elle s'était fait violence pour lui résister… Comment réagirait-il, dorénavant ? Lui laisserait-il le temps dont elle avait besoin, ou se détournerait-il, pour jeter son dévolu sur quelqu'un d'autre ?

Le lendemain matin, Collin l'appela depuis l'aéroport, puis le soir, de L.A. où il avait des rendez-vous professionnels. Il l'appela encore de Palm Springs, Newport Beach et Las Vegas. À son retour à New York, il l'invita à nouveau au restaurant. Il lui parla du client russe qu'il venait de rencontrer, et qui avait acheté pour un million de dollars de tableaux. Dans sa propre galerie, il arrivait à Isabelle de gérer des transactions plus importantes, mais contrairement à lui elle ne touchait qu'une petite commission. Collin déclara que son client de Hong Kong était encore plus fortuné, sans préciser de quel type de personnalité il s'agissait. Il évoqua ses prospects à Dubaï, où une clientèle internationale, essentiellement composée de nouveaux riches, était en pleine émergence.

Collin ne se lassait pas de lui parler de son travail : cela sautait aux yeux, il cherchait à l'impressionner et à l'impliquer dans son quotidien. Certes, Isabelle était seule depuis bien longtemps, et vulnérable à son charme, mais elle refusa de le suivre à son hôtel après le dîner. Elle ne le laissa pas non plus monter chez elle lorsqu'il la raccompagna en taxi. Il l'embrassa longuement sur la banquette arrière.

— Tu me rends fou, chuchota-t-il. Aucune femme ne m'a jamais résisté comme ça. Mais je t'attendrai, tu en vaux la peine.

Isabelle parla de Collin à son père lorsqu'elle lui rendit visite pour Thanksgiving. Elle lui expliqua qu'il travaillait comme elle dans le domaine de l'art et s'arrangeait pour venir la voir deux ou trois fois par mois.

— On dirait que c'est une personnalité intéressante, commenta Jeremy. Mais reste prudente, Isabelle. Vous n'avez dû vous voir que sept ou huit fois en tout, non ? J'ai l'impression que ce garçon cherche surtout à gagner beaucoup d'argent rapidement, à mener grand train… Avant de t'engager, tu devrais peut-être réfléchir pour savoir si c'est bien ce que tu souhaites, toi aussi.

Isabelle acquiesça, mais le fait est qu'elle pensait de plus en plus à Collin, qui la courtisait avec une constance indéfectible et lui avait déclaré son amour.

Le jeune homme vint la voir la semaine précédant Noël, juste avant qu'elle retourne à Newport. Il l'avait suppliée de le passer avec lui, mais elle avait décliné : elle ne voulait pas laisser tomber son père. En revanche, elle accepta de le suivre aux îles Turquoises pour le nouvel an. Elle avait été raisonnable assez longtemps et ne trouvait plus de raisons pour refuser ses avances…

Maeve avait accepté de bonne grâce de garder Theo. Collin et Isabelle s'envolèrent le 30 décembre à bord du jet qu'il avait réservé pour l'occasion. Sur place, il avait loué une villa à deux pas de la plage, avec cuisinier, chauffeur et femme de chambre. À peine étaient-ils arrivés qu'il la porta jusqu'au lit king size et ils passèrent les deux jours suivants entre la chambre à coucher et la piscine privée. Isabelle n'avait jamais rencontré d'homme aussi fascinant, ni vécu d'expérience aussi exotique. Le soir de la Saint-Sylvestre, il mit un genou en terre et lui fit sa demande, bague à l'appui. Elle s'agenouilla à son tour pour l'embrasser, avant de murmurer :

— Je t'aime, Collin. Mais ne nous marions pas tout de suite. C'est trop tôt. Attendons encore un peu.

Le jeune homme avait l'air d'un enfant à qui on annonce que Noël est reporté de deux semaines… Il insista pour qu'elle garde la bague, mais Isabelle répéta qu'elle avait encore besoin de temps pour apprendre à mieux le connaître. Ainsi, elle était très curieuse de sa galerie et de sa villa à Newport Beach, mais il était clair qu'il n'y passait que très peu de temps.

Dans les mois qui suivirent, ils se retrouvèrent à Aspen, à Palm Beach et à Miami, au gré des rendez-vous professionnels de Collin. Ils allèrent skier dans le Vermont, elle le rejoignit dans sa chambre d'hôtel à New York, et en avril ils retournèrent dans les Caraïbes, à Saint-Bart. C'est là qu'il réitéra sa demande en mariage ; cette fois, elle accepta. Ils sortaient ensemble depuis sept mois et Isabelle estimait qu'ils avaient besoin de se poser. Collin lui-même parlait depuis longtemps de lever le pied. Il versa des larmes de joie. Et lorsque Isabelle demanda où il avait envie de s'établir, il répondit sans hésiter :

— À New York, bien sûr. Je sais combien ton travail est important pour toi. Je vais fermer ma galerie à Newport Beach. Tu as vu comment ça se passe : je rencontre de plus en plus mes clients chez eux, partout dans le monde. New York sera notre port d'attache. Que dirais-tu de commencer à chercher un appartement plus grand ? Parce que nous aurons d'autres enfants, n'est-ce pas ?

Isabelle n'était pas pressée : pour le moment, son trois-pièces était assez vaste, elle s'y sentait bien. La conversation porta ensuite sur le mariage et ils optèrent pour une cérémonie à Newport début juin, en présence de Jeremy et de Theo. Collin n'avait pas de famille à l'exception de sa mère, qui souffrait de la maladie d'Alzheimer et vivait à San Diego dans une institution spécialisée. Elle était trop atteinte pour profiter de ce moment.

Isabelle appela son père pour lui annoncer la nouvelle. Jeremy ne sauta pas au plafond, mais se déclara heureux pour elle ; Collin semblait être un jeune homme ambitieux et travailleur, il espérait qu'il lui apporterait tout ce qu'elle pouvait souhaiter.

Quand les deux hommes se rencontrèrent, la veille du grand jour, le marié fit beaucoup d'efforts pour s'attirer les bonnes grâces de son futur beau-père. Isabelle ne voulait pas de réception : Jeremy n'avait pas de famille et elle avait perdu le contact avec ses camarades du lycée et de l'université. Theo occupait toute sa vie. Aussi le mariage se résuma-t-il à une cérémonie toute simple dans l'église du quartier. Isabelle était rayonnante quand ils échangèrent leurs consentements, et une alliance sertie de brillants vint rejoindre la bague de fiançailles qu'elle avait mis si longtemps à accepter. La seule chose qui l'inquiétait encore, c'est qu'elle n'avait pas eu le courage de parler de Collin à Putnam. Elle préférait lui annoncer son mariage de vive voix, lors de son séjour en Normandie.

Collin avait prévu de voyager tout l'été, pour rencontrer ses clients sur leurs yachts et dans leurs résidences secondaires. Il ne voyait pas d'objection à ce qu'Isabelle et Theo passent un mois en France, comme elles en avaient pris l'habitude.

Contrairement à la tradition américaine, les jeunes mariés se contentèrent de rentrer à New York après le week-end du mariage, remettant le voyage de noces à plus tard.

Dans les deux mois qui suivirent, Collin s'absenta de plus en plus souvent, surtout à Las Vegas et à l'étranger. Et pour la première fois, il sembla perdre de son ardeur. Il s'en excusa quand Isabelle lui en fit le reproche : les voyages et le décalage horaire l'épuisaient. Plutôt que de se sentir jaloux de Putnam, il était rassuré de savoir qu'elle ne serait pas seule au mois d'août. Isabelle partit pour la France avec l'impression qu'on lui avait volé sa lune de miel.

En Normandie, Isabelle parla de Collin à Putnam le soir de son arrivée. D'abord très surpris, il se dit lui aussi heureux que son mari l'ait laissée venir. Les retrouvailles avec sa fille étaient plus émouvantes d'année en année. Maintenant âgée de 5 ans, Theo était une enfant charmante, bien élevée et dotée d'un cœur tendre. Dans l'après-midi, Putnam lui avait fait faire le tour du domaine. En voyant les deux agneaux qu'il venait d'adopter, elle s'était exclamée qu'elle voulait les ramener à New York, mais s'était résignée quand son père lui avait expliqué qu'ils ne seraient pas heureux en appartement. Sa timidité coutumière fondait comme neige au soleil quand ils étaient ensemble, et Putnam était un tout autre homme au contact de sa fille.

— Tu es sûre que ce n'est pas une opération de blanchiment d'argent ? demanda-t-il quand Isabelle tenta de lui décrire le commerce florissant de Collin, dont elle-même ne comprenait pas tous les arcanes.

— Mais non, voyons ! C'est quelqu'un de très brillant. Il est plus ambitieux que moi, mais ce n'est pas un défaut. Je pense qu'il est traumatisé parce que son père a été ruiné du jour au lendemain quand il était petit.

— Bon, bon, tant mieux... Ne prends pas la mouche, Isabelle. Je ne souhaite que ton bonheur. Tu le mérites. Je suis très content pour toi.

Dans un sens, Putnam était soulagé de savoir que la jeune femme avait trouvé un nouvel amour : il ne culpabilisait plus de la délaisser et profitait pleinement de la présence de sa fille, qui faisait toute sa joie. Collin téléphonait tous les deux ou trois jours, ne manquant jamais de dire à Isabelle combien elle lui manquait. De son côté, elle n'avait pas grand-chose à raconter : elle rechargeait ses batteries, lisait et dormait beaucoup, pendant que Putnam emmenait Theo à l'aventure. Elle plaçait toute sa confiance en lui. Un mois par an, c'était un père attentif et responsable. Isabelle était encore en Normandie lorsqu'elle s'aperçut qu'elle était enceinte. La conception devait dater du week-end du mariage, début juin. Elle n'en dit rien à Putnam. Collin devait être le premier informé et Isabelle tenait à le lui annoncer de vive voix, à son retour à New York. Sa vie sentimentale, professionnelle et familiale était enfin sur les rails !

5

Comme les années précédentes, Isabelle ressentit une douce tristesse en repartant fin août, et ni elle ni Putnam ne purent retenir leurs larmes quand Theo se mit à pleurer. Il promit de les appeler et de leur écrire souvent.

Collin revint à New York une semaine après Isabelle et Theo. Il exulta lorsque son épouse lui annonça qu'il allait être père. Le bébé était prévu pour la fin mars.

— Oh, chérie, je veux être présent quand il arrivera, je t'assure que je vais lever le pied… Mais d'ici la fin de l'année, j'ai encore beaucoup de rendez-vous que je ne peux pas annuler.

Isabelle aussi était bien occupée à la galerie, et il fallait maintenant suivre les devoirs de Theo, l'accompagner à son cours de danse… Elle n'avait pas le temps de s'ennuyer. Ils évoquèrent à nouveau la possibilité de déménager, quand le bébé serait âgé de quelques mois. En attendant, il dormirait dans la chambre de

Theo, qui était ravie à l'idée de devenir grande sœur.

À la déception d'Isabelle, Collin était à Las Vegas le week-end de Thanksgiving. Jeremy ne voyait pas d'un bon œil les déplacements de son gendre, et Isabelle souffrait de plus en plus de son absence. Mais il promit de venir fêter Noël à Newport. Il venait de rentrer de deux semaines à Hong Kong lorsqu'il l'appela depuis Los Angeles le matin du 24 décembre. À cette heure-là, il aurait dû être à bord de son vol pour Boston.

— Ne me dis pas que tu as raté l'avion..., lâcha Isabelle, exaspérée.

— Non, pas exactement... Mais je suis toujours à L.A.

— Tu as changé de vol ?

— Écoute, je ne sais pas comment te le dire..., commença Collin d'une voix étranglée. Mais voilà, je ne vais pas venir du tout.

— Hein ? Mais pourquoi ? Où es-tu ?

Les larmes montèrent aux yeux d'Isabelle. Elle entendait un brouhaha derrière lui, et un drôle d'écho, comme s'il l'appelait du fond d'un puits.

— Je... je suis au centre de détention métropolitain de Los Angeles. C'est scandaleux, les accusations dont on m'accable ne tiennent pas la route ! Je t'expliquerai tout quand je rentrerai à New York. Mais d'abord, il faut que je sorte d'ici, et ils ne veulent pas fixer le montant de ma caution tant que je ne suis pas auditionné.

— Tu vas passer Noël en prison ? ! Mais de quoi est-ce qu'on t'accuse ?

— Blanchiment d'argent et évasion fiscale. C'est du grand n'importe quoi ! J'ai juste vendu des tableaux à un type de Vegas qui a eu des embrouilles avec la police fédérale.

Dans la cuisine de son père, Isabelle crut s'évanouir. Elle se laissa lourdement tomber sur un tabouret. Elle était enceinte de six mois, des œuvres d'un homme susceptible de passer une partie de sa vie en prison… Tout à coup, elle se demanda à quel point elle connaissait son mari. Pourquoi l'avait-il épousée ? Et si ce n'était qu'un escroc ? L'avait-il utilisée pour s'offrir une façade respectable ? Leur amour n'était-il que mensonge ? La question de Putnam lui revint en mémoire. Collin, impliqué dans une affaire de blanchiment d'argent ? Sur le moment, cela lui avait semblé absurde. À présent, c'était terriblement crédible. Elle l'aimait, mais qui était-il vraiment ?

— Écoute, Isabelle, calme-toi, poursuivit-il. Ce sont des choses qui arrivent. Tout ça n'est qu'un stupide malentendu, ils vont finir par me relâcher.

— Comment peux-tu en être aussi sûr ? Enfin ! Ce ne sont pas « des choses qui arrivent » quand on n'a rien à se reprocher !

— J’ai des amis haut placés qui peuvent me tirer de là. Je serai de retour d’ici quelques jours. En attendant, ne bouge pas, ça va s’arranger. Désolé de ne pas passer Noël avec vous… Comment te sens-tu, au fait ?

— Qu’est-ce que ça peut bien te fiche… ? cracha-t-elle, juste avant que le surveillant pénitentiaire prévienne Collin qu’il était temps de raccrocher.

Isabelle resta à regarder par la fenêtre comme une somnambule. Le monde venait de s’écrouler autour d’elle. Un instant plus tard, Jeremy entra dans la pièce et prit peur en la voyant si pâle.

— Tout va bien ?

Mécaniquement, elle commença par hocher la tête, avant de fondre en larmes et de se jeter au cou de son père, qui écouta son récit, mâchoires serrées. Puis, installés à la table de la cuisine, ils discutèrent longuement de la situation. Pour Jeremy, l’arrestation de Collin ne faisait que confirmer un mauvais pressentiment ; quant à Isabelle, elle ne se pardonnait pas de s’être laissé abuser de la sorte.

Certes, Collin ne lui avait pas dérobé d’argent, mais il l’avait utilisée comme un simple pion dans son jeu, ruinant au passage la vie de Theo et celle de l’enfant à venir.

À la table du réveillon, Isabelle mobilisa toutes ses forces pour faire bonne figure devant sa fille. Mais après l'avoir mise au lit avec la promesse de cadeaux sous le sapin, elle ne put fermer l'œil. Elle attendit 3 heures du matin, soit 9 heures en France, pour appeler Putnam.

— Joyeux Noël ! lança-t-il en entendant sa voix.

Isabelle se mit à pleurer.

— Oh, Putnam, ce n'est pas joyeux du tout…

— Que se passe-t-il ? Je me disais aussi que tu m'appelles bien tard…

Elle lui raconta son histoire entre deux sanglots.

— Écoute, Isabelle, je ne sais pas qui est réellement ce type, mais à ta place, je me débarrasserais de lui le plus vite possible. Ne va pas te compromettre avec un criminel. Qui sait ce qu'il a bien pu faire d'autre...

— Tu avais raison de me mettre en garde… Ce que j'ai pu être naïve !

— Je pense que c'est un escroc professionnel, sa vie doit être fondée sur le mensonge. Veux-tu que j'engage quelqu'un pour enquêter sur lui ? Évidemment, c'est un peu tard…

Si seulement Isabelle avait parlé de Collin à Putnam avant qu'il lui passe la bague au doigt !

C'est le cœur lourd qu'elle rentra à New York après Noël. Qu'allait-elle faire dans l'immédiat ? Elle voulait confronter Collin avant de prendre une décision.

Il reparut dix jours plus tard, et lui avoua être incriminé dans seize affaires de blanchiment d'argent, et huit d'évasion fiscale. L'un de ses amis de Las Vegas avait payé sa caution, il avait maintenant besoin d'un avocat pour se défendre au tribunal.

— Sauf que je n'ai pas les moyens de me payer un avocat fédéral…, dit-il avec des yeux de chien battu. Tu crois que le père de Theo pourrait m'avancer ? Après tout, je suis le beau-père de la petite. Je suis sûr qu'il ne voudrait pas me voir moisir en prison…

— Tu plaisantes ? répliqua Isabelle d'une voix blanche. Tu veux que Putnam mette la main à la poche pour te tirer du pétrin dans lequel tu t'es fourré ? Tu crois vraiment que je vais lui demander une chose pareille ?

— Tu as intérêt, bébé, si tu ne veux pas m'apporter des oranges, ricana Collin.

Isabelle le dévisagea avec stupeur. L'homme qu'elle avait en face d'elle était un étranger, un parfait inconnu. Celui dont elle était tombée amoureuse n'existait pas.

Il tenta de lui expliquer qu'il avait agi pour un commanditaire, un associé secret qui lui faisait maintenant porter le chapeau, mais Isabelle n'en crut pas un mot. Aucune de ses excuses ne tenait la route et, après l'avoir entendu, elle n'eut qu'une idée en tête : se sortir au plus vite de ce mauvais pas. Dès le lendemain, Putnam l'appela avec des révélations accablantes. Collin avait vendu pour des millions de dollars des tableaux sans aucune valeur. Certains étaient de vulgaires copies, d'autres étaient vendus avec de faux certificats d'authenticité, d'autres encore étaient tout bonnement des œuvres volées. Et Collin ne payait pas d'impôt sur le revenu depuis des années : il avait engrangé des millions dans différents paradis fiscaux. C'était une combine d'une simplicité confondante, fondée sur l'ignorance et la naïveté de ses clients. Deux d'entre eux avaient fini par flairer une arnaque et le dénoncer. Selon le détective, Collin serait obligé de plaider coupable pour essayer d'alléger sa peine, mais il ne pourrait pas échapper à de la prison ferme, car c'était un cas de récidive : il avait déjà été inquiété pour des faits similaires. À la différence que, cette fois, les preuves étaient accablantes.

Le jour même, Isabelle en larmes ordonna à Collin de quitter les lieux. Elle ne pleurait pas pour ce criminel, mais pour le petit être innocent qui grandissait en elle... Tout ce qu'elle avait éprouvé pour Collin s'était évanoui. Que répondrait-elle à son enfant, quand il ou elle lui demanderait où était son père ? Et pourquoi une crapule comme lui était-elle si pressée d'avoir un bébé ? À présent, Isabelle se demandait si le père de Collin n'était pas lui-même un bandit, plutôt qu'un homme d'affaires raté...

— Super, merci beaucoup, éructa-t-il. Tu te défiles au premier pépin, jolie mentalité ! Je te rappelle que tu es enceinte de mon enfant, Isabelle. À moins que tu veuilles te débarrasser de lui aussi ?

— Ne dis pas n'importe quoi, tu sais bien qu'il est trop tard, et que je ne ferais jamais une chose pareille. Tu n'as pas un « pépin », Collin, tu es dans la panade jusqu'au cou ! Et je ne veux rien avoir à faire avec tout ça. Sors de chez moi, sors de ma vie. Si tu veux que je t'envoie tes affaires, tu n'as qu'à me laisser ton adresse.

À dire vrai, il ne s'était jamais vraiment installé dans l'appartement de l'Upper East Side. La plupart de ses effets personnels se trouvaient encore à Newport Beach. Du moins, c'est ce qu'il affirmait... Il s'en alla sans faire de scène et sans lui dire où il allait. Il ne dit même pas au revoir à Theo.

Trois jours plus tard, l'annonce de son inculpation parut dans la presse, aussi bien à la une de certains journaux que dans les pages consacrées au marché de l'art.

Isabelle déposa sa demande de divorce dès le mois de janvier. Elle apprit que Collin était de retour en Californie et lui envoya ses quelques vêtements. Il s'avéra que son adresse de Newport Beach ne correspondait pas à une galerie, mais au domicile d'une ex-petite amie, qu'il rémunérait pour receler des tableaux volés. Elle aussi avait été interpellée. Toute cette histoire était sordide. En y repensant, Isabelle comprit qu'il comptait s'appuyer sur sa carrière à elle, et sur le renom de la galerie Acker-Johnson, pour asseoir sa crédibilité.

Deux mois plus tard, en mars, naquit la petite Xela, en pleine tempête de neige, dans un cri tonitruant. Bien que l'accouchement fût plus facile que pour sa sœur aînée, Isabelle pleura tout du long et ne dit pas un mot quand on lui annonça que c'était une fille.

— Et on peut dire qu'elle a du coffre ! commenta la sage-femme.

La petite hurla tout le temps des premiers soins et ne se calma que quand sa mère put la prendre dans ses bras. Elle était magnifique, aussi brune que Theo était blonde, et arborait une mine chiffonnée par la colère, comme si elle en voulait au monde entier.

Dans la chaleur maternelle, elle s'apaisa peu à peu. Son front plissé se lissa, elle eut un hoquet, ferma les yeux et finit par s'endormir. Après qu'on eut emmené le bébé à la nurserie, Isabelle appela son père, puis Maeve qui gardait Theo. Elle n'avait aucun moyen de prévenir Collin et doutait que cette nouvelle l'intéresse réellement. De toute façon, il n'était pas question pour elle d'établir un lien entre sa fille et ce criminel. À la galerie, l'affaire Collin Stone avait donné lieu à des bruits de couloir, vite étouffés quand le directeur se fut assuré qu'Isabelle était victime, et non complice, de son ex-mari. Depuis trois mois, ses collègues la traitaient avec sollicitude, comme une convalescente. Dès qu'ils surent qu'elle avait accouché, ils lui firent livrer un bouquet de fleurs à l'hôpital, avec un ours en peluche pour le bébé.

Au cours de ses premières semaines de vie, à part quand elle dormait, Xela pleura sans discontinuer. À la façon dont elle serrait ses petits poings en s'époumonant, Maeve avait diagnostiqué des coliques. Theo regardait dans le berceau d'un air intrigué.

— Pourquoi est-ce qu'elle pleure tout le temps ?

— Elle a mal au ventre, ma chérie.

— Est-ce qu'elle ira mieux bientôt ?

— Je l'espère, répondait Isabelle, qui avait tout aussi hâte que les cris cessent.

La souffrance bruyante de sa fille cadette lui portait sur les nerfs. C'était comme si Xela savait qu'elle était venue au monde sous de funestes auspices. Elle devait sentir, aussi, que sa mère avait du mal à l'accepter, car elle lui rappelait la trahison de Collin. Ce n'est que par obligation qu'elle jouait avec elle, tandis qu'elle aurait pu passer des heures à accompagner la studieuse Theo dans son apprentissage de la lecture.

Au bout d'un certain temps, Xela arrêta de pleurer, comme enfin réconciliée avec l'existence. Dès lors, elle fut fascinée par sa grande sœur, dont elle observait les faits et gestes. C'est à la même époque que Collin appela Isabelle. Il était en Californie et préparait son procès. Au grand soulagement d'Isabelle, il ne souhaitait pas voir le bébé et voulait renoncer à son autorité parentale, admettant qu'il n'était pas en mesure d'assumer cette responsabilité. D'après son avocat, il écoperait en plaidant coupable d'une peine allant de dix à vingt ans de prison. Isabelle n'éprouvait pas la moindre compassion à son égard.

Les papiers de renoncement à l'autorité parentale arrivèrent quelques semaines plus tard, dûment signés. Isabelle compléta sa partie et, une fois cette démarche accomplie, pria pour ne plus jamais avoir affaire à Collin. Bon gré mal gré, et bien qu'elle ait repris le travail, elle commença à tisser des liens avec la petite Xela, qui entrait encore dans des colères noires chaque fois qu'elle ressentait le moindre inconfort. Certains soirs, il lui arrivait de s'endormir d'épuisement après avoir pleuré pendant une heure.

— Pauvre petite chérie, soupira Maeve, un soir où elle la berçait sans succès. C'est comme si elle savait tout le mal que son papa vous a fait. Elle est pourtant si mignonne… quand elle dort !

Isabelle esquissa un sourire. C'est vrai que Xela était un joli bébé, avec ses cheveux de jais et ses yeux sombres… à l'image de Collin. Pourvu qu'elle n'ait pas aussi hérité du penchant criminel de son père !

Lorsqu'elle s'ouvrit de ses craintes auprès de lui, Jeremy les balaya d'un revers de main : l'atavisme était une légende.

— Xela n'est qu'un bébé, voyons ! C'est toi qui l'élèves, elle a une grande sœur formidable et deviendra à son tour une adorable petite fille.

En outre, Jeremy aidait Isabelle à se déculpabiliser : n'importe qui serait tombé dans le filet d'un sociopathe aussi manipulateur que Collin Stone.

Cet été-là, Theo avait 6 ans et Xela 5 mois lorsqu'elles s'envolèrent pour la France. Putnam était enchanté de les accueillir toutes les trois. Père et fille étaient plus complices que jamais. Ils étaient capables de lire ou de se promener côte à côte pendant une heure sans échanger un mot. Qui plus est, le temps que ces deux-là passaient ensemble permit à Isabelle de renforcer ses liens avec le bébé. Xela pleurait beaucoup moins, mais avait besoin d'être constamment en mouvement. Pour l'endormir, Isabelle la promenait sur le domaine dans le vieux landau de Theo.

Ce séjour en Normandie eut pour Isabelle un effet thérapeutique, au fil de ses longues et tardives conversations avec Putnam.

— Tu n'es pas la première qu'il ait bernée, lui fit-il remarquer. Et tu n'aurais sans doute pas été la dernière si la police ne l'avait pas arrêté. Et puis tu dois rester forte pour tes enfants.

— Je sais, soupira Isabelle. Ça aussi, ça m'inquiète. Je ne veux pas raconter d'histoires à Xela, mais comment lui dire la vérité sans que cela pèse sur son avenir ?

— Tu n'es pas obligée de tout lui révéler d'un coup. Elle comprendra facilement que les parents ne vivent pas toujours ensemble. Il n'y a aucune urgence à lui donner plus de détails.

Fin août, Isabelle rentra chez elle plus sereine, prête à tourner la page et bien décidée à faire fonctionner sa famille atypique. Malgré leurs caractères radicalement différents, Xela et Theo n'étaient-elles pas toutes les deux ses filles ?

6

Au cours des deux années qui suivirent, Isabelle continua à mener de front sa carrière professionnelle et l'éducation de ses enfants. Ayant obtenu le poste de commerciale et de consultante senior à la galerie, elle économisait tout ce qu'elle pouvait dans l'espoir de devenir un jour consultante indépendante.

Xela était toujours aussi fascinée par Theo. Elle était constamment dans ses pattes, l'imitait en tout point. Mais à mesure qu'elle apprit à marcher, puis à parler, elle se révéla de plus en plus jalouse de sa grande sœur. Elle voulait s'approprier toutes ses affaires, et si Theo refusait, elle se mettait dans tous ses états, cassait les jouets de sa sœur ou les cachait sous les meubles dans la chambre qu'elles partageaient. Theo supportait ses caprices avec une patience angélique. Quand elle en avait assez, elle se plongeait dans un livre et faisait abstraction du remue-ménage.

Lors de leurs séjours en Normandie, Putnam les accueillait toujours avec la même tendresse. Quand Theo eut 9 ans, il lui donna un gilet de sauvetage à sa taille et ils sortirent tous les jours en mer pendant un mois. Xela, trop jeune pour naviguer du haut de ses 3 ans, grimpait aux arbres et jouait à cache-cache avec Isabelle dans les buissons.

— Pourquoi je peux pas aller sur le bateau ? geignait-elle.

— Parce que je m'ennuierais, sans toi. Il faut que tu restes pour me tenir compagnie !

Toutes deux allaient régulièrement à la ferme du château ramasser les œufs et regarder la fermière traire les vaches. Putnam avait acheté un poney à Theo. Il lui apprenait lui-même à le monter, et faisait faire des tours à Xela dans le rond de longe. La petite protesta qu'elle en voulait un aussi, bien à elle, et Putnam lui promit qu'il lui en offrirait un le moment venu.

— Les filles grandissent, ne reste pas seule, dit-il à Isabelle la veille du départ. Elles ont besoin d'une figure masculine dans leur existence.

— Tu es là, et puis elles ont mon père, c'est bien suffisant. Ne compte pas sur moi pour chercher un homme.

— On ne sait jamais. Tu pourrais rencontrer par hasard quelqu'un qui te convient. Parfois, on n'a pas besoin de chercher le bonheur : c'est lui qui nous trouve.

— S'il sonne à ma porte, je tourne le verrou et j'appelle la police ! rétorqua Isabelle.

Putnam rit de bon cœur, mais il savait qu'Isabelle était encore traumatisée. D'après son détective, Collin Stone avait écopé de dix ans de prison, soit la moitié de la peine initialement prévue, et il en avait déjà purgé plus de deux.

— Le moment venu, cela arrivera, et ce sera facile, lui promit Putnam.

C'est exactement de cette façon qu'Isabelle rencontra Declan Donahue, un grand mince athélique, lors d'un vernissage au mois de septembre. Lui-même n'était pas collectionneur, il accompagnait un confrère avocat. Visiblement enchanté par l'exposition, Declan s'arrêta quelques instants pour en parler avec Isabelle.

— Que c'est beau ! dit-il, en ravalant un compliment à l'intention de la jeune femme, qu'il trouvait encore plus ravissante que les tableaux impressionnistes mais qu'il ne voulait ni importuner ni effaroucher. Je reviens justement d'un voyage à Paris. J'ai eu une claque en découvrant le musée d'Orsay : j'y suis retourné deux fois !

Isabelle répondit qu'elle aussi adorait ce musée, et évoqua brièvement son année à la Sorbonne, avant que les deux hommes repartent.

Par un hasard étrange, elle le croisa à nouveau à la supérette du coin, où elle faillit le renverser avec son chariot.

— Pardon ! Oh, mais c'est vous !

— Bonjour, Isabelle, vous avez un permis de conduire pour cet engin ? la taquina-t-il. Laissez-moi deviner : vous l'avez passé en France ! Vous habitez le quartier ?

— Oui, à une rue d'ici.

— Et je vois que vous avez des enfants…

En effet, le caddie de la jeune femme était plein de corn-flakes, de glaces et de biscuits en forme d'animaux.

— Deux filles, 3 et 9 ans. Et vous ?

Declan pointa du doigt un gros sac de croquettes.

— Un labrador du nom de Harvey !

Ils bavardèrent en faisant la queue aux caisses, puis chacun s'en alla de son côté.

Deux jours plus tard, ils manquèrent encore une fois de se rentrer dedans, alors qu'ils couraient vers le même taxi sous une pluie battante. Declan était sur le point de lui céder la priorité lorsqu'il la reconnut.

— Décidément, ça fait deux fois que vous essayez de me mettre par terre ! lança-t-il avec un grand sourire.

— Désolée, c'est vrai que je fonce toujours tête baissée, surtout par ce temps…

— Ça vous dirait de partager la course ? Où allez-vous ?

— À SoHo, pour parler d'un tableau avec un client.

— Super, moi je m’arrêterai à Washington Square.

Pendant le trajet, la conversation fut légère et Declan appela Isabelle à la galerie le lendemain. Elle refusa poliment une invitation à dîner ce soir-là, puis un déjeuner la semaine suivante. Une brève recherche apprit à Declan que la jeune femme n’était pas mariée. Il tenta sa chance une fois de plus, avant de demander :

— Dites-moi franchement, je ne vous plais pas, ou bien vous avez un petit ami ? Je ne veux pas vous importuner.

— Je ne sors pas, c’est tout.

— Jamais ?

— Ça ne m’est pas arrivé depuis trois ans, presque quatre.

— Puis-je me permettre de vous demander pourquoi ? Vous prévoyez d’entrer dans les ordres ?

Isabelle éclata de rire.

— Non. Je souffre d’un manque chronique de jugeotte. J’ai perdu tous les points de mon permis de sortir, et j’ai décidé de ne pas le renouveler.

— Hum, c’est intrigant… Vous m’en avez trop dit, ou pas assez ! Je vous en prie, juste un déjeuner, pour tout me raconter.

— Ce n’est pas une histoire très intéressante, et je crains qu’en parler me coupe l’appétit.

— Alors déjeunons quand même et ne m'en parlez pas. Je vous promets que ce ne sera pas un rendez-vous galant. Le midi, ça ne porte pas à conséquence, c'est l'heure des rendez-vous entre mères et filles, entre pères et fils, ou entre vieux camarades d'école…

Elle sourit et finit par céder.

— Bon, d'accord. Mais la prochaine fois, on se retrouvera au supermarché, pour que j'essaie de vous écraser avec mon chariot.

— Vous êtes une femme dangereuse…

— Pas le moins du monde.

Le samedi midi, ils se retrouvèrent dans un deli à mi-chemin entre leurs immeubles, où ils demandèrent au serveur de leur couper en deux un énorme sandwich à la dinde. Isabelle se sentit immédiatement à l'aise en compagnie de Declan, qui passa au tutoiement en toute spontanéité.

— Alors, tu veux quand même me raconter l'histoire horrible qui t'a dégoûtée de fréquenter les hommes ?

— En fait, il y en a deux, dont une qui n'est pas si horrible, mais où je n'ai pas été très finaude. L'autre est digne d'un très mauvais scénario. Laquelle veux-tu entendre en premier ?

— La moins pire.

— Très bien. Quand j'avais 20 ans, je suis tombée amoureuse d'un Américain qui vivait en France. C'est quelqu'un de très solitaire. À la fin de mon séjour là-bas, nous sommes convenus de nous quitter bons amis.

— Hum… et en en quoi est-ce un problème ?

— Je suis tombée enceinte par accident. J'ai eu ma première fille, Theo, et il s'occupe très bien d'elle… un mois par an.

— Ah. D'accord. Je comprends que ça ne doit pas être facile. Mais au moins, il ne t'a pas prise en traître.

— Non, c'est vraiment quelqu'un que j'apprécie beaucoup.

— Tu es encore amoureuse de lui ?

— Ça a pris assez longtemps, mais non.

— Et l'autre histoire ?

— Un super beau gosse, genre couverture de magazine, grand séducteur… et menteur professionnel. J'ai gobé toutes ses salades. Il a réussi à me passer la bague au doigt neuf mois après notre rencontre, je suis tombée enceinte tout de suite. Six mois plus tard, on l'inculpait pour blanchiment d'argent et évasion fiscale. J'ai demandé le divorce trois semaines après son arrestation. Quand ma seconde fille est née, il a renoncé à ses droits parentaux, de sa propre initiative. Il a écopé de dix ans de prison, il y est encore. Fin de l'histoire. Tu vois ce que j'essayais de te dire : je n'ai pas pour deux sous de jugeotte. Après ça, j'ai décidé de me retirer du marché de la drague.

— Quel est le rapport ? Bon, je te le concède, découvrir au bout de six mois que ton mari était un repris de justice n'a pas dû être très agréable, mais j'ai l'impression que tu as réussi à te tirer très rapidement de ce guêpier. Et au final, est-ce que tu regrettes tes enfants ?

— Non, bien au contraire !

— Tu vois : tout n'est pas si sombre.

— Peut-être, mais toute cette histoire ne m'a pas laissée indemne. Je ne sais plus à qui me fier…

— Si j'avais décidé de ne plus fréquenter personne la première fois qu'une femme m'a menti, je serais devenu prêtre il y a vingt ans ! Remarque, ça aurait fait plaisir à ma grand-mère… Non, j'ai rencontré toutes sortes de femmes. Certaines étaient franches, d'autres non, mais ça fait partie du jeu. On ne peut pas tout laisser tomber au bout de deux ou trois échecs ! Si les types de la NASA pensaient comme ça, on ne serait jamais allés sur la Lune. Il faut réessayer jusqu'à ce que ça marche.

— Et toi, raconte un peu… Divorcé ? Célibataire ?

— Célibataire. Deux relations longues à mon actif, huit et dix ans, et qui ne m'ont mené nulle part. J'aurais dû y mettre fin beaucoup plus tôt. Total : me voilà à 38 ans, à vivre seul avec un labrador. Note que Harvey est un super coloc. Mais je n'ai pas renoncé à rencontrer de nouvelles personnes, même si elles me repoussent cinq ou six fois avant d'accepter un déjeuner. Ce doit être mon côté irlandais : une vraie tête de lard. Je sais que je finirai par trouver une femme qui m'adoptera, avec tous mes petits défauts. Et avec Harvey, bien sûr. On fait la paire. Est-ce que tu aimes les chiens ?

— Plus ou moins. Je n'en ai jamais eu.

— Peut-être qu'on pourrait faire un tour au parc avec Harvey ? Il est très doux avec les enfants. À moins que ce ne soit aussi interdit par ton code de déontologie ? Mais tout de même, promener un chien, ça n'a rien d'un rencard !

Isabelle se surprit à sourire encore une fois. Declan lui plaisait beaucoup plus qu'elle ne l'aurait voulu…

Deux semaines plus tard, il l'appela pour une promenade dans Central Park. Tous passèrent un merveilleux moment. Dès qu'elle vit Harvey, Xela couvrit le chien de caresses et Theo, d'abord plus réservée, finit par jouer à la balle avec lui.

— Elles sont vraiment très mignonnes, complimenta Declan sur le chemin du retour. Est-ce que ça vous dirait de venir goûter à la maison ? Je ferai du pop-corn et des s'mores. En fait, c'est tout ce que je sais cuisiner…

Les filles sautèrent de joie, et ce fut la fête dans l'appartement de Declan. Tous ensemble, ils disposèrent les guimauves et les carrés de chocolat sur les biscuits, et, faute de feu de camp, Declan passa le tout sous le gril du four. Quand les s'mores furent fondus à point, il en tendit un à Isabelle, qui se retrouva inévitablement barbouillée. C'était aussi délicieux que régressif.

— Tu vois, ça n'a absolument rien d'un rendez-vous galant, murmura-t-il en lui essuyant le coin de la bouche avec une serviette en papier.

Alors qu'ils attaquaient le pop-corn, il lui raconta que sa famille était venue d'Irlande quand il avait 13 ans. Ses parents étaient repartis à la retraite.

Isabelle finit par accepter une invitation à dîner dans un restaurant italien de leur quartier. « En toute amitié, bien sûr. » Tout ce qu'ils faisaient ensemble était placé sous le signe de la décontraction et de la normalité. Declan ne cherchait ni à l'impressionner, ni à prendre des décisions à sa place. Il laissa passer beaucoup de temps avant de l'embrasser et attendit qu'elle lui accorde sa confiance pour lui proposer un week-end dans le Connecticut. Au bout d'une petite année, ils avaient l'impression de se connaître depuis toujours, quand Isabelle partit pour la Normandie avec les filles. Elle parla immédiatement de Declan à Putnam.

— D'après ce que j'entends, c'est quelqu'un de bien. Où est le problème ?

— Il veut se marier et avoir des enfants. Moi, j'ai déjà coché les deux cases, et je n'ai pas envie de recommencer. Il me semble que je devrais le laisser libre d'épouser une femme à même de lui donner ce qu'il attend.

— Et pourquoi ne pourrais-tu pas avoir un autre enfant ?

— Parce que je ne veux pas. Je me débrouille de mon mieux avec les deux que j'ai. Trois, ce serait trop.

— Pas si tu as un mari digne de ce nom pour t'aider à les élever.

— Ce mot me donne de l'urticaire !

— Voilà que tu parles comme moi, maintenant… Ne sois pas si timorée. Tu n'as que 30 ans. Tu ne peux pas vivre enfermée dans le passé.

— La dernière fois que tu m'as dit ça, j'ai épousé un bandit de grand chemin.

— Dont tu ne m'avais pas parlé avant. Mais d'après ce que tu me dis de Declan, je le crois honnête.

— Il ne ferait pas de mal à une mouche. Ça te dirait de le rencontrer ?

— Pourquoi pas ? Il est en France ?

— Il rend visite à ses parents en Irlande. Il a proposé de faire un crochet par ici avant de rentrer à New York. Il sait que j'ai besoin de ton feu vert.

— Cet homme me plaît déjà !

Entre Putnam et Isabelle, la relation ressemblait de plus en plus à celle d'un père et sa fille. Maintenant âgé de 57 ans, Putnam avait beaucoup vieilli depuis l'année précédente. Son teint était pâle, il semblait fatigué et n'avait guère d'appétit.

Le lendemain matin, Isabelle appela Declan, qui décida de faire l'aller-retour sur une journée, à la fin du mois d'août. Il ne voulait surtout pas s'imposer, mais savait combien c'était important pour Isabelle. Le jour dit, il prit l'avion de Dublin jusqu'à Roissy, où il loua une voiture. Le courant passa instantanément entre Putnam et lui. Ils partirent ensemble pour un petit tour en bateau et une longue promenade sur le domaine. Declan reconnut que Putnam était un homme honorable et généreux, qui ne souhaitait que le meilleur pour Isabelle.

Il était 23 heures quand Declan reprit la route de l'aéroport. Après son départ, Putnam déclara qu'il donnait son blanc-seing au prétendant.

— C'est un type formidable. Tu ferais bien de lui passer la corde au cou avant qu'une autre le fasse.

— Je ne passerai la corde au cou de personne ! protesta Isabelle.

Mais Putnam réitéra son conseil dans les jours qui suivirent.

— Isabelle, je serais rassuré de savoir que quelqu'un s'occupe de toi comme tu le mérites. Et puis, je ne suis pas éternel, tu sais.

Alors qu'une ombre passait dans le regard de Putnam, Isabelle sentit un léger frisson la parcourir.

— Ne dis pas des choses pareilles. Tu as au moins quarante ans devant toi. Je serai grand-mère avant que tu disparaisses !

Mais le jour du départ, elle glissa à Marcel qu'il ne devait pas hésiter à la contacter si Monsieur se sentait souffrant. C'était la première fois qu'elle lui faisait cette requête. Le majordome acquiesça. Putnam n'avait pas l'air en forme et Marcel lui aussi s'inquiétait de sa santé.

Isabelle et Declan étaient rentrés aux États-Unis depuis deux mois quand Putnam l'appela. À peine un an plus tôt, elle n'aurait pas imaginé ce qu'il avait à lui dire.

— Je suis malade, Isabelle. Je le savais déjà en août, mais je pensais avoir un peu plus de temps devant moi. C'est un cancer du pancréas. J'aimerais beaucoup que Theo et toi veniez me voir d'ici Noël.

Accablée, Isabelle ne voulait pas y croire, mais elle demanda un congé exceptionnel à la galerie. Comment préparer la petite Theo à voir son père pour la dernière fois ? Elle n'avait que 10 ans ! Début novembre, elles laissèrent Xela à la garde de Maeve et s'envolèrent pour la France.

En cette saison, la Normandie était morne et boueuse, le château sombre et triste. Putnam avait terriblement maigri et Isabelle eut bien du mal à cacher ses larmes lorsqu'elle le vit.

En une semaine, ils mirent à plat tout ce qu'ils avaient à se dire. Putnam était si faible qu'Isabelle doutait qu'il tienne jusqu'à Noël. Les adieux furent déchirants. Il fit promettre à Theo d'aider les plus démunis quand elle en aurait l'âge, chose que la petite jura avec feu. Puis il serra longuement Isabelle sur son cœur.

— Je t'ai toujours aimée, belle enfant, et je t'aimerai toujours. Merci de m'avoir donné Theo.

Elle resta forte jusqu'à la dernière minute, mais aussitôt installées sur la banquette arrière de la Rolls, la mère et la fille s'effondrèrent dans les bras l'une de l'autre. Dix jours après leur retour, Isabelle reçut un coup de fil de Marcel. D'une voix étranglée, il lui annonça que Putnam était mort paisiblement dans son sommeil, heureux d'avoir pu leur dire au revoir. Ainsi s'achevaient trente-deux ans de bons et loyaux services auprès d'un homme qu'il admirait tant, et qui l'avait traité en ami plutôt qu'en domestique.

Pour Isabelle, le plus dur fut de le dire à Theo, qui se mit à pleurer à chaudes larmes. Dès le lendemain, la jeune femme repartit pour assister à l'enterrement, seule : elle estimait que ce serait trop déprimant pour la petite fille. Parcourir sans Putnam les pièces vides et froides fut une véritable épreuve.

Isabelle rencontra le banquier et l'avocat du défunt : étant donné le jeune âge de Theo, leur client avait prévu que le château soit vendu. L'entretenir pour n'y séjourner qu'un mois par an n'avait aucun sens. Le produit de la vente serait versé sur le fonds fiduciaire de Theo, mais le monde de Putnam tel qu'elles l'avaient connu était sur le point de disparaître à jamais. D'une certaine manière, Isabelle savait que c'était sans doute mieux ainsi. Elle n'aurait pas supporté de retourner là-bas sans lui. Putnam fut enterré dans le petit cimetière attenant à la chapelle du château, sur ces terres qui étaient devenues tout son univers depuis qu'il y vivait. Seuls Isabelle et les quelques employés du domaine étaient présents. Conformément à ses dernières volontés, il n'y eut pas de cérémonie religieuse.

Isabelle repartit en emportant dans son sac les deux lettres laissées par Putnam pour Theo et elle. Il leur disait à quel point il les aimait, et les remerciait pour la joie qu'elles lui avaient apportée.

Se séparer de Marcel revint à dire adieu à Putnam une seconde fois. Isabelle et lui s'étreignirent longuement à l'aéroport, étouffés par l'émotion, et se promirent de rester en contact.

Le lendemain de son retour, elle avait rendez-vous avec Declan pour le déjeuner. Il se sentit démuni face à son chagrin.

— Oh, chérie, je n'ai pas besoin de te demander comment ça s'est passé : je le vois sur ton visage, dit-il en la serrant contre lui. Je suis heureux d'avoir pu le connaître, tu sais.

— Ils vont vendre le château, lâcha Isabelle, morose. Theo va hériter de tous ses biens. Elle ne peut pas imaginer ce que ça représente.

En l'occurrence, Isabelle elle-même ne se doutait pas du choc qu'elle éprouverait à la lecture du testament, dont les avocats lui envoyèrent une copie quelques jours plus tard. Putnam avait rédigé une clause la concernant : de quoi s'acheter une maison à Manhattan et un capital de départ pour se mettre à son compte. Selon sa générosité coutumière, il avait prévu large. Le préambule stipulait qu'il était en pleine possession de ses moyens, et que Mlle Armstrong ne lui avait jamais rien réclamé de son vivant. Néanmoins, il voulait la mettre à l'abri et l'aider à réaliser ses ambitions professionnelles.

C'est le visage ruisselant de larmes qu'Isabelle appela son père ce jour-là. Jeremy n'avait pas attendu que Putnam lègue une partie de sa fortune à Isabelle pour reconnaître que c'était un homme d'honneur, et il lui pardonnait maintenant de ne pas avoir épousé sa fille.

— Il t'aura aimée jusqu'au bout, ma chérie.

— Je sais, papa.

En raccrochant, elle ne réalisait toujours pas que l'homme qui avait tant compté dans sa vie n'était plus de ce monde. Pour Theo et elle, rien ne serait plus jamais comme avant.

7

Dans les jours qui suivirent la mort de Putnam, Isabelle vécut comme une somnambule, tâchant de ne pas flancher pour soutenir sa fille aînée. Declan vint dîner chez elles tous les soirs. Il jouait avec Xela, trop jeune pour comprendre la peine de Theo et qui réclamait beaucoup d'attention.

Cette année-là, Isabelle invita Declan chez son père pour Thanksgiving. Declan fut très impressionné de découvrir le lieu où Isabelle avait grandi. Jeremy lui fit faire la visite complète et chacun fut enchanté de faire la connaissance de l'autre. Il avait fallu à Isabelle un peu plus d'un an pour accorder toute sa confiance à Declan.

Deux jours après leur retour à New York, Isabelle s'apprêtait à partir pour la galerie quand elle reçut un coup de fil. En décrochant, elle reconnut la voix du palefrenier du cottage et eut un mauvais pressentiment : que lui voulait-il donc, surtout à cette heure-ci ?

— Ah, ma petite Isabelle, c'est affreux… Ton père s'est écroulé en arrivant à l'écurie ce matin. Un infarctus. Les secouristes sont arrivés rapidement, mais ils n'ont rien pu faire pour lui. Je ne sais pas quoi te dire, je sais que tu étais déjà dans l'affliction…

Après avoir promis de faire la route le jour même, Isabelle se laissa tomber dans un fauteuil. Ce n'était pas possible, ce devait être un cauchemar…

Le téléphone sonna à nouveau. C'était Declan. Isabelle éclata en sanglots.

— Seigneur ! Je suis navré, mon amour. Tu veux que je passe tout de suite ?

— Oui, coassa Isabelle, la voix pleine de larmes.

Lorsqu'il arriva, cinq minutes plus tard, il la prit dans ses bras et proposa de l'accompagner à Newport.

— Ça ne te dérangerait pas trop ? demanda-t-elle d'une petite voix.

— Bien sûr que non.

Isabelle avait des scrupules à se reposer sur Declan. Elle était encore farouchement attachée à son autonomie. Dès qu'elle fut en état, elle téléphona à la galerie pour annoncer qu'elle serait absente quelques jours. Puis elle prévint Maeve et réserva les billets d'avion. Declan la soutint de son mieux, la forçant à grignoter un des bagels qu'il était allé chercher pour le déjeuner. Les Vanderbilt l'appelèrent pour lui présenter leurs condoléances. Eux aussi étaient sous le choc : au bout de vingt-deux ans, c'était un peu comme si Jeremy faisait partie de la famille. Dans l'après-midi, Maeve ramena les filles de l'école. Agenouillée à la hauteur de Xela, Isabelle leur annonça que leur papy avait eu un accident et qu'il était maintenant au ciel. Les deux petites pleurèrent à chaudes larmes dans les bras de leur mère.

Après leur avoir donné à dîner, Isabelle les embrassa et laissa Maeve les coucher pendant que Declan et elle partaient pour l'aéroport. Une voiture de location les attendait à Boston. Dans les jours qui suivirent, il l'accompagna dans toutes ses démarches. Les funérailles furent bien différentes de celles de Putnam. Tous les amis et les collègues de Jeremy étaient là, y compris ses anciens collaborateurs du Museum of Fine Arts. Isabelle tenta d'oublier que c'était aussi dans cette église qu'elle avait épousé Collin. À l'issue de la cérémonie religieuse, seuls Isabelle, Declan et deux employés du cottage suivirent le convoi funéraire jusqu'à Boston, où l'on enterra Jeremy près de son épouse, en cette sinistre journée hivernale. La jeune femme devait encore vider la maison de gardien, même si les Vanderbilt lui avaient assuré qu'il n'y avait aucune urgence.

Declan ramena à New York une Isabelle en piteux état. Ce soir-là, il la mit au lit comme une enfant, lui caressant les cheveux jusqu'à ce qu'elle s'endorme. Le lendemain, qui était un dimanche, elle s'éveilla avec un poids sur la poitrine, ne sachant comment elle traverserait les prochains jours. Son seul objectif était de réussir à surmonter les fêtes de fin d'année, pour perturber les enfants le moins possible.

Noël fut réduit à sa plus simple expression : Isabelle se retrouva seule avec ses filles autour du sapin. Elle n'avait même pas envie de voir Declan. Il passa la voir le jour de l'an, et réussit à la faire sourire en lui offrant une énorme touffe de gui.

— Il va falloir que je songe à placer l'argent de Putnam, soupira-t-elle.

Cette perspective était douce-amère : d'un côté, son rêve de monter sa propre entreprise allait enfin se réaliser, de l'autre, elle aurait préféré ne pas perdre si tôt le père de Theo.

— Tu as raison, le début de l'année est l'occasion d'un nouveau départ, remarqua Declan.

Il marqua une pause, hésitant, avant de reprendre :

— Hum, justement, je voulais te parler d'une chose depuis quelque temps, même si le moment n'est pas le mieux choisi…

— De quoi donc ? demanda Isabelle en le fixant de ses yeux cernés par l'insomnie.

— Tu ne devines pas ? Je voudrais qu'on se marie. Quand ce sera le bon moment pour toi, bien sûr...

— C'est encore une de tes blagues ?

— Oui… Mais bien sûr que non, voyons ! Je suis on ne peut plus sérieux. Je veux prendre soin de toi, Isabelle, être ton légitime époux et avoir des enfants avec toi… si tu es d'accord.

Elle grommela à cette évocation.

— Oh, Declan, je sais que tu souhaites avoir des enfants bien à toi. Mais je ne suis pas sûre d'être capable d'en élever un troisième. Les filles m'occupent à temps plein, et je n'ai que deux mains. J'ai un mal fou à communiquer avec Theo, qui se referme de plus en plus dans sa coquille : elle suit le chemin de son père. Quant à Xela, elle fait crise sur crise. Cette enfant est une bombe à retardement. Comment veux-tu que j'en gère un de plus ?

— Avec l'aide d'un mari qui les aime tous les trois. Tu as élevé les deux premières toute seule. Malgré tout mon respect pour Putnam, je te ferai remarquer qu'être père ne se résume pas à signer des chèques… Je veux être à tes côtés, alléger ton fardeau et partager ma vie avec toi.

— C'est drôle… C'est exactement ce que me disait Putnam pour me convaincre que je devais t'épouser, fit-elle avec un sourire mélancolique.

Declan parut flatté.

— Vraiment ? Tu ne m'en as jamais parlé… Écoute, je ne veux pas te mettre la pression, mais je vais avoir 40 ans cette année, et ça me ferait bien plaisir de passer devant monsieur le curé avant cette date fatidique.

— Et tu es sûr de vouloir un autre enfant ?

— Très franchement ? Ce n'est pas une condition *sine qua non*. Avec le temps, je suis persuadé que Theo et Xela seront comme mes propres filles. Mais tu ne crois pas que ce serait chouette d'avoir un petit bébé à nous ? Comme une façon de sceller l'engagement…

Un sourire aux lèvres, il la prit tendrement dans ses bras, avant de poursuivre :

— Oh, chérie, je ne te demande pas de me répondre tout de suite. Je sais combien les dernières semaines ont été éprouvantes pour toi.

— Mais toi, tu aurais aimé te marier quand ?

— Tout de suite, la semaine dernière… Je ne me lasse pas d'être avec toi. Quand nous sommes ensemble, tout me paraît paisible et simple.

— C'est exactement ce que je ressens, déclara Isabelle, la tête sur son épaule… Tu te vois organiser un grand mariage ?

— Certainement pas, juste nous deux et les petites. Et Harvey, à la rigueur.

— Declan, je crois que j'adore cette idée. Tu as raison, marions-nous ! Marions-nous sans attendre. Et on choisira la maison ensemble !

Declan l'embrassa, rayonnant. Il n'aurait pas cru la convaincre si vite. Les deux tourtereaux décidèrent de mettre les filles dans la confidence dès le lendemain. Elles furent ravies de cette bonne nouvelle. Ils se marièrent un dimanche de janvier dans l'église de leur paroisse, en présence d'une poignée d'amis. Il y avait entre autres Tom Kelly, le collaborateur de Declan, et Bert Acker, le propriétaire de la galerie, auquel elle n'avait pas encore parlé de son intention de démissionner pour se mettre à son compte. Après la cérémonie, ils se réunirent simplement dans un restaurant italien. En dépit de ses malheurs des derniers mois, Isabelle avait enfin l'impression d'être arrivée à bon port.

Par la suite, les choses s'enchaînèrent rapidement pour les jeunes mariés. En février, l'héritage de Putnam leur permit d'acheter la maison de ville qui leur plaisait : située en plein cœur de Manhattan, elle ne nécessitait aucune rénovation. Ils emménagèrent en mars, deux jours après qu'Isabelle eut découvert qu'elle était enceinte. Devant le bonheur de Declan, Isabelle comprit qu'il avait eu raison : avec cet enfant, ils formeraient une vraie famille.

Elle donna son préavis à la galerie en juin, prévoyant d'ouvrir son propre cabinet de consultante au début de l'année suivante, quand le bébé serait âgé de 3 mois. C'était la première fois qu'elle s'accordait une vraie coupure depuis la fin de ses études. Pour l'été, ils louèrent une maison dans le Connecticut. L'époque des voyages en Normandie était révolue, mais c'était l'occasion d'initier de nouvelles traditions. Et Declan envisageait d'acheter une maison de campagne un jour ou l'autre.

Après des vacances revitalisantes, ils rentrèrent à New York fin août afin de préparer les filles à la rentrée scolaire. Declan demanda à Isabelle la permission de partir à la pêche avec Tom Kelly et des copains pour le week-end prolongé de Labor Day. Il avait passé tout l'été à ses côtés, aussi Isabelle ne voyait-elle pas pourquoi elle ne le laisserait pas s'amuser entre hommes. À six mois de grossesse, elle ne s'était encore jamais aussi bien sentie. Elle avait enfin trouvé l'homme que Putnam lui souhaitait de rencontrer, et c'était comme si le bonheur avait cessé de la fuir.

Le samedi, Isabelle emmena les filles acheter leurs fournitures et de nouvelles ballerines noires pour leur uniforme scolaire. Le dimanche, elles allèrent au cinéma, puis confectionnèrent des biscuits à l'intention de Declan. Quand on sonna à la porte, sur le coup des 18 heures, Isabelle alla ouvrir : il avait sans doute oublié de prendre ses clés… Elle se trouva nez à nez avec Tom Kelly, en short et gilet de pêcheur.

— Salut, Tom ! Declan gare la voiture ?

— Isabelle...

La façon dont il s'adressa à elle la glaça de terreur. Mais il n'y avait pas de bonne manière de lui délivrer une telle information.

— Harvey a été emporté par le courant et Declan est allé le chercher. Il n'a pas réussi à le rattraper. Le chien est tombé dans la cascade, et Declan après lui. Aucun des deux n'a survécu.

Isabelle crut défaillir. Elle s'effondra dans les bras de Tom.

— Ce n'est pas possible... Pas lui... Il était capitaine de votre équipe de natation.

Tom était le meilleur ami de son mari, ils avaient fait leurs études de droit ensemble... Et voilà qu'il venait de lui dérober le bonheur qu'elle avait mis si longtemps à trouver... Il assit Isabelle sur une chaise de cuisine et lui servit un verre d'eau.

— Je suis désolé, dit-il, les joues baignées de larmes. On n'a pas pu l'empêcher de courir après son chien.

— Où sont-ils, maintenant ?

— Dans un salon funéraire du Connecticut, en attendant que tu décides ce que tu veux faire.

Isabelle hocha la tête. Alors, seulement, elle éclata en sanglots. Tom la prit dans ses bras et ils restèrent ainsi un long moment, jusqu'à ce que les filles entrent dans la pièce. En apercevant sa mère, Theo comprit : elle lui avait déjà vu ce visage deux fois. Par un réflexe protecteur, elle emmena sa petite sœur jouer dans sa chambre. Comment était-ce possible ? Alors qu'ils étaient si heureux, Declan avait disparu à son tour…

Dans les jours qui suivirent, Isabelle répéta les démarches qu'elle ne connaissait que trop bien. Les obsèques se déroulèrent dans l'église où ils s'étaient mariés. Le père de Declan, malade du cœur, ne put faire le voyage depuis l'Irlande, et sa mère jugea plus prudent de rester à ses côtés. En revanche, ses deux frères, qui étaient prêtres, vinrent dire la messe.

Au premier rang, ses filles à côté d'elle, Isabelle avait l'impression d'être engluée dans un cauchemar dont elle ne parvenait jamais à émerger.

Theo et Xela firent leur rentrée avec quelques jours de retard. Isabelle se retrouva seule et désœuvrée dans une maison vide. Au début, elle passa la plupart de ses journées à dormir, assommée de chagrin et épuisée par sa grossesse. Elle s'attendait vaguement à voir apparaître Declan d'un moment à l'autre. Maeve la couva comme une mère-poule, lui apportant du thé irlandais et des plats cuisinés par ses soins. Au fil des jours, elle la convainquit de s'habiller pour sortir et l'aida à se débarrasser des affaires de Declan. Isabelle était terrassée par le chagrin. Comment vivre sans lui ? Elle se souvint de leurs premières rencontres, quand elle ironisait sur son propre manque de jugeotte avec les hommes. Cette fois, elle avait été sage, et elle était punie quand même. N'y avait-il donc aucune justice en ce bas monde ?

Elle avait encore l'impression d'être un zombie quand les premières douleurs se firent sentir, un matin de novembre. Les filles étant à l'école, Maeve l'accompagna à la maternité. Isabelle hurla plus de chagrin que de douleur. Puisque le père de cet enfant était parti, elle ne voulait même pas le voir. Pourquoi le sort s'acharnait-il contre elle ?

La naissance du bébé fut encore plus rapide et plus intense que celle de ses deux sœurs, mais pour Isabelle la douleur physique était presque un soulagement au regard de la souffrance morale. Après qu'elle eut poussé comme une forcenée, on lui annonça qu'elle avait une belle petite fille, puis Isabelle eut l'impression de sombrer dans un gouffre. Il y eut un silence dans la salle de naissance et l'espace d'un instant Isabelle se crut morte… à moins que ce soit le bébé ? Cette pensée la ranima.

— Qu'est-ce qui s'est passé ? demanda-elle, relevant la tête dans un sursaut. Elle va bien ? Elle respire ?

Le bébé n'avait poussé ni cri ni pleur. En revanche, elle émit un curieux bruit de gorge, presque un rire. Alors que la sage-femme lui frictionnait le dos, elle promena autour d'elle son regard encore flou, comme si elle était enchantée de rencontrer son comité d'accueil. Isabelle vit alors qu'elle ressemblait trait pour trait à Declan. Et ainsi qu'elle l'avait espéré, elle comprit immédiatement que la petite avait hérité la nature joviale de son père. Quand on la plaça dans les bras de sa maman, elle leva les yeux vers elle en gazouillant.

— Ça alors ! commenta l'obstétricien. Je n'ai encore jamais vu un bébé faire ça. À croire qu'elle nous a ri au nez ! Cette drôle de petite poupée a-t-elle déjà un nom ?

Isabelle opina : Declan et elle l'avaient choisi après l'échographie du cinquième mois.

— Elle s'appelle Oona.

Et elle semblait parfaitement à son aise dans son nouvel environnement.

— Bienvenue, Oona, murmura Isabelle.

À ces mots, la petite plissa le nez : Isabelle aurait juré qu'elle souriait. Comme si un peu de Declan était venu réinsuffler la joie dans sa vie…

8

En cet après-midi de novembre, Isabelle poussa un soupir en songeant à l'année qui avait suivi la mort de Declan. Très affectée par son veuvage, elle n'avait pas été tout de suite en mesure de lancer son activité de consultante indépendante. Ils ne s'étaient côtoyés que pendant deux ans, dont à peine huit mois de mariage, et pourtant Declan avait laissé un vide immense dans sa vie. Autant par sa tendresse et sa joie de vivre que par sa prévenance et ses attentions constantes, il lui était devenu indispensable. Elle en avait presque oublié son quotidien d'avant, quand elle devait tout assumer seule. Declan était son soutien, son pilier en toute circonstance ; sans lui, ses filles et elle se sentaient perdues.

Theo était plus renfermée plus que jamais depuis la mort de Putnam. Et au fil des mois, Xela devenait de plus en plus colérique et querelleuse. Seul Declan avait su l'apaiser et désamorcer les conflits. Heureusement, Oona était arrivée, tel un rayon de soleil. Dès son retour de la maternité, elle avait conquis tout le monde. C'était une enfant joyeuse, souriante, qui babillait à longueur de jour.

Après une année sabbatique, qui lui permit de se reconstruire et de consacrer ses forces à l'éducation de ses trois petites filles, Isabelle s'était enfin sentie prête à renouer avec le monde du travail. Elle avait alors aménagé deux pièces de la maison pour recevoir les clients. Grâce au carnet d'adresses de la galerie, son cabinet avait connu dès le début une ascension fulgurante. Le bouche-à-oreille avait fait le reste.

Les années avaient passé. À mesure qu'elles grandissaient, Isabelle avait vu s'affirmer chez chacune de ses filles les traits physiques et psychologiques de leurs pères respectifs. À croire qu'elle ne leur avait légué aucun de ses propres gènes !

Pendant toute son enfance et son adolescence, Theo était restée solitaire, toujours le nez dans un livre. Elle avait 16 ans quand sa mère lui parla de son fonds fiduciaire. Après ses études de gestion, un voyage en Inde et un autre en Afrique lui firent l'effet d'un électrochoc. Jamais elle n'aurait imaginé tant de misère et de détresse… C'est là-bas qu'elle se rendrait utile, comme l'avait voulu Putnam. Il y avait tant à faire : remplacer les bidonvilles par des villages en dur, bâtir des digues et des hôpitaux, installer l'électricité, l'eau courante et le tout-à-l'égout… Elle s'était jetée dans ce projet à corps perdu.

À 37 ans, elle vivait maintenant dans une bulle où seuls comptaient les gens auxquels elle venait en aide, et n'avait guère de temps pour sa propre famille. Elle avait assisté à des opérations chirurgicales, soigné des enfants pendant des épidémies et parcouru des kilomètres à pied pour tenter de sauver des nouveau-nés. En quinze ans, elle avait largement mis à profit l'argent laissé par son père. Et dès qu'elle en avait l'occasion, Xela raillait sa sœur, qui se prenait selon elle pour une sainte des temps modernes.

Quoique très fière de son aînée, Isabelle regrettait d'être si loin d'elle, et de constater qu'elle avait toujours autant de mal à tisser des liens intimes ou personnels. Theo n'avait à sa connaissance jamais vécu d'histoire d'amour vraiment sérieuse. Elle ne revenait à New York qu'une fois par an pour voir sa mère, et en profitait pour consulter à Boston le banquier assigné par son père.

Xela n'avait pas décoléré en grandissant, bien au contraire. À 18 ans, elle demanda à sa mère de lui en dire plus sur son père, et Isabelle lui dévoila la vérité. Xela se lança dans des recherches sur Internet. Elle apprit que Collin était retourné en prison depuis, pour une escroquerie à la carte bancaire. Ce fut comme si son amertume à l'encontre de l'humanité avait trouvé sa justification. Dévorée de honte et de jalousie, elle tournait en ridicule les gestes généreux de sa sœur : à quoi bon sauver cent personnes, alors que des milliers d'autres allaient mourir de faim de toute façon ? Theo essayait de vider l'océan avec un dé à coudre. Ah, si Xela avait eu autant d'argent, elle aurait su le faire fructifier !

En dépit de son mal-être, Xela était une excellente élève, ce qui lui avait permis de décrocher un master en commerce à Harvard. Elle était dotée d'un sens des affaires remarquable, combinant l'inventivité et la pugnacité de son père avec l'intégrité de sa mère. Malheureusement, sa start-up spécialisée dans la livraison express dépendait d'investisseurs qui cherchaient en permanence à prendre les commandes de l'entreprise. Sa vie professionnelle était une lutte constante… et il en allait de même pour sa vie sentimentale. Elle était sortie avec des hommes mariés, des pervers narcissiques et des sociopathes, des hommes qui essayaient de la contrôler ou qui dénigraient son talent. À presque 32 ans, elle déclara qu'elle se retirait du marché de la séduction pour se consacrer uniquement à son travail… et ne sembla pas plus heureuse pour autant. Isabelle était navrée pour elle. Elle aurait tant aimé lui donner un coup de pouce financier ! Hélas, ses ressources n'y auraient pas suffi… contrairement à celles de Theo. Mais Xela savait qu'il était inutile de demander de l'argent à sa sœur.

Quant à Oona, elle était restée l'éternelle optimiste de la fratrie. Avec elle, le verre était toujours plus qu'à moitié plein. Elle faisait des compromis, trouvait des solutions à tous les conflits. Oona ne s'intéressait ni à l'art ni aux affaires, ne s'assignait pas de noble mission comme Theo. Elle avait effectué sa troisième année d'université en Italie, à Florence, et était tombée amoureuse d'un noble toscan qui possédait un domaine agricole près de la petite ville de Castellina in Chianti. À 21 ans, Oona avait abandonné ses études pour épouser Gregorio, malgré les réserves d'Isabelle. Cinq ans plus tard, elle avait trois garçons et attendait des jumeaux.

Oona cuisinait midi et soir selon les recettes enseignées par sa belle-mère et adorait vivre à la ferme, tout près de la famille de son mari. La perspective de devenir mère de cinq enfants à 26 ans ne semblait pas effrayer la jeune femme. L'agitation et le bruit permanents nourrissaient sa joie de vivre, et elle ne demandait qu'à faire plaisir à tout le monde, comme si elle-même n'avait pas de besoins propres. Elle n'était jamais revenue à New York depuis son mariage, mais

Isabelle allait la voir en Toscane environ deux fois par an. Et chaque fois, le père de Gregorio flirtait ouvertement avec la mère de sa bru, sous le nez de son épouse. Isabelle n'aurait pas aimé vivre dans une telle famille… En revanche, elle ne pouvait nier que la plus jeune de ses filles semblait épanouie.

Oona perpétuait l'héritage de son père, bâtissant des ponts entre les gens. Ainsi, elle aimait et admirait également chacune de ses deux sœurs, même si elle n'avait pas vu Theo depuis plusieurs années. En effet, Theo ne venait jamais en Italie, et ni l'Inde ni l'Afrique n'étaient au programme pour Oona. Gregorio lui aurait fait une scène si elle avait seulement envisagé de voyager aussi loin pour voir sa sœur !

Isabelle aurait préféré qu'il la laisse plus libre de ses choix, et qu'il reconnaisse davantage son intelligence. En effet, Oona avait fini par se croire incapable d'entreprendre quoi que ce soit sans lui. En réalité, en plus de la cuisine et de l'éducation des enfants, elle prenait une part importante à la gestion de la ferme. Isabelle avait tendance à penser que son gendre tirait bien son épingle du jeu. Mais alors qu'il semblait prendre tout cela pour acquis, Oona ne cessait de répéter à quel point elle était chanceuse. Après tout, l'attitude positive de sa benjamine était peut-être le secret du bonheur ?

Isabelle ne se sentait pas complètement légitime pour donner des leçons de vie conjugale à ses enfants. N'avait-elle pas succombé à la fascination que Putnam exerçait sur elle, espérant secrètement le changer, tout en sachant que c'était impossible ? Puis elle s'était laissé hypnotiser par les beaux yeux de Collin…

Elle avait mis ses filles en garde : les hommes les plus excitants ne font jamais les meilleurs maris, et le feu de la passion se consume toujours trop vite. Le juste milieu était si difficile à trouver… Isabelle aurait aimé ouvrir Theo à une vision moins radicale et idéaliste du monde, l'inciter à nouer des relations plus intimes… Elle craignait de voir sa fille aînée finir comme son père, enfermée dans sa bulle et coupée de ses émotions. Et en ce qui concernait Xela, Isabelle se trouvait démunie. Comment apaiser la rage permanente avec laquelle elle traversait l'existence ? Certes, la vie n'avait pas été juste avec elle, mais ce n'était pas une raison pour fouler aux pieds le travail de sa sœur… Et ses mauvaises expériences avec les hommes ne devaient pas la décourager de trouver quelqu'un de bien.

Ah, si jeunesse savait ! Si c'était à refaire, Isabelle aurait attendu de rencontrer Declan, qui lui avait apporté sur le tard la stabilité dont elle avait tant besoin. Mais le destin lui avait arraché ce seul vrai compagnon. Peut-être était-il écrit que son bonheur en amour devait être de courte durée…

En vingt-six ans, Isabelle n'avait pas eu le courage de refaire sa vie, craignant toujours d'être déçue. Bien qu'elle n'ait encore rien d'une vieille dame et ne paraisse pas du tout ses 58 ans, elle estimait qu'il était trop tard pour elle. Et pourtant, la solitude lui pesait, depuis le départ des filles. Pour combler le vide, elle se réfugiait dans son travail : elle assistait chaque semaine à deux ou trois ventes aux enchères et allait voir toutes les nouvelles expositions, entre deux rendez-vous avec ses clients. Dans sa maison trop silencieuse, ses recherches sur le marché de l'art la maintenaient éveillée jusque tard dans la nuit. Elle finissait toujours par se coucher seule, et ses week-ends étaient d'un ennui mortel. Parfois, elle avait envie d'autre chose…

Isabelle jeta un coup d'œil à sa montre : presque 14 h 30, assez rêvassé ! Elle avait rendez-vous chez l'ophtalmologue à 15 heures. Il lui avait fallu longtemps pour admettre qu'elle avait besoin de nouvelles lunettes. Elle s'était rendue à l'évidence la semaine précédente, en se cognant à une étagère qu'elle n'aurait jamais crue si proche… Elle en gardait un vilain bleu au bras gauche. Et par deux fois, elle avait failli rater une marche en descendant l'escalier.

Qui la ramasserait, si elle se cassait la figure ? Isabelle rejeta cette pensée. Elle n'en était pas encore là, tout ceci n'était qu'un simple détail technique à régler.

Elle mit son manteau, empoigna son sac, éteignit derrière elle, enclencha l'alarme et sortit de la maison. Oui, elle était encore une femme autonome, qui comptait le rester pour de nombreuses années encore. Ses enfants avaient autre chose à faire que s'occuper d'elle, et il n'était pas question de déranger Xela pour un bobo !

Elle héla un taxi et descendit prudemment du trottoir pour ouvrir la portière. Pourvu que le médecin n'ait pas trop de retard : Isabelle avait rendez-vous à 18 heures avec un nouveau client, qui désirait constituer une collection pour sa nouvelle résidence et pour son yacht. Si ce partenariat se concrétisait, elle en aurait pour des mois de travail. L'homme était sympathique, il faisait partie de ces néophytes qui ne connaissaient rien à l'art mais ne demandaient qu'à apprendre…

Le taxi s'arrêta devant le centre de santé : il regroupait un service de radiologie, plusieurs cabinets de dentiste et d'autres praticiens spécialisés, parmi lesquels son ophtalmologue. Si elle ne s'y était pas rendue depuis trois ans, c'est parce qu'elle n'en avait pas ressenti le besoin. Il n'y avait que quelques mois qu'elle se cognait aux meubles… Elle s'assit dans la salle d'attente et feuilleta un magazine, songeant à ce nouveau client auquel elle n'avait encore parlé qu'au téléphone.

Vingt minutes plus tard, une infirmière l'appela au secrétariat pour vérifier son dossier : pas de changement d'adresse, de téléphone ni de profession, toujours la même personne à prévenir en cas d'urgence. Puisqu'elle seule habitait New York, Isabelle notait toujours le numéro de Xela, tout en espérant qu'il ne se passe rien de grave, car c'était la moins attentionnée et la moins réactive de ses trois enfants.

Peu après, le Dr Philip Calvin vint la chercher. C'était un homme au physique agréable quoique assez banal. Après avoir jeté un coup d'œil à son dossier, il commença l'examen. Isabelle posa le menton sur le support et regarda dans la machine qui ressemblait à une paire de jumelles. Il essaya différents verres, lui demandant si elle voyait mieux de l'œil droit ou gauche, de près ou de loin. Ensuite, il posa d'autres questions auxquelles Isabelle ne se souvenait pas d'avoir jamais répondu lors de précédents rendez-vous mais qui semblaient tout aussi routinières. À sa demande, elle lui décrivit plus précisément les problèmes de vision auxquels elle se heurtait depuis quelque temps, puis elle lui rappela qu'elle ne voulait surtout pas de lunettes à double foyer ni même de verres progressifs, qui lui donnaient des nausées. Le médecin prit quelques notes avant de poursuivre l'examen. Quand il eut terminé, il l'invita à s'asseoir à son bureau.

— Madame McAvoy, nous avons un problème, commença-t-il. Cela s'appelle la dégénérescence maculaire. Il s'agit de taches sur votre rétine, qui peuvent progressivement altérer votre vision centrale, jusqu'à en réduire nettement le champ. Elles peuvent également affecter votre vision périphérique.

— Elles peuvent… ou elles vont le faire ? l'interrompit Isabelle.

— Cela dépend de la gravité et de l'évolution de votre cas particulier, ainsi que de votre réactivité au traitement. Nous ne pourrons jamais vous restituer une vision parfaite, mais nous pouvons ralentir considérablement la progression de la maladie. Il existe deux formes de dégénérescence maculaire : l'une est dite sèche, l'autre humide. Le traitement n'est efficace que sur la seconde.

— Et de laquelle est-ce que je souffre ?

— Vous avez de la chance, madame McAvoy : vous êtes atteinte de dégénérescence maculaire humide dans les deux yeux.

De la chance ? Le mot parut un peu fort à Isabelle…

— Et quelle est la chose la plus grave qui puisse m'arriver ?

— Dans le pire des cas, de perdre complètement la vue. Mais nous ferons en sorte de ne pas en arriver là.

Alors qu'Isabelle avait toujours affronté avec vaillance les coups du sort, cette annonce lui fit l'effet d'une bombe.

— En quoi consiste le traitement ?

Elle imagina une opération chirurgicale douloureuse, à la suite de laquelle elle devrait rester chez elle pendant des mois, les yeux bandés.

— On pratique des injections dans les yeux.

Isabelle frémit à cette idée. Mais la perspective de la cécité était bien plus effrayante...

— Ça fait mal ?

— Disons que c'est inconfortable. Nous utilisons des gouttes anesthésiantes pour insensibiliser la cornée.

Isabelle se demanda pourquoi elle avait posé la question... « Inconfortable », en langage de médecin, était toujours un doux euphémisme pour rassurer le patient. Elle comprit qu'elle devait s'attendre à souffrir le martyre.

— Docteur, je suis consultante artistique, alors il me semble que je n'ai pas vraiment le choix.

— Nous mettrons tout en œuvre pour améliorer la situation, et que cela dure aussi longtemps que possible. Et encore une fois, rien ne dit que vous perdrez totalement la vue. Je vous en parle parce que vous m'avez demandé quelle était la pire éventualité, mais vous êtes venue me voir suffisamment tôt. En revanche, il faudra commencer le traitement le plus vite possible, et venir sans faute à tous les rendez-vous.

Isabelle hocha la tête, stoïque.

— Je vais vous prescrire des gouttes à mettre plusieurs fois par jour. Est-ce que quelqu'un peut vous aider ?

— Non.

— Vous y arriverez très bien toute seule, rassurez-vous. C'est juste plus facile si on vous donne un coup de main.

— Comme tout dans la vie, lâcha Isabelle d'un ton sec.

Un coup d'œil à son dossier apprit au médecin qu'elle avait coché la case « veuve ». C'était une très belle femme, qui ne paraissait pas son âge, en dépit d'un je-ne-sais-quoi un peu austère. Il ne doutait pas qu'elle suivrait le traitement avec constance.

— C'est tout pour moi aujourd'hui, madame McAvoy. L'idéal serait de prendre rendez-vous tout de suite pour une première injection la semaine prochaine.

Au moment de se lever, Isabelle craignit que ses jambes ne la portent pas. Elle eut la présence d'esprit de demander :

— Est-ce que j'ai quand même besoin de changer de lunettes ?

— Ah oui, voici l'ordonnance. Si vous les commandez à notre opticien, vous pourrez les récupérer dès la semaine prochaine.

— Merci, docteur, souffla Isabelle en sortant.

Un instant plus tard, devant une vitrine pleine de lunettes, sa vision se brouilla de larmes. Même si le risque était faible, l'éventualité de devenir aveugle la terrifiait. Elle résolut immédiatement de ne rien en dire à ses enfants, aussi longtemps que possible. Ses filles l'avaient toujours considérée comme le roc sur lequel elles pouvaient s'appuyer en toute circonstance. Pas question de se montrer vulnérable ! Elle était trop jeune pour perdre son autonomie. Elle comptait bien rester solide et en bonne santé jusqu'à un âge avancé, et il ne fallait pas lui parler de prendre sa retraite... Elle ne supporterait pas de devoir déposer le bilan de son beau cabinet.

Elle attrapa deux montures au hasard et les tendit à l'optométriste, qui prit ses mesures. Puis elle passa au secrétariat pour prendre rendez-vous. Cinq minutes plus tard, elle se retrouvait dans la rue. Il n'était que 17 h 15, mais elle avait l'impression d'avoir passé une semaine entière chez le Dr Calvin. Les passants la bousculèrent, et elle manqua de trébucher en descendant du trottoir pour héler un taxi. Elle s'exhorta mentalement : « Du calme ! Ce n'est pas le moment de flancher. » Une voiture jaune s'arrêta ; Isabelle monta à bord et donna son adresse au chauffeur. Il était 17 h 45 lorsqu'elle rentra chez elle. Elle n'avait pas une minute à perdre avant l'arrivée de son nouveau client. Après avoir rangé son manteau dans l'armoire de l'entrée, elle monta l'escalier aussi vite que la prudence l'y autorisait pour disposer sur son bureau deux livres d'art, ainsi que différents dossiers et catalogues. Se concentrer sur son travail lui permettrait de ne pas trop penser à sa consultation chez l'ophtalmo…

Son client, un certain William Casey, se présenta avec cinq minutes d'avance. Elle lui demanda s'il voulait boire quelque chose, puis l'invita à s'installer dans son bureau pendant qu'elle lui préparait un whisky *on the rocks*. Elle posa précautionneusement le verre sur un guéridon près de sa table de travail.

Bill Casey était un grand et gros homme d'une cinquantaine d'années, rougeaud et richement vêtu. Il y avait une sorte d'ingénuité touchante dans les questions qu'il posait à Isabelle. Elle lui montra les catalogues ; il déclara apprécier toutes les œuvres qu'elle avait marquées d'un post-it. Puis elle lui expliqua patiemment, et en détail, pourquoi elles s'harmonisaient bien entre elles et jetteraient les bases d'une collection cohérente. M. Casey lui avait préalablement envoyé des photos d'intérieur de sa résidence de Long Island, ainsi que de son yacht de soixante mètres, amarré dans les Caraïbes. C'était un magnifique voilier, qu'il avait fait construire en Italie par Perini.

Il lui expliqua qu'il avait opéré des investissements fructueux dans le forage pétrolier en Oklahoma et en Louisiane. Isabelle le félicita de vouloir placer une partie de son argent dans le domaine de l'art.

Bill Casey resta dans son bureau jusqu'à 19 h 30. Isabelle lui confia ses catalogues. S'il était intéressé, elle se proposait d'enchérir en son nom sur deux des tableaux lors de la prochaine vente chez Christie's. Le client accepta sur le principe, mais dit qu'il souhaitait consulter sa femme, même si c'était à lui qu'incomberait la décision finale. Mme Casey, qui n'était pas plus savante que son mari dans ce domaine, s'en remettait à son jugement et à celui d'Isabelle.

Immédiatement après l'avoir raccompagné jusqu'à la porte d'entrée, Isabelle remonta. Elle s'effondra sur sa chaise, les coudes sur le bureau, la tête dans les mains. L'espace d'un moment, elle avait presque oublié ce que lui avait dit le médecin. Mais à présent, ses paroles dansaient sans fin dans son esprit. Plus que tout autre, le mot « aveugle » revenait la tourmenter. *Aveugle*… Elle ne savait pas vraiment ce que cela voulait dire. Elle ne voulait même pas y penser. Tout à coup, ses épaules se mirent à trembler et elle fut secouée de sanglots incontrôlables.

Quand le téléphone sonna, elle ne répondit pas. « Vous avez de la chance », avait dit l'ophtalmo… Quelle plaisanterie de mauvais goût ! Elle passa plusieurs heures à pleurer avant de se mettre au lit, épuisée.

9

Le lendemain matin, Bill Casey la rappela pour confirmer : les deux tableaux plaisaient aussi à sa femme, Isabelle pouvait enchérir lors de la vente chez Christie's. Ils fixèrent ensemble un prix maximal. Bill était maintenant très enthousiaste et très impatient à l'idée d'acquérir ses premières œuvres d'art. Cela représentait un gros investissement.

Aussitôt après avoir raccroché, elle appela la salle des ventes pour annoncer qu'elle voulait participer aux enchères par téléphone. Puis elle resta un long moment à regarder par la fenêtre. Que deviendrait-elle, si elle se retrouvait un jour incapable d'exercer ce métier qu'elle adorait ? Elle secoua la tête : pas question de se laisser aller comme la veille... Alors qu'elle descendait se préparer une tasse de café, elle trébucha dans l'escalier et se rattrapa de justesse. Elle en tremblait encore au moment de s'asseoir devant sa tasse.

Une idée lui vint alors. Pourquoi ne pas embaucher une assistante ? Il y avait déjà une femme qui venait à son bureau deux fois par semaine pour faire un peu de secrétariat et mettre ses comptes à jour, mais jusqu'ici Isabelle n'aimait pas l'idée de donner des ordres à quelqu'un toute la journée. En revanche, si sa vision déclinait dramatiquement, cette solution lui permettrait peut-être de continuer à travailler un certain temps… Elle se demanda s'il ne valait pas mieux embaucher quelqu'un tout de suite, de façon à ce que la personne connaisse le fonctionnement de sa petite entreprise sur le bout des doigts avant qu'elle-même soit trop handicapée. Dans un sens, cette option était sans doute la plus raisonnable, même si elle la forçait à admettre sa propre vulnérabilité. Le problème ne disparaîtrait malheureusement pas du simple fait qu'elle cesserait d'y penser.

Dès midi, Isabelle appela l'agence pour l'emploi, qui lui envoyait parfois une assistante en période de tension. Elle n'avait jamais été déçue. Elle fit une brève description du poste : effectuer des recherches, préparer les rendez-vous avec ses clients… La conseillère lui dit qu'elle allait chercher les profils adaptés.

Elle rappela Isabelle deux heures plus tard pour lui proposer quelqu'un. La candidate affirmait avoir des connaissances en art et avait travaillé dans une galerie quand elle était plus jeune. Isabelle ouvrit sa boîte mail et lut le CV avec attention. Si aucune de ses références n'était particulièrement prestigieuse, cette personne semblait posséder de solides compétences en gestion et en informatique, ce qui pouvait toujours être utile. Isabelle lui offrit de venir à l'essai dès le lendemain. Mais elle n'était pas totalement acquise à l'idée d'avoir dans les pattes quelqu'un dont elle n'avait pas encore besoin…

Le lendemain, Isabelle s'aperçut que Margaret Wimbledon était bien plus vieux jeu qu'elle se l'était imaginé. Alors qu'Isabelle lui ouvrait la porte en jean et baskets, la dame portait un tailleur noir et des escarpins. Pas une mèche ne dépassait de son casque de cheveux blancs, et elle n'esquissa pas le moindre sourire pendant qu'Isabelle lui expliquait ce qu'elle attendait d'elle : faire un peu d'archivage, trier quelques factures pour le comptable et marquer les pages de catalogues de ventes aux enchères. Elle ne voyait pas très bien quoi lui confier d'autre. Margaret s'acquitta de toutes ces corvées avant midi. On ne pouvait nier qu'elle était efficace, mais elle semblait tout regarder d'un œil critique. Ce fut pire quand Isabelle lui demanda, tout en tapant une lettre, si elle pouvait lui apporter une tasse de thé.

— Ce n'était pas dans la fiche de poste, répondit Margaret, fermée.

— Oh, peut-être pas… Pardon.

Tandis que Margaret regagnait la table où elle s'était installée pour travailler, Isabelle nota mentalement qu'elle devait mieux définir ses attentes. Au bout de quinze minutes, Margaret annonça qu'elle sortait déjeuner et revint pile une heure plus tard, prête à s'atteler à la tâche suivante. Isabelle lui donna des recherches à faire. Elle ne s'habituait pas à sa froideur : Margaret dégageait quelque chose de guindé et tendu. À la limite, il lui semblait plus facile de faire le travail elle-même. Elle était en même temps bien consciente de ne pouvoir tenir ce raisonnement que parce qu'elle était encore valide…

À 16 heures, quand Margaret lui eut fourni tous les résultats de ses recherches, Isabelle la laissa repartir.

— Dois-je revenir demain ?

— L'agence vous le fera savoir, éluda Isabelle.

Mais la seule idée de la côtoyer une journée de plus la déprimait ! Elles n'avaient pas échangé un seul mot aimable. Margaret aurait sans doute été plus à sa place comme secrétaire auprès d'un P-DG ou d'un directeur de grande galerie. Elle se comportait comme si ce boulot n'était pas digne d'elle. Isabelle s'aperçut qu'elle avait envie de travailler avec quelqu'un de plus ouvert et décontracté, et c'est ce qu'elle s'évertua à expliquer à l'agence, lorsqu'elle se décida à les appeler sur le coup de 17 heures.

— Elle n'a rien fait de travers, et elle est très efficace. Je pense juste que je n'ai pas assez de travail à lui confier pour le moment. J'aimerais essayer quelqu'un d'autre, qui serait un tout petit peu plus flexible, le temps que je détermine plus précisément mes besoins.

Isabelle entendit la conseillère fouiller dans des dossiers.

— Hum…, répondit enfin cette dernière. Nous avons justement un nouveau candidat. Il n'a ni formation ni expérience dans le domaine de l'art, mais un côté « couteau suisse » qui pourrait vous intéresser. Je n'aurais jamais eu l'idée de vous parler de lui à première vue, mais question flexibilité, il me semble qu'il correspondrait mieux à vos attentes. Margaret visait sans doute un poste plus élevé. (La conseillère ne précisa pas qu'elle avait déjà appelé l'agence pour se plaindre de la journée mortellement ennuyeuse qu'elle venait de passer…) Le nom de l'homme en question vous dira peut-être quelque chose si vous aimez le sport : Jack Bailey. Apparemment, il a longtemps animé le journal des sports à la radio. Il a aussi été assistant de production au département sports d'une grande chaîne de télé, commentateur sportif… et DJ. Plus récemment, il a travaillé dans les relations publiques, entre autres comme directeur de campagne, puis assistant personnel d'un sénateur à Washington. Le sénateur Douglas lui a d'ailleurs fait une lettre de recommandation dithyrambique ! Il n'a jamais travaillé dans le monde de l'art, mais toutes ses références insistent sur son bon contact et ses qualités humaines. M. Bailey a quitté son dernier poste pour s'occuper de sa sœur malade, qui vit à New York : il est venu nous déposer son CV en personne ce matin. De plus, il présente très bien. Je ne sais pas si un homme vous conviendrait, ou si vous cherchiez plutôt une femme… J'avais prévu de l'envoyer sur une mission d'assistant personnel pour un producteur de NBC, mais si vous voulez, il peut passer chez vous d'abord.

Isabelle se sentait gênée de faire passer un entretien à quelqu'un qui avait occupé des postes plus importants que celui qu'elle avait à offrir. Elle s'imaginait plutôt une jeune femme fraîchement diplômée, qui ne visait pas la lune et ne prendrait pas ombrage à l'idée de lui préparer une tasse de thé. Et puis, dans l'éventualité où sa vision déclinait beaucoup, elle aurait besoin d'aide pour des choses de plus en plus triviales et ordinaires. Ainsi, le fait de travailler trop longtemps sur ordinateur lui fatiguait de plus en plus les yeux.

— Homme ou femme, cela m'est égal… Mais j'ai peur qu'il s'ennuie un peu. Le travail que je propose est loin d'être aussi excitant qu'organiser des meetings de plusieurs milliers de personnes… Mais après tout, s'il est partant, je veux bien rencontrer ce monsieur.

— Que diriez-vous de 10 heures demain matin ? Il a rendez-vous chez NBC à midi. Je pense vraiment qu'il pourrait vous convenir. Il précise même qu'il accepte de voyager, si on le prévient suffisamment à l'avance, afin d'organiser une permanence pour sa sœur.

— Vous savez si elle est gravement malade ? demanda Isabelle.

— Elle souffre de sclérose en plaques. Il habite chez elle au cas où elle aurait un problème dans la nuit, mais apparemment, il peut la laisser se débrouiller seule pendant qu'il est au travail. Une voisine passe la voir régulièrement. Jack n'a pas d'autres contraintes : ni femme ni enfants. Bien sûr, c'est lui qui m'a expliqué tout ça, nous n'avons pas le droit de poser des questions sur leur vie privée aux demandeurs d'emploi. Je vous envoie son CV et ses lettres de recommandation par mail ?

Le courriel arriva vingt minutes plus tard. La date de naissance des candidats était confidentielle, mais, d'après l'année de son diplôme de fin d'études à l'université de Washington, Isabelle calcula que Jack devait avoir dans les 46 ans, ce qui lui laissa espérer quelqu'un d'à la fois énergique et endurant. Le fait qu'il soit resté cinq ans au service du sénateur la conforta dans cette impression : dans le monde du travail actuel, c'était une durée honorable. Et Jack n'était en recherche d'emploi que depuis six mois. Isabelle répondit par retour de mail à la conseillère que c'était d'accord pour le lendemain, 10 heures.

Ce soir-là encore, les mots de l'ophtalmologue revinrent la hanter. Elle ressentit soudain le besoin impérieux de parler à ses filles, d'entendre leurs voix… sans pour autant leur annoncer la mauvaise nouvelle. Il était pratiquement impossible de joindre Theo : sa fille aînée supervisait en Inde la construction de l'hôpital qu'elle avait financé. En Italie, c'était le milieu de la nuit. Pas question de réveiller Oona. D'ailleurs, il n'y avait jamais de bonne heure pour l'appeler… Entre son mari, ses enfants, la cuisine et la coordination des travaux des champs, elle n'avait pas une minute à elle.

Et bien qu'elle vive à New York, Xela était encore moins disponible. Elle passait ses journées entre réunions, rendez-vous et visioconférences. Et elle était à la salle de sport dès 6 heures du matin. En général, Isabelle tombait directement sur son répondeur, et Xela mettait parfois plusieurs jours à la rappeler. Elle était beaucoup plus réactive par SMS.

À 4 heures du matin, compte tenu du décalage horaire, Isabelle aurait décemment pu appeler Oona, mais c'est à ce moment-là que le sommeil finit par l'emporter. Lorsqu'elle se réveilla, il était 8 heures.

Jack Bailey sonna à la porte à 10 heures exactement. Isabelle resta coite en le voyant. Tout en épaules et bras parfaitement dessinés, l'homme devait mesurer deux mètres. Il avait les traits fins, une fossette au menton, des cheveux gris, des yeux bruns et chaleureux. Jack sourit devant la réaction d'Isabelle : sa stature surprenait toujours ! Enfin, elle le fit entrer et l'invita à s'asseoir dans le coin salon de son bureau. Il choisit un gros fauteuil capitonné et étendit ses longues jambes devant lui. Il portait un chino gris, un blazer et des chaussures cirées de frais. Isabelle le trouva immédiatement sympathique.

— Je ne connais rien à l'art, avoua-t-il d'emblée. J'ai surtout travaillé pour la télé et la radio, au service sports. Après une parenthèse en tant que DJ, j'ai exercé dans les relations publiques, pour des entreprises liées aux sports et loisirs, telles que Nike et Columbia. Pour la presse, aussi : *GQ*, un magazine de pêche, et un troisième sur les voitures de sport. L'agence m'a dit que vous aviez besoin d'un employé polyvalent. Quel que soit le poste, j'ai vraiment tout fait, y compris récupérer les vêtements au pressing et promener le chien du sénateur… Vous avez des animaux de compagnie ?

Isabelle répondit à son sourire.

— Non, et mon pressing livre à domicile ! Mon travail consiste à sélectionner et acheter des tableaux aux enchères pour mes clients. Pour tout vous dire, je n'ai pas encore bien défini les tâches du poste : secrétariat, recherches informatiques… Pour le moment, je gère toute seule les rendez-vous avec mes clients, ce qui représente une grande partie de mon travail. Donc je n'aurai pas forcément des tonnes de choses à vous confier dans un premier temps. J'ai vu que vous aviez beaucoup d'expérience, mais dans des domaines qui n'ont rien à voir avec le mien, effectivement…

— Cela ne m'inquiète pas outre mesure. Je trouve toujours une façon de me rendre utile. Par exemple, je peux faire les courses et servir le déjeuner si vous recevez des clients entre midi et deux. Et je suis un bricoleur hors pair, je peux tout réparer de la cave au grenier. Pour l'informatique, je suis bien sûr spécialisé dans l'audiovisuel, mais je maîtrise les logiciels classiques.

Isabelle hocha la tête, avant de reprendre :

— Je voyage un peu pour voir les maisons de mes clients, ou pour y accrocher les tableaux. La plupart du temps aux États-Unis : côte Est et Californie. À l'occasion, j'achète des œuvres pour des yachts en mer des Caraïbes. Il m'arrive aussi de rendre visite à mes filles, mais c'est toujours planifié longtemps à l'avance.

— Où habitent-elles ? s'enquit Jack.

— L'aînée en Inde, la benjamine en Toscane.

Il haussa un sourcil, avant de déclarer :

— Voilà qui semble intéressant ! Je ne suis jamais allé en Inde, et mon dernier voyage en Europe remonte à plusieurs années… Faudra-t-il que je vous accompagne en déplacement ?

Elle s'accorda un instant de réflexion. Si ce que le médecin lui avait annoncé se confirmait, elle n'aurait peut-être pas le choix…

— Oui, sans doute, finit-elle par dire. Est-ce que ce serait un problème pour vous ?

— Pas du tout. Je vis avec ma sœur, qui a besoin d'assistance, mais je peux m'arranger si je suis prévenu assez tôt. Si j'ai bien compris, vous avez plus de deux enfants ?

— Oui, trois filles en tout. La cadette vit ici, à New York.

Isabelle lui fit visiter la maison. Jack semblait parfaitement à son aise. Le job d'assistant personnel lui permettait de toucher à tout, ce qui lui plaisait bien mieux qu'un emploi de bureau dans une grande entreprise. Si nécessaire, il pouvait faire office de chauffeur : Isabelle possédait une voiture, stationnée dans un garage du quartier. Elle n'avait pas l'habitude que l'on s'occupe d'elle, mais commençait à se faire à l'idée…

Elle termina l'entretien à 11 heures, en déclarant à Jack qu'elle appellerait l'agence, ce qu'elle fit aussitôt la porte refermée.

— Il est parfait ! annonça-t-elle. Il est vraiment prêt à tout pour rendre service.

— N'est-ce pas qu'il est sympathique ? renchérit la conseillère. Et le salaire qu'il demande me semble raisonnable.

— Tout à fait. J'espère seulement qu'il ne prendra pas le poste chez NBC...

— J'en doute fort. Son CV me forçait à l'envoyer là-bas, mais il m'a avoué être soulagé quand je lui ai parlé de vous : il n'a plus envie de faire toujours les mêmes choses.

La conseillère la rappela dix minutes plus tard : Jack était enthousiaste ! À moins que NBC lui fasse un pont d'or, il voulait travailler avec elle. La confirmation arriva dès 13 heures, alors qu'Isabelle était en train de manger un yaourt à son bureau, dans l'attente d'une vente aux enchères par téléphone.

— Quelle bonne nouvelle ! Quand peut-il commencer ?

— Dès demain, si vous êtes d'accord ? suggéra la conseillère.

— Oui, pourquoi pas ? J'ai rendez-vous avec un client, mais après tout il peut assister à l'entretien, afin de comprendre un peu mieux mon travail. J'ai confiance dans ses bonnes manières et sa discrétion.

— Parfait. Costume-cravate ?

— Plutôt blazer-jean, ou quelque chose dans ce genre. Pas besoin de cravate. Comme je suis contente !

Isabelle apprenait de ses erreurs : les détails avaient leur importance. Elle installerait Jack au petit bureau de la cuisine. Ainsi, elle l'aurait à portée de main sans se sentir envahie.

Lors de la vente, elle obtint le tableau qu'elle convoitait pour son client de Palm Beach à un prix raisonnable. Puis elle reçut de Jack un message bref, amical et poli, exprimant sa joie de travailler pour elle. Et dans l'après-midi, elle laissa un message à Xela. Sa fille ne la rappela que beaucoup plus tard, alors qu'elle s'apprêtait à se coucher.

— J'ai pris quelqu'un pour m'aider au bureau, lui annonça-t-elle d'un ton léger, oubliant presque la triste raison de cette embauche.

À ses yeux, Jack avait tout d'un coup de chance.

— Ah oui ? Les affaires marchent, alors ?

— Disons que je suis bien occupée. Et toi, comment gères-tu tes investisseurs ?

— Ils me rendent dingue. Ce ne sont que des requins…

Son service de livraison fonctionnait dans plusieurs villes des États-Unis, mais elle ambitionnait de l'étendre à l'ensemble du territoire. À terme, elle espérait revendre l'entreprise pour une coquette somme. Il fallait bien que son MBA de Harvard lui serve à quelque chose ! Elle ne se leurrait pas, savait qu'elle ne serait jamais aussi riche que Theo… Cependant, elle ne s'estimerait satisfaite que lorsqu'elle aurait gagné, de haute lutte, son premier million de dollars. Elle avait eu besoin d'Isabelle comme garante du prêt pour acheter son appartement de SoHo, mais ne voulait plus rien avoir à demander à sa mère.

— Elle est comment ? demanda la jeune femme.

— Qui donc ?

— Ta nouvelle assistante !

— « Elle » est un homme de deux mètres de haut. Il a dû se pencher pour passer la porte ! répondit Isabelle en riant.

— Ah bon ? Si ça ne t'effraie pas…

— Du tout. Au fait, tu te souviens que tu m'as promis de venir déjeuner pour Thanksgiving ? Theo sera là…

— Sainte Theo ! persifla Xela. Je m'étonne qu'elle daigne faire le déplacement depuis l'Inde mystérieuse…

— Xela..., soupira Isabelle. Je te crois tout aussi capable que ta sœur de faire un effort pour Thanksgiving ! Je compte sur vous deux pour éviter les chamailleries. Déjà que je ne vous vois pas souvent…

— Oui, m'man, marmonna Xela, préférant changer de sujet. Tu me présenteras ton assistant ? Comment est-ce qu'il s'appelle ?

— Jack.

— Comme Jack et le haricot magique ? On dirait que c'est plutôt lui le géant.

— Il est adorable. Je suis sûre qu'il va m'être d'une grande aide.

Après avoir raccroché, Isabelle fut rattrapée par les idées noires. Elle aurait aimé être capable de parler à sa fille du diagnostic posé par le médecin, lui confier son angoisse… Combien de temps encore ferait-elle bonne figure ? Avec l'aide de Jack Bailey, le plus longtemps possible. Pourtant, elle n'avait pas non plus l'intention de mettre son assistant dans la confidence tout de suite.

10

Pour sa première journée de travail, Jack se leva à 5 heures, servit son déjeuner à sa sœur.. Il se doucha, se rasa et s'habilla avec soin. Puis il aida Sandy à s'installer sur le canapé où elle passait la journée à lire, somnoler ou regarder la télévision, et plaça le déambulateur près d'elle. Son état avait beaucoup décliné au cours de l'année passée. Le week-end, Jack la promenait en fauteuil roulant.

— Sois sage à l'école, plaisanta Sandy en le voyant enfiler son manteau.

Divorcée, elle avait 49 ans et deux enfants. À l'issue de ses études, son fils s'était installé en Suède et s'y était marié. Quant à sa fille, elle vivait en Alaska, mariée à un pêcheur industriel au caractère bourru. Sandy ne voulait pas être un fardeau pour ses enfants, et elle n'avait pas les moyens d'embaucher une infirmière. Jack avait compris qu'elle ne s'en sortait plus toute seule, aussi s'était-il décidé à abandonner son emploi à Washington pour s'occuper d'elle.

Cette cohabitation leur rappelait leur enfance à Seattle, à ceci près que c'était désormais le petit frère qui prenait soin de la grande sœur.

L'un comme l'autre avaient connu leur lot de déconvenues par le passé. Le mari de Sandy avait déserté le domicile conjugal alors que les enfants étaient encore en bas âge. Depuis, elle avait toujours eu du mal à joindre les deux bouts et vivait maintenant de sa pension d'handicapée. Quant à Jack, il avait été planté là par sa petite amie, rencontrée au lycée, lorsque sa carrière très prometteuse d'athlète professionnel avait été fauchée en plein vol. Après un certain nombre de relations décevantes, il n'était toujours pas marié et n'avait pas d'enfants à 46 ans. Cependant, Jack ne se laissait pas abattre et voyait le côté positif de la situation : il était maintenant disponible pour aider sa sœur. De plus, il avait apprécié chacun de ses différents métiers, tous bien rémunérés, ce qui lui permettait également de soutenir Sandy sur le plan financier. Il espérait que cet arrangement durerait aussi longtemps que possible et n'aimait pas penser à la suite… Sandy elle-même commençait à parler de chercher une maison médicalisée : au bout d'un moment, son frère ne pourrait plus assumer. Mais pour l'instant, elle était aussi enchantée que lui à l'idée de son nouveau travail.

— Regarde-moi comme tu es beau et bien habillé ! J'espère que cette femme mesure la chance qu'elle a d'avoir trouvé quelqu'un d'aussi formidable que toi. Je suis sûre que tu pourrais faire son boulot à sa place, les yeux fermés !

— Ça m'étonnerait... Je suis complètement ignare en ce qui concerne la peinture. D'ailleurs, je ferais bien de prendre quelques cours de rattrapage. Que dirais-tu d'aller au musée ce week-end, pour que j'apprenne à différencier un Picasso d'un Rembrandt ? D'après son site internet, j'ai cru comprendre que cette dame est assez reconnue dans son domaine. J'avoue que ça me stresse un peu.

— Tu t'en sortiras très bien. Y a-t-il un seul emploi où tu n'aies pas été le chouchou de la boîte ?

— Merci, grande sœur, pour ton manque total d'objectivité. C'est à toi que j'aurais dû demander une lettre de recommandation !

Après lui avoir envoyé un baiser, Jack claqua la porte et prit l'ascenseur. Dans la rue, il remonta son col contre le vent d'automne. Leur immeuble, un vieux bâtiment en brique composé d'appartements à loyer modéré, n'avait pas de portier, mais Jack partait sans crainte : en son absence, le sympathique gardien portoricain, qui avait la clé, passait souvent à l'heure du café pour tenir compagnie à Sandy. Jack s'engouffra dans le métro après cinq minutes de marche.

Au cœur de Manhattan, Isabelle venait de terminer son petit déjeuner lorsque Jack sonna, à 10 heures tapantes. Elle lui ouvrit et le conduisit dans la cuisine, où elle avait laissé le *Wall Street Journal* ouvert sur la table. Juste à côté, une grosse loupe : c'était toujours moins fatigant pour ses yeux que de le lire en ligne.

— J'attends une nouvelle paire de lunettes, se sentit-elle obligée d'expliquer.

Isabelle montra à Jack la machine à café et lui indiqua qu'il trouverait de nombreux delis et restaurants de quartier sur Lexington Avenue pour le déjeuner. Elle l'invita ensuite à la suivre à l'étage et s'assit à son bureau.

— Ce matin, je passerai beaucoup de temps au téléphone, et j'ai un rendez-vous cet après-midi. Si le client est d'accord, j'aimerais que vous assistiez à l'entretien, afin de vous faire une idée d'en quoi consiste mon travail. Vous n'aurez qu'à prendre des notes. Je vais lui montrer des photos de tableaux de Mary Cassatt : il veut en offrir un à sa femme pour leur anniversaire de mariage. En amont, j'ai répertorié ce qui est disponible en ce moment sur le marché, aussi bien dans des salles de vente que dans des galeries, ici et en Europe.

Elle sortit de sa bibliothèque un gros livre sur Mary Cassatt et le tendit à Jack.

— Ce nom vous dit quelque chose ?

— Hum, elle jouait à quel poste ? Sorti du basket-ball, je ne connais à peu près rien à rien…

Isabelle éclata de rire.

— Euh, non, je ne suis pas sûre que le sport féminin existait déjà à son époque… C'était une grande impressionniste américaine. Elle a peint surtout des femmes et des enfants. Je vous prête le livre, vous pouvez le feuilleter ce matin, et même l'emporter si vous voulez le potasser chez vous. Ce matin, je dois passer divers coups de fil pour un client de Tulsa. Il commence une collection de tableaux pour la maison qu'il vient d'acquérir dans la région, et pour son yacht amarré à Antigua. J'ai déjà trouvé les deux premières pièces, à une vente de Christie's, mais nous avons encore beaucoup de choses à acheter pour lui.

— D'accord. Et concrètement, en quoi puis-je vous aider pour la partie purement professionnelle ? demanda Jack.

— Les recherches ! Je vous donnerai la liste de tous les sites spécialisés. Je ne doute pas que vous soyez bien plus doué que moi en informatique. Souvent, au moment où je trouve ce que je voulais, j'appuie sur le mauvais bouton et la page disparaît ! Et j'aimerais envoyer quelques catalogues à un client. J'ai un compte FedEx : vous n'aurez qu'à emballer le tout, les cartons sont dans ce placard, et voici l'adresse du client.

Vous appelez le numéro inscrit sur l'étiquette, le coursier passera prendre le paquet. Pour le reste… Il y a deux spots grillés dans le salon d'exposition. Ça vous ennuierait de les changer ?

— Pas de problème. Mais dites-moi, quel genre de tableaux accroche-t-on sur un yacht ? Cela ne me serait jamais venu à l'esprit…

— Eh bien, un yacht est souvent un lieu de réception et les propriétaires en profitent pour impressionner leurs invités. Avec ce client-là, je m'orientais plutôt vers de l'art contemporain, mais il tient à des toiles de grands maîtres. Il est tombé amoureux d'un Turner et adore les vues de Venise de Félix Ziem que je lui ai montrées. Des peintures de bateaux, pour le dire vite.

— Logique, commenta Jack.

Il ajouta le livre sur la pile de catalogues, avant de se tourner à nouveau vers Isabelle :

— Aimez-vous le sport ? Si vous voulez, j'ai encore des contacts avec ma chaîne de télé, et je pourrais vous obtenir des places pour les matchs.

Le sénateur, qui adorait le base-ball et le football américain, en avait bien profité.

— Houlà, fit Isabelle. Je suis à peu près aussi calée en sport que vous en art. Je suis allée une fois à l'US Open et une fois à Wimbledon, mais c'est à peu près tout. Nous devrions échanger nos connaissances ! Mon dernier mari est mort il y a vingt-six ans et, comme je vous l'ai dit, je n'ai eu que des filles. À propos... Ma fille aînée va venir d'Inde pour quelques jours. Si nous avons le temps aujourd'hui, j'aimerais sortir les décorations de Thanksgiving, mais elles sont rangées sur une étagère trop haute pour moi...

— Voilà qui est pile dans mes cordes, répondit Jack en souriant du haut de sa stature imposante. Et merci pour le livre.

Après avoir préparé le colis, il s'installa à la cuisine pour lire, tandis qu'Isabelle rejoignait son bureau pour y passer ses appels. Vers 11 heures, il lui monta spontanément une tasse de café sur un plateau, avec le sucrier et le pot à lait. En grande conversation, Isabelle le gratifia d'un sourire et d'un hochement de tête, puis Jack s'éclipsa aussi discrètement qu'il était entré. À midi trente, il remonta pour lui annoncer qu'il prenait sa pause. La matinée s'était déroulée comme sur des roulettes.

Lorsque Jack revint, moins d'une heure plus tard, après avoir avalé un sandwich et marché pendant une demi-heure, Isabelle lui montra le carton où étaient rangées les décorations pour la table de fête. Ils les déballèrent ensemble et mirent tout de suite la nappe brodée de feuilles d'automne sur la table de la salle à manger. Il y avait aussi des porte-couteaux en argent de chez Asprey à Londres, en forme d'oiseaux, ainsi qu'une corne d'abondance en porcelaine. Isabelle la garnirait de fruits de saison à la dernière minute, en guise de centre de table. S'y ajoutaient un certain nombre de reliques de l'époque où les filles étaient enfants. Isabelle venait d'exhumer une petite dinde en céramique, modelée par Theo quand elle était au collège, et voulant la déposer en bout de table la lâcha à plusieurs centimètres du bord. Par chance, le bibelot n'éclata pas en miettes. Isabelle le ramassa et le reposa sans un mot, bien au centre de la table. Pour dissiper ce moment embarrassant, Jack se proposa d'astiquer l'argenterie.

— Bonne idée ! lança-t-elle avant de regagner son bureau.

Peu de temps après, le client qui voulait offrir un Mary Cassatt à sa femme arriva : un monsieur très distingué, d'environ 70 ans. Jack prit l'entretien en notes sur un carnet. Il resta muet la plupart du temps, mais ses rares remarques témoignèrent de son intelligence et de son bon goût. Après le départ du client, il s'installa devant son ordinateur et remit son compte rendu à Isabelle un quart d'heure plus tard.

— Waouh, vous n'avez pas perdu de temps !

— Ce n'était pas très difficile, remarqua Jack avec un sourire tandis qu'Isabelle se penchait sur les deux pages recto verso.

— Est-ce que je peux vous demander un service ? Cela vous ennuierait de me le réimprimer dans une police un peu plus grosse ? C'est écrit tout petit !

— Pas de problème, se contenta-t-il de répondre tout en se disant que sa nouvelle patronne devait attendre ses nouvelles lunettes avec impatience…

— Merci beaucoup, vos notes vont droit à l'essentiel, déclara Isabelle. Je retrouve tous les éléments que nous avons évoqués, et qui me permettront d'affiner nos recherches. Vous voyez, Jack, je n'étais pas certaine d'avoir vraiment besoin d'un assistant, mais vous avez su me convaincre en une seule journée ! J'ai eu tort de m'en priver si longtemps.

Jack posa alors la question qui lui brûlait les lèvres :

— Qu'est-ce qui vous a décidée à franchir le pas ?

— Je n'arrive pas à tout mener de front. La jeune femme qui s'occupe d'éditer mes factures deux fois par mois ne me suffit plus. En tout cas, c'est vraiment agréable de déléguer un peu. Faites attention, vous allez me donner de mauvaises habitudes !

— Pas de problème. Au fait, je me demandais : est-ce que votre fille séjournera ici ? Faut-il que je prévoie quelque chose pour elle ? Aller la chercher à l'aéroport, acheter des fleurs pour sa chambre ? Lui prendre un rendez-vous chez le coiffeur, peut-être ?

Jack avait pris l'habitude de rendre ce genre de services à la femme du sénateur.

— Un grand oui pour les fleurs et l'aéroport. Pour le coiffeur, ce ne sera pas nécessaire. Je vais vous trouver son numéro de vol... Elle arrive mercredi soir, veille de Thanksgiving, et repart le lundi suivant pour Boston.

— Est-ce qu'elle repasse par ici après Boston ? s'enquit Jack.

— Non, ensuite elle s'envole pour Londres. Elle a rendez-vous avec un médecin qui va constituer une équipe pour visiter son hôpital en Inde : elle cherche à le faire agrandir. C'est une jeune femme qui n'a pas les deux pieds dans le même sabot, vous savez. Notre petite mère Teresa à nous...

Jack lut autant de tristesse que de fierté dans le regard d'Isabelle.

— Alors je vais lui réserver un taxi pour mercredi et un pour lundi.

— Hum, elle appréciera l'attention après le long voyage depuis l'Inde, mais pour lundi elle risque de se rebiffer. Après seize ans à côtoyer les plus démunis, elle mène une vie très frugale et désapprouve certaines dépenses qu'elle juge superflues. Pareil pour le bouquet de fleurs : choisissez plutôt quelque chose de simple et de pas trop exubérant.

— Voilà qui semble intéressant, remarqua Jack. Est-ce que ses sœurs partagent cette vision des choses ?

— Pas du tout ! Elles sont toutes les trois radicalement différentes.

Et Isabelle de lui décrire ses deux autres filles.

— Ma cadette, Xela, celle qui vit ici, a fait des études de commerce et a fondé une start-up qui fonctionne plutôt bien mais ne se développe pas aussi vite qu'elle le voudrait. L'incarnation du rêve américain ! Quant à la benjamine, Oona, elle est mariée à un comte italien, descendant d'une très vieille famille. Ils vivent sur leur exploitation agricole, en Toscane. Elle cultive son propre potager, mais elle vit confortablement. Elle a trois enfants... bientôt cinq.

Jack était suspendu à ses lèvres. Quelque chose lui disait qu'elle avait vécu une vie mouvementée, et il appréciait sa façon de s'adresser à lui : ni trop personnelle ni trop distante. Isabelle n'avait rien de snob, et il avait eu l'occasion de constater que le travail ne lui faisait pas peur.

Alors qu'ils étaient convenus que la journée de Jack se terminerait à 17 h 30, Isabelle descendit à la cuisine vers 18 heures : il finissait de ranger ses affaires, et tout était parfaitement en ordre.

— J'étais plongé dans mes recherches sur l'impressionnisme, expliqua-t-il. Est-ce que je peux encore faire quelque chose pour vous avant de partir ?

— Non, vraiment, j'ai l'impression d'avoir assez abusé de votre gentillesse. Je ne sais pas comment je me débrouillais avant vous.

— Vous êtes trop aimable, Isabelle. Tout le plaisir est pour moi. Alors à demain, et bonne soirée !

Après le départ de Jack, la maison sembla bien silencieuse. Sans se montrer intrusif, il emplissait l'espace de sa présence chaleureuse. Elle retourna jeter un coup d'œil à la salle à manger, où les décorations de fête étincelaient sur la table, et saisit précautionneusement la dinde en céramique de Theo. Une chance qu'elle ne soit pas cassée ! Elle tenait tellement à tout ce qui lui rappelait leur enfance…

— Alors, comment s'est passée ta rentrée ? lança Sandy tandis que Jack rangeait son manteau et s'asseyait près d'elle, visiblement content de sa journée. La maîtresse est gentille ? C'était bon, à la cantine ?

— Puisque tu veux tout savoir, j'ai mangé un sandwich dans un deli du quartier. Et j'ai passé une excellente journée. La patronne est top, c'est une femme intéressante… Ses enfants sont adultes, et j'ai l'impression qu'elle se sent un peu seule.

Sandy hocha la tête : elle ne comprenait que trop bien ce sentiment du « nid vide ».

— C'est bizarre, ajouta Jack, pensif, il me semble aussi qu'elle a besoin d'un assistant pour une raison plus grave, dont elle ne veut pas parler. Remarque, je me trompe peut-être... Sinon, j'ai assisté à un rendez-vous avec un de ses clients, astiqué de l'argenterie et envoyé des colis. Elle m'a donné des devoirs : des livres à lire sur Mary Cassatt, Turner et Félix Ziem.

— Ses clients ont de quoi se payer leurs tableaux ? Excusez du peu ! commenta Sandy, qui lisait beaucoup et se cultivait via Internet. En somme, le poste te plaît ?

— Oui, même si c'est encore différent de ce que je faisais pour le sénateur. Je devais tout le temps le protéger des gens qui voulaient entrer en contact avec lui, en tant que personnalité publique. Isabelle, au contraire, vit dans un monde très retiré et bien ordonné. On voit qu'elle maîtrise parfaitement son domaine. Ce qui est chouette, c'est qu'elle a une clientèle variée. Le monsieur qui est venu aujourd'hui est anglais et vit dans le Connecticut. Et elle réunit une grosse collection pour un type qui a fait fortune dans le pétrole, en Oklahoma.

— Que du beau linge, en somme !

— Oui, mais je ne pense pas qu'elle-même fasse réellement partie de ce monde-là. Elle mène une vie très calme. Ses filles ont l'air tout aussi fascinantes. L'aînée a suivi la voie de mère Teresa en Inde, quoique sans prendre le voile, la deuxième est femme d'affaires à New York et la troisième est mariée à un comte en Italie.

— Dis donc, tu as appris beaucoup de choses en une seule journée ! s'amusa Sandy. Est-ce qu'elle est jolie ?

— Oh, arrête, ne commence pas à jouer les grandes sœurs ! Elle doit avoir dans les 55 ans, et je te rappelle que c'est ma patronne.

— Et alors ? l'asticota Sandy avec un regard insistant.

— Fiche-moi la paix, tu veux ! Bon, tu as envie de quoi pour le dîner ?

— J'ai rêvé de cuisine chinoise toute la journée.

— Tes désirs sont des ordres, répondit Jack en allant décrocher du frigo le menu du traiteur asiatique.

Après avoir commandé par téléphone, il revint s'installer confortablement sur le canapé.

— Il y a un match de basket, ce soir, annonça-t-il avant d'allumer le poste de télévision pour regarder les informations.

Ni Sandy ni Jack n'auraient jamais imaginé qu'ils seraient amenés à vivre ensemble à leur âge. Mais la vie réserve toujours des surprises. Cet arrangement comblait un vide pour l'un comme pour l'autre, et ils se sentaient bien dans leur petit appartement du Bowery.

Au même moment, dans sa maison de la 44e Rue, Isabelle s'attablait devant une salade en regardant sa série préférée. Quelle bonne journée elle venait de passer ! Décidément, elle se félicitait d'avoir embauché un assistant, quelle qu'en soit la raison initiale.

11

Isabelle avait subi deux injections quand arriva la semaine de Thanksgiving. Le Dr Calvin n'avait pas menti : ce n'était pas douloureux, en revanche, c'était assez traumatisant et elle n'avait envie de voir personne après ses séances chez l'ophtalmologue. Sans savoir en quoi consistaient ses rendez-vous hebdomadaires, Jack lui fournissait toute l'assistance dont elle avait besoin et se montrait toujours aussi attentionné.

Le mercredi avant Thanksgiving, alors qu'il l'aidait à dresser la table avec la porcelaine de fête et les couverts en argent, il remarqua qu'elle semblait plus stressée que d'habitude. Était-ce lié à son rendez-vous médical de la veille ? Isabelle avait récupéré ses nouvelles lunettes depuis une semaine, mais elle continuait à lui demander d'imprimer les documents en police 14, et elle gardait toujours sa loupe à portée de main. Par deux fois, elle avait trébuché dans l'escalier et s'était rattrapée de justesse. Avait-elle la tête ailleurs ou lui cachait-elle quelque chose ? Quand la table fut prête, il la vit plisser les yeux pour juger de l'effet d'ensemble.

C'est alors qu'il osa lui poser la question :

— Vous avez l'air inquiète… Quelque chose ne va pas ?

— Oui, je suis un peu nerveuse. Theo et Xela ne s'entendent pas toujours très bien – ou plutôt pas du tout, pour être honnête. Et c'est comme ça depuis que Xela est en âge de parler. Elle a le chic pour provoquer des disputes avec sa sœur, et je n'ai pas du tout envie de ça le jour de Thanksgiving. Theo ne restera que quatre jours. Je ne la vois quasiment jamais : elle est très peu accessible, aussi bien d'un point de vue affectif que géographique. Elle s'isole à sa façon, en s'éloignant de sa famille et en évitant soigneusement de tisser de nouveaux liens. Et les rares fois où elle est à New York, Xela lui cherche des poux dans la tête, ce qui ne lui donne guère envie de revenir. Elle me manque.

— Avez-vous essayé de leur dire ce que cette situation provoque en vous ?

— J'ai l'impression de ne faire que ça depuis trente ans, soupira Isabelle, mais ça ne change rien. Quand elles étaient petites, Theo était bien obligée de se défendre. Maintenant, elle est hors d'atteinte, mais Xela enrage d'autant plus.

— Dans une famille, les choses ne sont jamais aussi simples qu'elles en ont l'air depuis l'extérieur. Quand nous étions petits, Sandy et moi essayions sans cesse de nous entretuer. Nous n'avons réalisé à quel point nous avons besoin l'un de l'autre qu'à la mort de nos parents. Et puis elle est tombée malade, ce qui nous a encore rapprochés. Je ne pouvais pas la laisser traverser cette épreuve toute seule. Et comment se positionne votre petite dernière ?

— Tout le monde adore Oona. Elle a bon caractère et apaise les tensions. Chacune de ses deux sœurs la considère comme son bébé. Je crois qu'elle serait capable de se lier d'amitié avec Godzilla et Frankenstein. C'est quelqu'un d'intrinsèquement heureux. Avec elle, tout paraît facile. Même le caractère ombrageux de son macho de mari ou les critiques de sa belle-mère n'altèrent pas sa bonne humeur.

— C'est fou que des enfants élevés sous le même toit, par les mêmes parents, aient des parcours aussi différents.

— Eh bien, justement, ce n'est pas le cas. Une seule mère, trois pères. La vie n'est pas toujours un long fleuve tranquille, vous savez.

— À qui le dites-vous…, répliqua Jack, ne laissant rien paraître de sa surprise. Mais c'est ce qui forge le caractère, n'est-ce pas ?

— Peut-être bien.

Jack retourna à ses recherches sur Internet. Ce soir-là, il pouvait quitter le travail plus tôt, car Isabelle voulait être disponible quand Theo arriverait, pour profiter de sa fille aînée avant que Xela vienne mettre son grain de sel le lendemain. Vers 17 heures, il monta prendre congé : Isabelle était en train de taper un mail. Quand elle était assise et lui debout, elle avait l'impression qu'il mesurait bien plus de deux mètres.

— Je vous souhaite un merveilleux Thanksgiving, Jack.

— À vous aussi, Isabelle. Merci pour tout. Cette année, c'est à vous que revient ma gratitude.

— Et c'est réciproque ! Je n'aurais jamais cru que quelqu'un puisse me faciliter la vie à ce point.

— Amusez-vous bien avec vos filles. J'espère que tout ira bien entre elles.

— Moi aussi...

Après avoir entendu claquer la porte d'entrée, Isabelle se leva pour jeter un coup d'œil dans la chambre de Theo. Elle y avait placé un vase de roses blanches, le lit était fait : plus rien ne manquait. En prévision du repas de fête le lendemain, elles partageraient un dîner léger. Et quand Xela les rejoindrait, elles téléphoneraient à Oona. Même si Thanksgiving n'existait pas en Italie, elle cuisinait toujours la dinde avec tous ses accompagnements, et racontait à ses enfants comment se déroulaient les festivités quand elle était petite.

Isabelle avait promis de lui rendre visite pour Noël. Oona était trop avancée dans sa grossesse pour voyager, et de toute façon Gregorio ne l'aurait pas laissée partir au moment des fêtes. Entre-temps, Theo serait rentrée en Inde. Quant à Xela, elle avait loué un chalet avec des amis pour skier dans le Vermont. L'un dans l'autre, Isabelle n'aurait pas pu trouver d'ambiance plus familiale qu'en Toscane. Elle avait tellement hâte de revoir Oona et ses trois petits-fils... Gregorio n'avait pas voulu connaître le sexe des jumeaux et, comme d'habitude, c'est lui qui avait eu le dernier mot. Le mystère restait donc entier !

Isabelle alla s'allonger un moment en attendant Theo. Enfin, on sonna à la porte. Elle descendit l'escalier le cœur battant et lui ouvrit. Sa fille était là, le vivant portrait de Putnam. Elle la serra doucement contre son cœur. À 37 ans, Theo était aussi frêle qu'une sylphide, et paraissait noyée dans sa grosse parka. Le soleil de l'Inde n'était parvenu qu'à hâler légèrement son teint de lait et, sans les quelques rides d'expression qui plissaient le coin de ses immenses yeux bleus, on aurait facilement pu la prendre pour une adolescente. Elle quitta le jean et le pull enfilés pour affronter le temps hivernal et passa un sari bleu avant de redescendre à la cuisine. À l'exception des vieux treillis qu'elle portait pour superviser le chantier de l'hôpital, Theo dédaignait maintenant les vêtements occidentaux. Sa mère sourit en la voyant ainsi métamorphosée.

À table, la jeune femme détailla l'avancement de son projet. Elle venait de convaincre le groupe de médecins britanniques de leur venir en aide.

— Je vais les voir la semaine prochaine, mais avant cela, il faut que je passe à la banque à Boston, pour transférer de l'argent et vendre quelques actions. Et toi, quand pars-tu pour l'Italie ?

— Juste avant Noël. Oona m'a dit qu'elle était énorme.

— Oui, elle m'a envoyé une photo, confirma Theo en souriant. On dirait qu'elle attend des triplés ! Tu penses qu'ils vont s'arrêter là ?

— Je n'en ai pas l'impression... Chez Gregorio, ils sont sept. J'imagine qu'il veut constituer toute une équipe de foot ! Après Noël, j'irai passer quelques jours à Paris : voilà un moment que je n'y suis pas allée, il faut que j'assiste à quelques ventes aux enchères et que j'aille voir des tableaux à vendre chez des particuliers. Figure-toi que j'emmène mon nouvel assistant ! Il en profitera pour aller voir un vieil ami à Rome pendant que je serai chez ta sœur.

Ce soir-là, Theo alla se coucher tôt, et quand elle rejoignit Isabelle à la cuisine vers 10 heures du matin, sa mère venait de mettre la dinde au four. Le festin était prévu pour 14 heures, mais Xela avait promis d'arriver dès midi. Elle sonna à la porte avec une demi-heure de retard, embrassa sa mère et haussa un sourcil en apercevant sa sœur dans le salon. Theo avait cette fois enfilé un sari couleur rouille à liséré or, avec un corsage court en taffetas vert amande et des sandales dorées. Avec ses longs cheveux blonds qui mettaient en valeur le décolleté du dos, elle était superbe, mais il n'en fallait pas plus à Xela pour ouvrir les hostilités :

— C'est soirée Bollywood, ici ?

— Allons, allons… Les couleurs sont parfaites pour Thanksgiving, s'interposa Isabelle, en priant pour que Xela accepte d'embrasser sa sœur et enterre la hache de guerre, au moins jusqu'à la fin de la journée.

C'est Theo qui fit le premier pas en la prenant dans ses bras, mais Xela, visiblement mal à l'aise, resta raide comme un piquet dans son jean et son pull rouge.

— Comment vont tes affaires ? demanda poliment Theo.

Tandis qu'elles échangeaient des nouvelles de leurs projets en cours, leur mère, vêtue d'un pantalon en velours noir et d'un pull noir à paillettes, jetait régulièrement un coup d'œil en cuisine. Un délicieux fumet se répandait déjà dans la maison. Isabelle eut une boule à l'estomac en entendant Xela maugréer :

— La grosse différence, entre toi et moi, c'est que tu n'as qu'à claquer des doigts pour avoir accès à tes propres fonds, alors que je dois mendier le moindre sou auprès de gens qui ne rêvent que de me plumer vivante.

Et à la différence de sa sœur, elle ne sauvait pas des vies humaines ! Mais personne ne le lui fit remarquer.

Isabelle avait cette fois encore réalisé des prouesses culinaires : tout était absolument délicieux. Le seul raté fut le moment où elle reposa un plat un peu trop au bord de la table… Les petits pois roulèrent sur le tapis. Theo l'aida à ramasser et personne ne s'inquiéta de cet incident.

— Oh, pardon, les filles, je ne sais pas où j'avais la tête !

Entre-temps, l'ambiance s'était un peu détendue ; la conversation glissa sur Oona. Elles étaient toutes trois aussi ébahies à l'idée que la petite dernière aurait bientôt cinq enfants. Mais Xela revint à la charge :

— Cela ne risque pas de m'arriver ! Je me démène bien trop au boulot pour avoir le temps de rencontrer des hommes. Pareil pour toi, Theo : on ne peut pas à la fois sauver le monde et fonder une famille. J'imagine que tu n'auras pas assez de toute une vie pour dépenser ton héritage.

Cette fois, Theo ne put s'empêcher de riposter :

— Figure-toi que je ne le dépense pas : je l'investis. En l'occurrence, dans des choses un peu plus utiles que toi…

— Pardon, mais c'est tout de même plus facile quand on est née avec une cuiller en argent dans la bouche ! Si maman n'avait pas eu une aventure avec ton père alors qu'elle n'était pratiquement qu'une gamine, il y a fort à parier que tu t'échinerais comme moi sur des projets beaucoup moins nobles. Ou alors, tu ferais un job que tu détestes, comme le reste du monde !

— Les filles ! intervint Isabelle. C'est Thanksgiving. Aujourd'hui, nous sommes censées éprouver de la gratitude pour ce que nous avons, pas de l'envie pour ce que nous n'avons pas. De plus, je ne déteste pas mon travail, bien au contraire !

— Ni moi le mien, reprit Xela. J'aimerais juste qu'il me rapporte assez pour pouvoir jouer les saintes du tiers-monde…

Theo poussa un soupir excédé.

— Nom d'un chien, je ne joue pas les saintes, Xela ! Mes projets me passionnent, c'est tout. Et à part ça, est-ce que tu as rencontré le nouvel assistant de maman ? demanda-t-elle pour changer de sujet.

— Non, quand je passe ici après le boulot, il est déjà parti. Mais il paraît que ce Jack est la huitième merveille du monde.

— Que faisait-il avant de travailler pour toi ? s'enquit Theo en se tournant vers sa mère.

— Il était assistant personnel d'un sénateur à Washington. Et avant cela, journaliste sportif et responsable des relations publiques.

— Ça n'a pas grand-chose à voir avec l'art, non ? commenta Xela.

— Non, mais c'est quelqu'un de serviable, qui a besoin d'horaires fixes pour s'occuper d'une sœur malade de la sclérose en plaques.

— Seigneur, encore un saint ! gémit Xela.

— Si nous passions au dessert ? proposa Isabelle, ce qui eut pour effet de mettre tout le monde d'accord.

Elle commandait toujours un assortiment dans son épicerie fine préférée : *mince pie* aux raisins secs et aux épices, tourte aux pommes, tarte au potiron, et une quatrième aux noix de pécan... bien que personne ne l'appréciât autant que Oona. Ainsi, c'était un peu comme si la petite dernière était avec elles. Depuis toujours, leur plaisir consistait à se servir une toute petite part de chaque, avec de la glace à la vanille et de la chantilly maison. Il y avait ensuite de la tarte à chaque repas pendant plusieurs jours !

Alors qu'elles étaient passées au salon pour le café, Isabelle manqua de renverser la tasse de Xela.

— Tu as la tremblote, maman ! Tu manques de pratique en cuisine. Une fois par an, c'est un peu juste...

— Tu dois avoir raison… J'avoue que l'époque où je devais vous concocter des menus équilibrés tous les soirs me paraît bien lointaine. Et je n'y ai vraiment pris plaisir que quand Declan a voulu que je lui apprenne les recettes de base. Avec lui, tout était plus facile et plus joyeux…

— Pas étonnant que, de nous quatre, Oona soit la seule qui ait réussi à garder un mec ! fit Xela, mordante. C'est la seule qui ait eu un père normal.

— J'ai d'autres priorités pour le moment, il n'y a pas de honte à ça, se défendit Theo.

— Ce n'est pas parce que vous êtes très prises par vos carrières respectives que vous devez renoncer à une vie de couple, remarqua Isabelle.

— Je travaille tout de même dix-huit heures par jour…

— Et moi parfois vingt-quatre, compléta Theo. Et puis là où je suis, je ne rencontre jamais personne avec qui j'aurais envie de sortir, encore moins de me marier. D'ailleurs, je ne suis pas là pour ça !

— Pas de médecins globe-trotters super sexy ? suggéra Xela.

— C'est que je n'ai pas su vous donner l'exemple, conclut Isabelle. Je suis restée seule trop longtemps après Declan. Mais je préférais m'occuper de vous que courir le guilledou !

— Tu vois : au final, on s'en sort toutes très bien, renchérit Xela. Moi, j'ai ma boîte, sainte Theo son hôpital, Oona son Gregorio et sa ribambelle de gosses. Et toi aussi, maman, tu me sembles plutôt heureuse dans l'ensemble.

— Je le suis, confirma Isabelle.

— Et maintenant, tu as ton assistant qui te donne un coup de main pour tous les aspects pratiques. Pourquoi est-ce que tu t'embarrasserais d'un jules ?

À sa façon, Xela était elle aussi rattrapée par l'esprit de Thanksgiving ! Isabelle admit qu'elle n'avait pas tort : aucune d'elles n'était à plaindre. Xela lança tout de même encore quelques piques à Theo pour faire bonne mesure, avant de prendre congé vers 19 heures. Cette fois, elle serra sa sœur un peu plus chaleureusement dans ses bras. Leur mère était plus que soulagée : au-delà des amabilités habituelles, il n'y avait pas eu de crise majeure, et elles avaient même eu droit à un court instant de grâce sur la fin...

— Grands dieux, elle m'épuise, soupira Theo. Elle ne me parle jamais que de mon argent, comme si je n'existais pas par moi-même...

— Elle était jalouse de toi bien avant, lui rappela sa mère. Si elle se met tant de pression pour faire carrière, c'est pour essayer de te damer le pion, et c'est triste pour elle, parce qu'elle ne s'estimera jamais satisfaite.

Sur ce, la mère et la fille se mirent à charger le lave-vaisselle et à ranger la cuisine, ce qui prit un certain temps malgré la redoutable efficacité de Theo. Xela, elle, ne restait jamais pour se retrousser les manches après le repas…

Le lendemain, elles firent quelques courses dans le quartier. Theo s'offrit une nouvelle paire de chaussures de marche et acheta un lot de petites culottes pour les enfants des bidonvilles qui n'en avaient jamais eu, ainsi que certains médicaments qu'elle ne pouvait pas se procurer en Inde. Elle ajouta un énorme sac de bonbons, qu'elle tassa dans un coin de sa valise.

Les quatre jours passèrent trop vite. Comme chaque fois, Isabelle ressentit un profond déchirement en laissant Theo repartir – l'impression qu'elle lui filait entre les doigts. C'était la même sensation que celle éprouvée, année après année, quand elle se séparait de Putnam à la fin du mois d'août. Dès qu'elles commençaient à renouer le fil de l'intimité, Theo s'en allait.

En entrant dans la cuisine le lundi matin, Jack s'aperçut immédiatement de la triste mine d'Isabelle. Il fit le café et posa deux tasses sur la table. Dans celle d'Isabelle, un nuage de lait, pas de sucre : il commençait à connaître ses habitudes.

— Alors, comment s'est passé Thanksgiving ? J'ai failli vous appeler, au cas où vous auriez eu besoin de soutien moral, mais j'ai eu peur de déranger.

— Franchement, c'était bien. Presque trop bien. C'est encore plus dur quand elles repartent...

— Pas de dispute ?

— Quelques vacheries ordinaires, mais rien de grave. Seulement... je ne sais jamais quand je vais les revoir.

— Ah, ma sœur ressent souvent la même chose. Vos enfants vivent trop loin de vous. Vous savez quoi ? Nous devrions aller en Inde, un jour, pour rendre visite à Theo.

— Hum, j'y suis déjà allée, mais elle est toujours très occupée. J'ai l'impression d'être dans ses pattes, là-bas. Et pour vous, comment s'est passé le week-end ?

— Tranquille, agréable. Je ne me suis pas trop mal débrouillé en cuisine. Ensuite, forcément, j'ai regardé le football américain tout du long. Je ne crois pas beaucoup à cette histoire de gratitude... Thanksgiving consiste surtout à digérer devant le foot, c'est bien connu !

Ils travaillèrent ensemble toute la matinée, puis Theo appela sa mère dans l'après-midi : elle avait fini toutes ses démarches un peu plus tôt que prévu et repartait pour Londres le soir même plutôt que le lendemain. Isabelle dut se retenir de la supplier de revenir à New York pour qu'elles passent une dernière soirée ensemble. Elle ne lui demanda même pas quand elles pourraient se revoir : être mère d'enfants adultes, c'était tout un art... Il ne lui restait plus qu'à chérir, jusqu'à la prochaine fois, le souvenir de ces quatre jours en sa compagnie.

Le lendemain, Isabelle revint assez éprouvée de sa séance d'injections. Pour le moment, elle n'en voyait que les inconvénients et aucune amélioration sensible. En entrant dans son bureau, elle trébucha sur le tapis et Jack tendit le bras juste à temps pour la rattraper.

— Bons réflexes..., fit-elle avec un sourire las.

— Ça vous arrive souvent, non ? s'inquiéta l'assistant.

— Non, pas plus que ça. Je suis maladroite, je devais avoir la tête ailleurs...

Jack s'abstint de tout commentaire, mais il se demandait de plus en plus si Isabelle n'était pas atteinte comme sa sœur de sclérose en plaques. Au début, Sandy avait elle aussi des problèmes d'équilibre. À la différence qu'elle s'étalait de tout son long. Isabelle, pour sa part, avait plutôt tendance à se cogner dans les meubles, ou à se tromper en évaluant les distances. Jack ne posait pas de questions, mais il lui avait plus d'une fois épargné la chute. Était-ce pour cela qu'elle l'avait embauché ? D'un autre côté, elle l'impliquait aussi dans son travail. Il était très heureux d'en apprendre chaque jour un peu plus en matière d'art et racontait sa journée par le menu à sa sœur le soir.

— Qui sait, tu deviendras peut-être marchand d'art quand tu seras grand ? le taquinait Sandy.

— Ça m'étonnerait. Si c'était à refaire, je redeviendrais DJ : j'étais vraiment bon, et de nos jours ils gagnent des fortunes.

— Qu'est-ce qui t'en empêche ? Tu peux être assistant personnel le jour et DJ la nuit ! En tout cas, je suis contente que ton travail te plaise : je me sens moins coupable de t'avoir enchaîné à New York. En revanche, je t'interdis de rester en Toscane au cas où tu y rencontrerais l'amour de ta vie !

— Aucune chance. Tu ne te débarrasseras pas de moi si facilement !

— Tu finiras bien par trouver chaussure à ton pied.

— Sauf que je ne cherche pas. J'ai raté le coche, mais je suis très heureux comme ça.

Sandy l'aurait presque cru, si elle ne le connaissait pas si bien : derrière le beau sourire de son frère se cachait un homme seul.

12

Le 19 décembre, avant de partir pour l'Europe, Jack aida Isabelle à emballer la montagne de cadeaux qu'elle avait achetés pour sa famille. Puis ils se surprirent l'un l'autre : il avait trouvé pour elle un livre sur l'art de la Renaissance qui ne figurait pas encore dans sa bibliothèque, et elle lui offrit une superbe écharpe en cachemire, qui suscita l'admiration de Sandy lorsqu'il la lui montra.

Le lendemain, en arrivant à l'aéroport, Jack fut surpris de constater qu'Isabelle lui avait réservé un billet près d'elle, en première classe, sur le vol jusqu'à Paris.

— Waouh ! Qu'ai-je fait pour mériter tant de luxe ?

— Ma foi, je me suis dit que ce serait une façon agréable de commencer le voyage…

En réalité, elle tenait à le garder à proximité au cas où ses yeux lui joueraient des tours. Elle s'étonnait encore du fait que ses filles ne se soient pas inquiétées davantage lorsqu'elle avait renversé les petits pois le jour de Thanksgiving... Mais chacune était trop absorbée par ses propres soucis. Quant à Jack, il ne l'avait jamais connue autrement, et elle lui savait gré de sa discrétion.

Il la remercia encore chaleureusement lorsqu'ils s'installèrent dans leurs sièges spacieux et bien rembourrés. On leur apporta bientôt un dîner français de quatre services, avec du caviar et du foie gras en entrée. Isabelle s'endormit presque aussitôt après le repas. Jack, lui, regarda un film avant de s'assoupir sur le siège transformé en véritable lit par le personnel de bord : matelas, couette et oreiller, rien ne manquait !

À Roissy, ils passèrent leurs trois heures d'escale dans le salon VIP et décollèrent pour Florence à l'heure prévue.

— Où habite votre fille, exactement ?

— À une heure au sud de Florence, et à peu près autant au nord de Sienne. Sienne, c'est quelque chose en été, au moment du Palio ! Il s'agit d'un tournoi qui oppose les différents quartiers de la ville lors de courses de chevaux. Les cavaliers montent à cru et tournent autour de la place centrale. Le village le plus proche de la ferme, en revanche, est très calme et pittoresque. Gregorio a acheté le domaine avant de se marier : ils y cultivent un peu de tout, surtout de la vigne. Un vrai *gentleman farmer* ! Je n'aurais jamais cru que ma New-Yorkaise de fille s'installerait un jour en pleine campagne. Mais elle y est très heureuse, et c'est un endroit merveilleux pour leurs trois garçons.

Après une petite heure de vol, ils descendirent sur Florence. Jack récupéra les bagages : Isabelle avait deux valises pour ses propres vêtements, et une autre pour les cadeaux de Noël. Pour les beaux-parents d'Oona, elle avait acheté un joli vide-poches en argent martelé. Tandis que la mère de Gregorio était une dame charmante et très distinguée, Isabelle évitait autant que possible de croiser son père, un homme à l'œil concupiscent et aux mains baladeuses : depuis leur première rencontre cinq ans plus tôt, au mariage des enfants, il la poursuivait de ses ardeurs avec une obstination toute latine. Pourvu que Gregorio ne prenne pas le même chemin en vieillissant !

Un chauffeur parlant parfaitement anglais attendait Isabelle et Jack à la sortie. Ils roulèrent pendant une heure, sous une petite pluie fine. Isabelle s'assoupit quelques minutes, pendant que Jack admirait le paysage toscan. Le soleil perça au moment où ils atteignaient les grilles du domaine. Une allée bordée d'arbres vénérables menait au bâtiment principal, un ancien couvent du XVIIe siècle. On apercevait des pâturages, une grange convertie en écurie, ainsi qu'une grande étable. Les vignes couvraient les pentes douces des collines.

— Que c'est beau ! s'extasia Jack.

— Eh oui, soupira Isabelle, pourquoi Oona voudrait-elle revenir au bruit et à la pollution ?

Trois gros chiens les accueillirent en aboyant et une jeune femme apparut sur le seuil, le ventre aussi rond qu'une déesse de la fécondité, un bambin sur la hanche.

— Et voilà mon petit Massimiano ! Je vous préviens, c'est une terreur ! déclara Isabelle.

Oona vint leur ouvrir la portière, dans le tourbillon des chiens. Isabelle serra sa fille dans ses bras et, au même instant, deux petits garçons se précipitèrent vers eux en hurlant :

— Nonna Bella ! Nonna Bella !

Ils sautèrent au cou de leur grand-mère, sous le regard amusé et attendri de Jack. Quel joyeux bazar ! Mais il fut frappé par la beauté d'Oona : elle ressemblait beaucoup à Isabelle. Ses cheveux blonds avaient juste une teinte un peu plus cuivrée. Antonio, 3 ans, et Marcello, 4 ans, se mirent à gambader autour d'eux. Ils étaient tous les deux roux, tandis que leur petit frère de dix-huit mois avait des cheveux blond suédois, à l'instar de leur mère et de leur grand-mère au même âge. Isabelle le prit des bras d'Oona, qui rattrapa les deux autres par le col. Un instant plus tard, les garçonnets serrèrent poliment la main de Jack avec une courbette, tandis que Massimiano lui adressait un petit coucou assorti d'un charmant sourire. Enchanté, l'assistant suivit tout le monde à l'intérieur : ils se retrouvèrent dans une immense salle de séjour pleine de meubles modernes et de toiles contemporaines, sous un plafond-cathédrale de quatre mètres. On aurait dit une photo de magazine. Ils passèrent ensuite à la cuisine, et Oona posa des assiettes de fromage et de charcuterie sur la table.

— Gregorio est parti faire une course au village, il ne devrait pas tarder, expliqua-t-elle.

Les visiteurs, qui souffraient du décalage horaire, refusèrent le vin, mais acceptèrent chacun un verre de cidre maison et une tasse d'espresso. Oona traduisit pour Isabelle tout ce que Antonio et Marcello avaient à lui dire, avant de les envoyer jouer plus loin. Isabelle espérait qu'ils parleraient bientôt anglais, mais Gregorio jugeait plus important qu'ils apprennent le français… Avec l'autorisation d'Oona, Jack sortit admirer la terrasse.

— Tu es sûre que tu ne devrais pas rester couchée ? s'inquiéta Isabelle en considérant le ventre de sa fille.

— Bien sûr que non, répondit Oona en riant. Je n'ai aucun problème et le terme est dans deux mois, fin février. Tu veux que je prépare une chambre pour ton assistant ?

— C'est gentil de ta part, mais ce ne sera pas la peine. Il a réservé dans un hôtel à Florence ce soir et il part pour Rome demain. Nous nous rejoindrons pour aller à Paris.

Un commis de la ferme déchargea les valises dans la chambre d'Isabelle. Entre-temps, Jack s'était lancé dans une grande conversation mimée avec les garçons ; il riait autant qu'eux.

— Il a l'air sympa. Tes affaires vont tellement bien que tu as eu besoin d'embaucher ?

— On peut le dire comme ça, et puis c'est pratique d'avoir quelqu'un sous la main pour tous les petits travaux : il change les ampoules, expédie les colis…

Isabelle sourit en regardant ses petits-fils escalader Jack : ils étaient ravis de sa stature hors du commun. C'est à ce moment qu'apparut un homme d'une beauté renversante. Cheveux de jais, yeux verts, longues jambes et larges épaules. Il portait un pull noir à col roulé, un jean et des bottes d'équitation. Oona parut se liquéfier sur place à sa vue : elle était aussi amoureuse de son mari que le jour de leur rencontre, et tous deux formaient un couple splendide.

— *Ciao*, Gregorio ! le salua joyeusement Isabelle.

— *Ciao*, Mamma, répondit-il en l'embrassant sur la joue.

Puis il serra la main de Jack et le mit en garde :

— Surtout, ne laissez pas mes fils vous tourmenter.

Il réprimanda les enfants en quelques mots, ce qui n'eut qu'un effet très relatif sur leur comportement.

— Ma femme les gâte trop, elle les laisse faire n'importe quoi, ajouta Gregorio avec un regard condescendant en direction d'Oona.

— Ce n'est pas vrai ! protesta-t-elle en se pendant à son bras.

Passant la main sur le ventre rebondi, il demanda aux invités :

— Que pensez-vous de nos *gemelli* ? Nous espérons que ce seront encore des garçons ! Il faut des hommes, pour travailler à la ferme.

— Ah non ! On manque de filles, par ici ! se récria sa femme.

— La prochaine fois, *amore*, la prochaine fois…

Les soupçons d'Isabelle se confirmaient : Gregorio ne comptait pas s'en tenir à cinq enfants… et Oona semblait s'en accommoder. De plus, elle reprenait toujours sa fine silhouette aussitôt après avoir accouché : quand elle n'était pas enceinte, elle était aussi mince que sa sœur Theo. Gregorio tenait à ce qu'elle allaite aussi longtemps que possible. Et sur ce point comme sur de nombreux autres, elle se pliait à la volonté de son mari. Les femmes indépendantes et libres ne faisaient pas partie du cadre de pensée de Gregorio ! Les rares fois où Xela était venue leur rendre visite, il y avait eu quelques vagues…

D'ailleurs, il n'arrivait pas à comprendre que les sœurs d'Oona soient toujours célibataires à 32 et 37 ans : au moment de leur mariage, Oona avait 21 ans. Il en avait dix de plus.

Sur ce, Gregorio emmena Jack faire le tour des bâtiments : il était séduit par la personnalité ouverte et l'esprit curieux du nouvel employé de sa belle-mère. Il lui montra la salle de traite et l'atelier de transformation laitière, puis lui fit admirer les chevaux.

— Vous devriez rester quelques jours !

— C'est très aimable à vous, mais vous êtes en famille, je ne veux pas m'imposer...

— Quand vous reviendrez de Rome, alors. J'insiste ! martela le maître des lieux, sans se soucier de savoir si cette option convenait à Isabelle. Je vous montrerai nos vignes et notre cellier !

— Avec grand plaisir alors, céda Jack, de peur d'être impoli.

Ne sachant trop comment il devait prendre congé, il s'approcha d'Isabelle, qui bavardait avec Oona.

— Voulez-vous que j'installe votre ordinateur avant de partir ?

— Bonne idée, répondit Isabelle.

Elle le conduisit jusqu'à sa chambre.

— Cet endroit est fabuleux, commenta Jack en sortant le portable de sa housse.

Isabelle s'assit sur le lit en soupirant.

— Je sais, mais c'est si loin de chez moi ! Parfois, j'ai l'impression qu'Oona vit sur une autre planète. Et je ne vous parle même pas de Theo… Elles habitent à des milliers de kilomètres de New York, et chacune mène une vie bien pleine… Je suis heureuse pour elles, mais elles me manquent tellement ! Même si j'essaie de venir ici au moins deux fois par an pour garder le lien avec les petits, mon italien reste limité. Et ils voient la mère de Gregorio plusieurs fois par semaine, alors comment lutter ?

— Vous n'avez besoin de lutter contre personne, répliqua Jack en tapant le code wifi que lui avait donné Gregorio. Il vous suffit d'être vous-même. Et je suis certain que vous êtes beaucoup plus glamour que leur autre grand-mère.

— On voit que vous ne la connaissez pas… Je dois dire qu'elle ne manque pas de classe ! Et la proximité compte beaucoup pour les enfants de cet âge : loin des yeux, loin du cœur. Je me sens toujours un peu comme une intruse, ici… Vous allez me manquer quand vous serez à Rome, Jack.

— Vous aussi, vous allez me manquer, mais je suis certain que tout va bien se passer. Faites juste attention à toutes les petites marches entre les différentes pièces. Ce sont autant de chausse-trapes !

— Ne vous inquiétez pas, je les connais bien : je vais faire en sorte de ne rien me casser avant votre retour.

— N'hésitez pas à m'appeler si vous voulez que je revienne plus tôt que prévu.

— Non, ça ira. Seulement je ne serai plus aussi chouchoutée qu'au cours des dernières semaines... Vous vous rendez compte ? Je risque de devoir me faire du thé toute seule !

Et Jack d'éclater de rire. Lorsqu'ils retournèrent au salon, Oona lui proposa de rester dîner. Le voyant hésiter, Gregorio insista, mais Jack se tourna vers sa patronne : Isabelle l'encouragea d'un sourire, il accepta. Il repartirait pour Florence tout de suite après le repas.

Après qu'Oona eut couché les trois enfants, ils s'installèrent dans l'ancien réfectoire du couvent, à une longue table datant du XVIe siècle que le couple avait rapportée de son voyage de noces en Sicile. Gregorio avait allumé un bon feu dans la cheminée et tous les quatre dînèrent comme de vieux amis. Ils conclurent le repas par un tiramisu sublime, qui récolta les félicitations des invités.

— *Certo*, elle le réussit presque aussi bien que ma mère ! déclara Gregorio.

Jack commençait à comprendre pourquoi il tapait autant sur les nerfs de sa belle-mère. On ne pouvait douter qu'il aimât sa femme, et pourtant même ses compliments étaient toujours teintés d'une critique implicite. Difficile de dire à quel point il en avait conscience... Jack se leva de table en remerciant chaleureusement ses hôtes.

— Sacrée personnalité, glissa Jack à Isabelle alors qu'elle le raccompagnait à la voiture.

Le chauffeur se tenait prêt, après avoir dîné à la cuisine avec les employés de la ferme.

— Oui, vous avez remarqué ?

— Il ne manque pas de charisme, mais c'est sans doute le type le plus macho que j'aie jamais rencontré !

— Parfois, il parle si mal à Oona que j'ai envie de lui coller des gifles ! Et à elle aussi d'ailleurs, qui ne se permet jamais de lui rendre la pareille...

— C'est vrai qu'elle ne semble pas s'en offusquer. Prenez soin de vous, Isabelle, et amusez-vous bien. Joyeux Noël !

Il lui adressa un signe de la main tandis que la voiture s'éloignait dans la nuit. Dès qu'Isabelle rentra au salon, Gregorio remarqua son air mélancolique.

— C'est votre nouvel amoureux, *Mamma* ? demanda-t-il avec un clin d'œil.

— Pas vraiment, non, répondit-elle d'un ton sec. Mais c'est un très bon assistant.

— Je suis contente qu'il soit si gentil, déclara Oona. Il faut bien que quelqu'un s'occupe de toi de temps en temps !

— Mais oui, repartit Gregorio en sirotant son espresso. Vous devriez l'épouser. Un homme jeune, c'est toujours bon pour une femme de votre âge. Ça maintient en forme.

Cette fois, sa belle-mère ne jugea pas utile de répondre. Oona ne tarda pas à se retirer, et Isabelle en profita pour en faire autant. Dans sa chambre, elle jeta un coup d'œil à ses mails : il y en avait notamment un de Jack, qui était bien arrivé à Florence et la remerciait encore de l'avoir emmené. Elle était touchée par la reconnaissance qu'il exprimait toujours aussi spontanément... Elle s'endormit quelques minutes plus tard.

Le lendemain, à 6 heures, elle fut réveillée par deux petits garçons qui se mirent à sauter sur son lit. Encore à moitié endormie, elle les attira sous la couverture et écouta un moment leur bavardage jusqu'à l'heure du petit déjeuner. La baby-sitter était déjà à la cuisine avec Massimiano. Ses frères se disputèrent immédiatement pour lui donner à manger.

— Bientôt, il y aura deux bébés de plus à la maison, expliqua Marcello d'un air docte. Au début, ils feront beaucoup de bruit. On espère que ce sera pas des filles. Les filles, ça crie encore plus fort !

Oona traduisit en riant. Isabelle se doutait que ces considérations leur avaient été soufflées par leur père...

Ce jour-là, elles firent ensemble une longue promenade qui leur laissa le temps de parler. Oona n'avait pas de secrets pour sa mère… même si la réciproque n'était pas totalement vraie.

Les parents de Gregorio arrivèrent le lendemain. Selon son habitude, Umberto, le père, embrassa Isabelle sur les deux joues, lui effleurant imperceptiblement la poitrine au passage. Le pire était qu'il ne se cachait même pas de sa charmante épouse, habituée à ses frasques…

Le soir de Noël, Oona et Gregorio recevaient toute la famille élargie. Le réfectoire était plein à craquer d'oncles, de tantes et de cousins, au milieu desquels Isabelle se sentait toujours un peu perdue. Certains vivaient dans les environs immédiats, d'autres venaient de Florence. Oona les lui présenta à nouveau. Depuis sa dernière visite, quelques pièces rapportées s'étaient ajoutées, ainsi qu'une demi-douzaine de bébés.

À peine deux semaines plus tard, le ventre de Oona avait ostensiblement grossi et elle était plus fatiguée qu'à l'arrivée de sa mère. Elle était encore à un mois et demi du terme, mais le médecin l'avait prévenue que les jumeaux étaient souvent prématurés : Isabelle était persuadée que ce serait le cas. Oona aurait voulu accoucher à la petite clinique locale, comme pour ses trois autres enfants, mais Gregorio avait insisté pour qu'elle s'enregistre à la maternité de Florence.

Et cette fois, Isabelle était d'accord avec lui : un hôpital urbain bien équipé était sans doute préférable pour une naissance gémellaire. Oona, elle, ne s'inquiétait pas outre mesure.

— Tout va bien, ma chérie ? Tu es heureuse ? lui demanda Isabelle un après-midi.

Elles se promenaient dans le verger, qui donnait des prunes délicieuses à la fin de l'été.

— Mais oui, maman. Je ne pourrais plus vivre à New York, tu sais. Parfois, j'ai du mal à croire que j'y ai grandi. Je suis chez moi ici.

Isabelle le voyait bien, et cela l'attristait parfois. Son bébé l'avait quittée pour Gregorio et sa famille... Elle se demandait ce que Declan en aurait pensé. Mais dans le fond, elle savait qu'il aurait été simplement heureux du bonheur de sa fille. Il y avait quelque chose d'étrange à imaginer Declan en grand-père... lui qu'elle se remémorait si jeune et plein de vigueur. D'un autre côté, elle-même ne se sentait vraiment grand-mère que quand elle était entourée de sa descendance aussi indéniable que turbulente.

Jack revint deux jours avant leur départ pour Paris, après un excellent séjour chez son ami, qui habitait à deux pas de la piazza Navona. Gregorio lui fit visiter les moindres recoins du domaine – en jeep, à pied et à cheval. Il était clair qu'il chérissait ses terres autant que sa femme et ses enfants.

Isabelle s'en alla le cœur gros : elle n'aimait pas l'idée d'être si loin de sa fille quand celle-ci accoucherait. Elle avait pu être présente la première fois, pour la naissance de Marcello, mais pas pour celle de ses frères. Oona et les enfants agitèrent longuement la main tandis que la voiture s'éloignait. En voyant les yeux rougis d'Isabelle, dans un geste instinctif, Jack lui effleura la main.

— Vous reviendrez bientôt : le mois de mars, ce n'est pas si loin, murmura-t-il.

— Elle me manque tellement… C'est la plus douce de mes enfants. J'espère qu'il mesure sa chance !

— J'en suis certain. C'est juste qu'il vient d'un monde dominé par les hommes. Il ne sait sans doute pas s'exprimer autrement.

Isabelle hocha la tête entre ses larmes. Elle resta très silencieuse jusqu'à leur arrivée à Paris. Lorsqu'ils entrèrent dans le hall de l'hôtel George V, où elle avait réservé deux chambres, Jack ouvrit des yeux émerveillés. Quelle élégance ! Et toutes ces fleurs… Lors de ses précédents voyages à Paris, il avait été hébergé dans des conditions bien plus modestes. Ce séjour fit office pour lui de stage accéléré : Isabelle l'emmena dans les galeries, aux ventes aux enchères, au musée… Le fait de se remettre à ce travail qu'elle adorait, dans une ville qu'elle aimait tant, redonna le sourire à sa patronne.

Ils en profitèrent pour déguster de bons repas dans quelques-uns des meilleurs restaurants : Isabelle ne serait jamais ressortie le soir si Jack n'avait pas été là. D'ailleurs, elle appréciait de plus en plus sa compagnie, et c'était réciproque.

Le temps passa beaucoup trop vite. Mi-janvier, ils étaient déjà partis depuis trois semaines quand il leur fallut reprendre l'avion pour New York.

Isabelle ne se montra guère bavarde pendant le vol : elle appréhendait la reprise de son traitement. Le séjour en Europe lui avait offert une agréable parenthèse, mais le moment était venu d'affronter à nouveau la réalité.

Le récent diagnostic de sa maladie avait donné une tout autre dimension au voyage. Et si c'était la dernière fois qu'elle avait pu voir sa fille, ses petits-fils… et qu'elle ne connaisse jamais le visage des jumeaux ? Désormais, chaque instant lui semblait précieux. Elle n'avait plus une minute à perdre.

Cette prise de conscience l'avait amenée à prendre une décision importante, qu'elle n'avait que trop longtemps ajournée. Il était temps pour elle de se réconcilier avec son passé. Elle aurait besoin de l'aide de Jack, mais ne lui en parlerait que quand ils seraient rentrés.

Une fois à destination, Jack la raccompagna chez elle et l'aida à s'installer avant de rentrer chez lui. Isabelle éprouvait une certaine fierté : elle n'était pas tombée une seule fois à la ferme, en dépit des nombreuses marches. Elle avait appris à redoubler de prudence. Et pour aussi difficile qu'ait été la séparation avec Oona, elle était heureuse de rentrer au bercail.

— Allez, je vous chasse, dit-elle à Jack, qui avait entrepris de répartir les bagages dans les différentes pièces : ordinateur dans le bureau, vanity dans la salle de bains… Vous devez avoir hâte de retrouver Sandy.

— Oh, je ne m'inquiète pas pour elle, je l'ai appelée très régulièrement et elle va très bien. Merci encore pour ce fabuleux voyage.

— Je suis contente que ça vous ait plu. À demain !

Isabelle entendit la porte se refermer. Elle promena un regard circulaire sur les objets familiers de sa chambre. Oona et ses petits étaient si loin, maintenant… Xela et Theo lui avaient passé un coup de fil pour Noël, mais elle n'avait plus de nouvelles depuis maintenant trois semaines. À présent, elle avait quelqu'un d'autre à contacter, et cette pensée l'obsédait de plus en plus. Elle aurait dû franchir le pas depuis des années. Mais il y avait urgence, si elle voulait encore être capable de le voir…

Elle se coucha avec cette idée en tête, et ne pensait à rien d'autre en s'éveillant de bon matin, encore calée sur l'heure européenne. Jack était lui aussi tombé de son lit : il arriva avec une demi-heure d'avance et la trouva devant son écran. Elle semblait contrariée.

— Je peux vous aider ?

— Je pensais y arriver toute seule, mais j'ai présumé de mes compétences…

— Que cherchez-vous ?

— Des informations sur un homme du nom de Charles Anderson, à Providence, dans le Rhode Island. Sauf qu'il ne s'appelle peut-être plus Charles Anderson.

— Et vous auriez une idée de son nouveau nom ?

Isabelle secoua la tête.

— Son adresse, peut-être ? C'est un nom très courant, il nous faudrait d'autres indices…, remarqua Jack en tirant une chaise près du bureau.

— J'ai sa date de naissance.

L'homme était âgé de 43 ans.

— Bon, c'est un début. Je vais voir ce que je peux faire. Regardez : il existe toutes sortes de réseaux qui permettent de retrouver des gens, comme les anciens camarades de classe. On peut maintenant renouer facilement avec des membres de sa famille ou savoir ce qu'est devenue une ancienne fiancée. Mais je ne trouve rien qui corresponde dans le Rhode Island. Vous êtes sûre qu'il habite toujours la région ?

— J'imagine que oui. Vous pourriez élargir la recherche à toute la Nouvelle-Angleterre ?

— Bien sûr, je vais entrer « région de Boston ». Vous voyez : je trouve cinq profils différents, dont un avec la bonne date de naissance.

Jack augmenta la taille d'affichage de l'écran et le tourna vers Isabelle. Ils se trouvaient face au permis de conduire d'un certain Charles Henry Anderson, de Danvers, dans le Massachusetts. Elle regarda intensément la photo d'identité, sans rien dire pendant une longue minute. Tout son corps était tendu.

— Vous le connaissez ? finit par demander Jack.

Isabelle fit alternativement « oui », puis « non » de la tête.

— Je ne l'ai pas vu depuis très longtemps. Merci, Jack.

Le visage de cet homme, qui avait approximativement le même âge que son assistant, lui était inconnu. Alors qu'Isabelle notait ses coordonnées, Jack se retira sans poser d'autres questions. Isabelle se saisit de son téléphone, avant de le reposer. Que lui dirait-elle s'il répondait ? Et sinon, quel message laisserait-elle ? Après tout ce temps, il ne voudrait peut-être pas lui parler ! Elle décida de laisser passer quelques jours : elle aurait peut-être plus de chances de le joindre le week-end…

13

En ce dimanche matin du mois de janvier, Charles Anderson était en train de se livrer à son passe-temps favori : il bricolait la vieille Mustang qui faisait sa joie et sa fierté dans le garage de sa maison de Danvers, à une trentaine de kilomètres au nord de Boston. Quand le téléphone sonna, c'est son fils qui décrocha le combiné fixé près de la porte de cuisine.

— P'pa, c'est pour toi ! cria-t-il en direction du garage.

— Qui est-ce ?

— Une bonne femme. Elle n'a pas dit son nom.

Charlie émergea de sous le capot, s'essuya les mains sur un chiffon et monta les quelques marches qui menaient à la cuisine. Il avait un fils de 16 ans et une fille de 11. Marié à une enseignante, Charles était commercial pour une maison d'édition de Boston et ne se passionnait pas pour son travail.

— Allô ?

Il y eut un silence : croyant à une farce, il était sur le point de raccrocher, quand une voix de femme entre deux âges se fit entendre :

— Bonjour, excusez-moi… je sais que j'arrive bien tard. Voilà quarante-trois ans que j'attends ce moment, mais je n'en avais jamais eu le courage, par peur de vous troubler ou de vous faire de la peine.

— Oh... Vous êtes… ma mère biologique ? demanda-t-il d'une voix blanche.

— Oui, Charles. Tout d'abord, je tiens à vous dire à quel point je suis soulagée… J'avais tellement peur de débarquer de nulle part et d'être la première à vous apprendre que vous étiez adopté…

— Qu'est-ce qui vous pousse à m'appeler maintenant ?

— Le temps qui passe, et les occasions qui se perdent. Je comprendrais si tu ne voulais pas entendre parler de moi. Pardonne-moi si je te tutoie… Il y a si longtemps que je me répète ces phrases en pensée… Mais au cas où tu te poserais des questions, je voulais te tendre la main.

— Hum, toute une vie de questions en un coup de fil… Bien sûr, il y en a une qui me brûle les lèvres : pourquoi m'avoir abandonné ?

— C'est une interrogation légitime. J'avais 15 ans, j'étais au lycée, en classe de seconde. Un camarade de terminale m'a fait boire lors d'un bal… et il n'a rien voulu entendre quand j'ai découvert que j'étais enceinte. Je ne m'en suis aperçue qu'au bout de quelques mois. Il avait 17 ans, et il est parti étudier dans une université du Nouveau-Mexique avant ta naissance. Je n'ai plus jamais entendu parler de lui. Je n'aurais pas pu élever un enfant toute seule à cet âge-là… Mon père m'avait prévenue qu'il ne m'aiderait pas si je décidais de te garder. Je n'avais nulle part où aller, aucun moyen de prendre soin de toi… Je n'étais moi-même qu'une enfant. Alors je me suis pliée à sa volonté. Il disait que c'était la meilleure solution pour toi. Depuis tout ce temps, pas un jour n'a passé sans que je regrette cette décision. J'ai réussi à cacher ma grossesse jusqu'à la fin de l'année scolaire, après quoi mon père m'a envoyée pour l'été dans un couvent. Tu es né fin août, et je t'ai confié à l'hôpital comme prévu. Deux semaines plus tard, j'ai fait ma rentrée en classe de première en serrant les dents. Personne n'en a jamais rien su, mais je ne me le suis pas pardonné.

Isabelle laissa échapper un soupir avant de reprendre :

— J'ai essayé de te retrouver quand j'ai eu 18 ans, mais je ne savais pas de quel côté me tourner. L'agence d'adoption n'a rien voulu me révéler, en revanche j'ai réussi à attendrir une sage-femme : c'est elle qui m'a donné le nom de tes parents adoptifs.

— Au final, comment m'avez-vous retrouvé ? demanda Charles, presque malgré lui, la curiosité l'emportant sur la colère.

— C'est bien plus facile de nos jours. J'ai parié sur le fait que tes parents n'auraient pas changé ton prénom, et que tu n'aurais pas déménagé à l'autre bout du monde. Quelqu'un m'a aidée à faire des recherches sur Internet cette semaine, et nous sommes tombés sur ton permis de conduire. Si je m'étais doutée que ce serait si simple… Je sais que je n'ai pas le droit d'entrer dans ta vie sans crier gare, mais… j'habite à New York, que dirais-tu si je venais à Boston pour te rencontrer ?

Le cœur de Charles manqua de s'arrêter.

— Pourquoi pas… Il faut que j'y réfléchisse.

Même à présent, dans la force de l'âge, il était bouleversé d'entendre la voix de cette femme, qu'il s'était évertué à imaginer toute sa vie.

— Je comprends, je ne veux pas te brusquer. Moi-même, il m'a fallu du temps pour franchir le pas. J'avais si peur que tu me haïsses… Mais je pense à toi tous les jours.

— Vous haïr ? répéta Charles, un peu radouci. Oui, c'est ce que j'ai dû éprouver pendant une bonne partie de mon adolescence. Je ne savais pas que vous m'aviez eu si jeune. À présent, j'ai deux enfants dans le secondaire, alors je commence à comprendre… Puis-je vous poser une autre question ?

— Bien sûr.

— Avez-vous d'autres enfants ?

— Trois filles.

— Savent-elles que j'existe ?

— Non. À ce jour, je n'ai parlé de toi à personne, sauf à mon père, qui a emporté ce secret dans sa tombe. Mais j'aimerais les mettre au courant : elles aussi ont le droit de savoir qu'elles ont un demi-frère. Accepterais-tu de les rencontrer, dans un second temps ?

— Je vais y réfléchir.

Après avoir raccroché, Charles redescendit au garage comme un automate, tremblant de la tête aux pieds. Il ramassa le chiffon noir de cambouis, le jeta contre le mur… et fondit en larmes.

Ce soir-là, Isabelle ne trouvait pas le sommeil, repensant à son coup de fil de la matinée. Elle n'aurait sans doute pas appelé sans cette épée de Damoclès au-dessus de sa tête… Désormais, chaque instant comptait. Certes, elle n'était pas en danger de mort immédiat, mais elle voulait mettre ses affaires en ordre pour le cas où elle perdrait totalement la vue. Et Charles constituait le point le plus important de sa liste.

Lassée de tourner et se retourner, elle finit par se lever et se remettre à l'ordinateur. Elle aurait tant aimé en savoir davantage sur son fils… Mais même Jack n'avait trouvé que son permis de conduire.

Elle avait besoin de se calmer les nerfs. Pour se distraire, elle eut alors l'idée d'entrer le nom de son assistant dans la barre de recherche, avec sa date de naissance, qu'elle releva sur son contrat de travail. Elle s'attendait à voir apparaître son dernier emploi, auprès du sénateur Douglas, ou bien une fiche Wikipédia sur sa carrière de commentateur sportif. Isabelle voulait surtout se prouver à elle-même qu'elle était capable d'effectuer une telle recherche.

À peine eut-elle appuyé sur la touche « entrée » qu'une image apparut en haut de l'écran. C'était la une d'un quotidien sportif, qui datait de vingt et un ans… On y voyait un portrait de Jack tout jeune, les cheveux relativement longs. Isabelle écarquilla les yeux en lisant le gros titre : « Tragédie sur le terrain : le joueur star de NBA James Baley victime d'une fracture ouverte de la jambe, huit minutes avant la fin du match. » Elle poursuivit sa lecture. Un autre joueur l'avait percuté de tout son poids sous un angle malheureux. Selon le papier, les supporters éplorés s'étaient mis debout sur leurs sièges tandis qu'on l'évacuait. D'autres articles suivaient, l'un d'entre eux assorti d'une photo de Jack se tordant de douleur sur un brancard, escorté par son entraîneur en larmes. Un autre journal titrait « Fauché en plein vol ! ». Les yeux d'Isabelle se mouillèrent. Presque tous les commentateurs qualifiaient Jack de « légende vivante », et disaient qu'il avait marqué l'histoire du basket-ball. Quelques mois plus tard, les journalistes déploraient la gravité de la blessure de Jack et la lenteur de son rétablissement : il était clair qu'il ne pourrait jamais reprendre la compétition.

Isabelle trouva ensuite un article publié dix ans plus tard, à la sordide rubrique « Que sont-ils devenus ? » d'un magazine people. Y figuraient ses emplois de journaliste et commentateur sportif, puis d'assistant de production pour la radio et la télévision. Tout cela, elle l'avait lu sur son CV. Mais Jack avait éludé l'information principale de son parcours, à savoir qu'il avait été une de plus grandes étoiles montantes du basket-ball, enrôlé dans une équipe de NBA dès la sortie de l'université, tombé à la fin d'une finale de championnat qu'il aurait sans doute gagnée s'il avait pu la jouer jusqu'au bout. Mais après l'accident, ses coéquipiers s'étaient laissé déborder par l'émotion. L'article se concluait par son activité de l'époque, en tant que DJ. Isabelle en avait le tournis, mais elle était hypnotisée par ce flot d'informations. Elle cliqua machinalement sur la petite flèche de la vidéo insérée dans l'article… et le regretta aussitôt : on y voyait l'accident lui-même, le choc colossal, et l'image horrifique de la fracture ouverte, tandis qu'une voix off détaillait la vitesse folle à laquelle les deux joueurs avaient été précipités l'un vers l'autre.

La main sur la bouche, les joues baignées de larmes, Isabelle stoppa la vidéo. La stature imposante de Jack, sa passion pour le sport… et son bon esprit indéfectible. Elle se demanda s'il lui arrivait encore de ressentir de l'amertume, de pleurer en secret. Il y avait si longtemps… Où serait-il aujourd'hui, s'il avait pu poursuivre une longue et belle carrière de sportif de haut niveau ?

Isabelle éteignit l'ordinateur et laissa son regard se perdre par la fenêtre du bureau : alors que les taxis jaunes continuaient leur chassé-croisé au milieu de la nuit, elle ne se remettait pas de son émotion. Pour elle, c'était comme si l'accident venait de se produire, comme si elle y avait assisté en personne. La vie était parfois si cruelle ! Une jambe broyée, des taches irréversibles dans le fond de l'œil… De toute évidence, Jack ne voulait plus parler de cet événement malheureux. C'était un homme digne et courageux, qui refusait qu'on s'apitoie sur son sort.

Elle aurait pourtant aimé lui exprimer toute sa compassion, le prendre dans ses bras… À l'époque, qui l'avait épaulé et consolé ? Une petite amie ? Sa sœur Sandy, dont il prenait maintenant soin à son tour ? C'est le cœur lourd qu'Isabelle retourna se coucher. Si elle avait été fan de sport, elle aurait sans doute reconnu son nom au moment de l'embaucher. La conseillère de l'agence pour l'emploi ne lui avait rien dit non plus. À quel point Jack faisait-il partie de la mémoire collective ? En vingt et un ans, de l'eau avait passé sous les ponts.

Isabelle ne parvint à trouver le sommeil que quand les premiers rayons du soleil hivernal filtrèrent à travers les volets de sa chambre. À son réveil deux heures plus tard, complètement vaseuse, elle se remémora aussitôt sa triste découverte de la nuit. Jack était déjà au travail à la cuisine : elle l'entendait planter des clous. Elle descendit le rejoindre dès qu'elle se fut habillée.

— Bonjour, Isabelle. Oh, vous avez une bien petite mine. Quelque chose ne va pas ?

Elle aurait voulu s'écrier : « Oui, il s'est passé quelque chose de grave, il y a vingt et un ans ! » Au lieu de quoi elle se contenta de secouer la tête.

— Non, non. Juste un peu de fatigue accumulée. Le week-end était trop court !

— Pardonnez-moi d'être indiscret, mais je suis curieux de savoir si vous avez contacté le monsieur dont nous avons trouvé l'adresse l'autre jour… Il ne vous a pas menacée, ou quoi que ce soit de ce genre ?

Jack lui trouvait un air vaguement patibulaire – d'un autre côté, personne n'était à son avantage sur les photos d'identité…

— Oh non, non, rien de tel, tout s'est bien passé. Et vous, reposé ?

— Ma foi, oui, je crois que je me suis enfin remis du décalage horaire. Hier, j'ai emmené Sandy au Metropolitan Museum. On était contents de passer du temps ensemble après cette longue séparation.

Isabelle se demanda si l'accident de Jack avait un rapport avec le fait qu'il ne soit pas marié. Psychologiquement, le traumatisme avait dû laisser des traces… Et pourtant, c'était quelqu'un de si calme, bienveillant et facile à vivre ! Il avait réussi à tourner la page, mais les premières années de sa rémission avaient dû être un enfer… Elle termina son petit déjeuner en silence, puis monta dans son bureau pendant que Jack finissait de fixer une étagère au mur. Elle essaya de se changer les idées en s'absorbant dans la lecture de ses catalogues de tableaux : son séjour à Paris lui avait permis de bien avancer dans la collection du magnat du pétrole.

Vers midi, Jack lui monta un plateau-repas, mais elle n'avait pas vraiment faim. Elle se sentait déphasée, décalée… et par-dessus le marché, elle devait subir une injection dans l'après-midi ! Elle appela le cabinet pour repousser le rendez-vous au lendemain. Après les révélations de ces dernières vingt-quatre heures, c'était plus qu'elle pouvait en supporter.

Elle venait d'avaler la dernière bouchée de son sandwich lorsque Jack sonna à l'interphone pour lui annoncer un appel de Xela : elles ne s'étaient pas parlé depuis son retour.

— Oh, maman… Dieu soit loué, tu es rentrée ! Je ne me souvenais plus de la date…

— Qu'est-ce qui se passe ? Tu as encore des problèmes avec tes investisseurs ?

— Non, ce n'est pas ça… Est-ce que je peux venir ce soir ?

— Bien sûr. Tu veux passer tout de suite ?

— Non, j'ai des rendez-vous tout l'après-midi. J'arriverai après, vers 19 heures. Merci, maman.

Décidément, quelle journée… À présent, Isabelle s'inquiétait aussi pour sa fille cadette. Jack revint chercher le plateau avec son flegme coutumier… Évidemment, son accident remontait à bien longtemps, alors qu'Isabelle était encore sous le choc.

— J'espère que Xela va bien. Elle avait une drôle de voix.

— Aucune idée… J'en saurai plus vers 19 heures, elle compte venir me voir. Et, en effet, elle avait l'air bouleversée.

— Voulez-vous que je prépare quelque chose à grignoter pour vous deux ?

— Bonne idée. Merci, Jack.

Isabelle passa le reste de l'après-midi à se ronger les sangs, et fut obligée de prendre une aspirine vers 15 heures : elle avait l'impression d'avoir la tête dans un étau. Après le départ de Jack, à 17 h 30, elle alla faire un tour dans le quartier pour tenter de décompresser. Mais elle ne parvint pas à se débarrasser d'un très mauvais pressentiment concernant Xela. Depuis qu'elle avait appris l'accident de Jack, elle voyait tout en noir. Elle comptait les minutes : l'attente était insoutenable.

14

Ce soir-là, quand Isabelle ouvrit la porte à Xela, elle reconnut à peine sa fille. Ses cheveux bruns chatoyants, d'habitude tirés en chignon sévère, étaient ébouriffés, ses yeux cernés et rougis de larmes. Elle la serra contre son cœur avant de l'inviter à monter. « Quoi qu'il lui arrive, s'exhorta mentalement Isabelle, nous l'affronterons ensemble ! » Il était peu probable que son problème soit lié à un homme : la vie de Xela était entièrement consacrée au travail. Sa mère imagina donc que sa start-up était en difficulté. Un employé avait-il détourné des fonds ? Pour elle qui travaillait si dur, le moindre dollar comptait.

Dans le bureau, Xela se laissa tomber sur un fauteuil avant d'éclater en sanglots.

— Je vais mourir, maman.

— Voyons, ma chérie... Tu as juste besoin de faire un break, c'est tout. Tu travailles beaucoup trop...

— Non, maman, tu ne comprends pas, je vais vraiment mourir. J'ai fait une mammographie, puis une biopsie il y a trois jours. J'ai un cancer du sein.

Ces mots firent sur Isabelle l'effet d'une bombe. Elle était glacée de terreur : voilà que le monstre qui avait emporté sa mère s'attaquait à sa propre fille.

— Oh, mon Dieu, tu en es sûre, le diagnostic est établi ?

Xela hocha la tête sans un mot, le visage dans les mains.

— Seigneur... Et c'est très avancé ? demanda encore Isabelle.

— Non, seulement au stade un. Mais vu ce qui est arrivé à grand-mère...

— C'était il y a très longtemps, déclara Isabelle pour se convaincre elle-même. Les traitements ont beaucoup évolué depuis. Que t'ont dit les médecins ?

— Que je suis venue les voir à temps. Au pire, je risque la mastectomie, potentiellement des deux seins, à titre préventif, à cause de mon histoire familiale. Mais ça, c'est la pire éventualité... Pour le moment, il s'agit seulement d'enlever la tumeur, et de faire une courte radiothérapie d'environ un mois. Ils me diront après l'opération. En tout cas, ils n'envisagent pas de chimio.

Isabelle prit une profonde inspiration. Elle devait rassembler ses idées, être forte pour sa fille.

— Bon, voilà qui me paraît raisonnable.

— Mais si cela ne suffisait pas ?

— Nous aviserons le cas échéant : tu n'en es pas encore là, ma chérie.

En raison de leur terrain génétique, Theo et Xela se soumettaient tout comme leur mère à des mammographies régulières depuis l'âge de 30 ans. Jusque-là, Isabelle était passée entre les gouttes, année après année… et voilà que sa cadette était frappée par la foudre. Le malheur sautait une génération.

— Quand doit commencer le traitement ? demanda-t-elle.

— Ils m'opèrent demain à 7 heures. Je dois y être pour 6 heures. Ils m'ont fait toutes les analyses préalables aujourd'hui. J'ai si peur ! sanglota Xela en se blottissant contre l'épaule de sa mère.

— Tu es prise en charge, c'est le principal. Je suis sûre que tout ira bien. Ensuite, tu ne devras pas oublier les contrôles réguliers.

— Non, tu penses bien. Au début, il faudra que j'y aille tous les trois mois, puis deux fois par an… si je ne rechute pas entre-temps.

— Cela n'arrivera pas.

— Je suis morte de trouille, maman.

— Une chose à la fois, ma chérie : je t'accompagne à l'hôpital demain matin.

Isabelle n'en menait pas large non plus, mais elle n'avait pas le droit de flancher.

— Oh, maman ! Merci ! J'étais sûre que tu me le proposerais ! s'exclama Xela, un peu rassérénée.

— Tu dors ici, n'est-ce pas ?

La jeune femme opina du chef. Xela, la plus solide – et parfois la plus difficile – de ses filles, était terrorisée. Elle avait besoin de sa mère pour l'épauler. Toute sa vie était consacrée à sa carrière, Isabelle ne lui connaissait pas d'amis vraiment proches.

Isabelle l'écouta longuement et parvint à la rassurer quelque peu. D'abord, le kyste était si petit que Xela ne l'avait pas détecté elle-même. L'intervention ne durerait donc pas longtemps et elle ne passerait qu'une nuit en observation. Le chirurgien prélèverait suffisamment de tissu conjonctif pour minimiser le risque de rechute et ferait pratiquer une biopsie de la zone adjacente à la tumeur. Ensuite, ce serait douloureux pendant une petite semaine, mais Xela devrait pouvoir se remettre au travail assez vite.

Après qu'elles eurent mangé le dîner léger préparé par Jack, Isabelle prêta une chemise de nuit à Xela et la borda dans son propre lit. Lorsqu'elle vint la rejoindre, vers 22 heures, elle régla l'alarme sur 5 heures et resta un long moment à regarder sa fille dormir. Sa chevelure d'ébène était déployée en éventail sur l'oreiller. Elle semblait si paisible et si jeune… Isabelle se remémora comme elle était mignonne, autrefois, dans les moments où la fureur ne s'emparait pas d'elle. À présent, il était presque choquant de la voir si dépendante et terrifiée par ce qui l'attendait.

Isabelle éteignit la lampe, mais la ralluma presque aussitôt : elle avait oublié de prévenir Jack. Elle attrapa son téléphone et tapa un message.

« Bonsoir, Jack, j'ai un contretemps. Je ne serai pas là à votre arrivée demain matin. Je vous appellerai dès que possible. Je vous ai laissé un tas de post-it et de dossiers sur mon bureau. Merci ! »

Elle était sur le point de rééteindre sa lampe de chevet, quand elle entendit la réponse arriver :

« Est-ce que Xela va bien ? Et vous-même ? »

« Tout devrait s'arranger très vite. Merci de demander. »

« D'accord. N'hésitez pas à m'appeler si vous avez besoin de quoi que ce soit. »

« Merci, Jack. Bonne nuit. »

Isabelle ne ferma pratiquement pas l'œil. À 5 heures, elle éteignit l'alarme et posa la main sur l'épaule de Xela pour la réveiller en douceur. La jeune femme n'avait pas le droit de manger ni de boire avant l'intervention, et tandis qu'Isabelle avalait une tasse de café, Xela se doucha entièrement, cheveux compris, à l'aide d'une solution antiseptique prescrite par le médecin. À 5 h 45, elles hélaient un taxi : en dehors des heures de pointe, le trajet jusqu'au New York Presbyterian Hospital ne prenait que dix minutes. Xela entra dans le hall d'accueil avec la mine de quelqu'un qui monte à l'échafaud, serrant fort la main de sa mère dans la sienne.

Elles prirent l'ascenseur jusqu'au service d'oncologie, où l'infirmière tendit à Xela une blouse en papier, avant de prendre sa température et sa tension, puis de lui poser la perfusion. Ensuite, l'anesthésiste vint leur expliquer la procédure. Le chirurgien ferait aussi un prélèvement dans les ganglions lymphatiques et tout serait mis en œuvre pour éviter la prolifération des cellules malignes. Mais Xela n'était toujours pas convaincue : elle s'attendait au pire. Voyant qu'elle était anxieuse, l'anesthésiste lui injecta un sédatif avant que l'infirmière l'emmène au bloc sur un brancard. En les accompagnant jusqu'à la porte de la salle d'opération, Isabelle put constater que Xela somnolait déjà sous l'effet du produit. Il ne lui restait plus qu'à faire les cent pas dans le couloir, seule… Personne à qui parler, pas d'épaule sur laquelle s'appuyer dans ce moment de profonde angoisse. Les larmes se mirent à rouler sur ses joues, alors qu'un jour gris se levait. À 9 h 30, le chirurgien sortit pour lui annoncer que l'opération s'était bien déroulée et que Xela était en salle de réveil : elle serait dans sa chambre vers midi. Dans l'intervalle, elle pouvait s'absenter si elle voulait. Après une hésitation, Isabelle décida de rentrer chez elle : puisqu'elle ne pouvait pas voir Xela, ce serait moins déprimant que de rester à l'hôpital.

Elle rentra à pied pour prendre l'air et se dégourdir les jambes. Jack passa la tête par la porte de la cuisine dès qu'il l'entendit arriver.

— Est-ce que tout va bien ?

— Plus ou moins. J'ai connu des jours meilleurs.

Isabelle ne parvint pas à tenir sa langue plus longtemps, et exposa toute la situation à Jack autour d'une tasse de thé. Sous le choc, l'assistant prit la main de sa patronne dans la sienne.

— Oh, ma pauvre. J'imagine à peu près ce que vous devez ressentir. Moi aussi, j'étais terrifié, quand on m'a annoncé le diagnostic de Sandy.

— Ma mère est morte d'un cancer du sein quand j'avais 3 ans et ça m'a traumatisée, expliqua Isabelle.

— Je vois... Mais c'était il y a longtemps, les traitements se sont beaucoup améliorés.

— Oui, et il semblerait que la tumeur ait été détectée très tôt.

— Alors je suis certain que tout va bien se passer. Mais je compatis sincèrement.

Jack voyait à quel point Isabelle était tourmentée : bien qu'adulte et farouchement indépendante, Xela resterait toujours son bébé. Sandy lui avait souvent décrit ce sentiment. En ce qui le concernait, sa sœur restait la personne à laquelle il était le plus attaché, et il était prêt à se mettre en quatre pour la protéger.

— Et si vous alliez vous reposer un moment ? suggéra-t-il.

— Oui, bonne idée.

Isabelle trébucha légèrement contre la première marche de l'escalier. Jack se demanda si c'était dû à une perte d'équilibre, à l'épuisement ou à un trouble de la vue… Une fois en haut, Isabelle téléphona au cabinet d'ophtalmologie pour annuler sa séance. Puis elle alla se coucher et ne reparut à la cuisine que sur le coup de midi.

— Au fait, Jack, j'ai failli oublier que j'avais rendez-vous avec Bill Casey cet après-midi. Vous savez, notre magnat du pétrole ?

— Bien sûr, voulez-vous que j'annule ?

— Au contraire, je pense que vous vous en sortirez très bien tout seul. J'ai sélectionné un certain nombre de nouveaux tableaux pour lui. Ils sont en vente à la galerie où je travaillais quand j'étais plus jeune. Vous n'aurez qu'à lire les fiches correspondantes avant son arrivée :

j'ai déjà préparé un petit dossier. Si vous voulez faire du zèle, vous pouvez effectuer quelques recherches complémentaires, mais je pense que pour Bill ce devrait être suffisant.

— Euh, vous êtes sûre de vous, là ?

Jack adorait la regarder travailler : elle avait avec ses clients des manières douces et bienveillantes, qui les mettaient en valeur. Même quand ils s'y connaissaient aussi peu que lui dans le domaine des arts, elle leur offrait ses lumières sans la moindre prétention.

— Naturellement. Je dois m'occuper de Xela, mais je tiens à maintenir le rendez-vous. Montrez-lui les photos des tableaux et expliquez-lui que j'ai eu un problème d'ordre familial. Je le rappellerai d'ici quelques jours.

— Je pense que vous me surestimez. Venant de moi, il ne voudra peut-être rien acheter, et vous pourrez dire adieu à votre commission !

— Mais non, c'est vous qui vous dévalorisez ! Je sais qu'il vous apprécie beaucoup. Buvez un scotch avec lui, et le tour sera joué.

Isabelle ramassa quelques affaires pour Xela – un coussin, un plaid en cachemire – et Jack l'accompagna jusque dans la rue pour arrêter un taxi : il s'inquiétait autant pour Isabelle qu'Isabelle pour sa fille.

On amena la jeune femme dans sa chambre quelques minutes après l'arrivée de sa mère.

Elle était encore sonnée et tremblait un peu : l'aide-soignante plaça sur elle une couverture chauffante. Malgré tout, elle trouva la force de sourire à Isabelle.

— Ils m'ont dit que ça s'est bien passé, et que le premier rapport de pathologie est encourageant.

Elle somnola, nauséeuse, pendant la majeure partie de l'après-midi et sa mère resta à son chevet jusqu'à ce que l'infirmière lui administre un somnifère pour la nuit. Ce soir-là, Isabelle poussa un soupir de soulagement en rentrant chez elle, mais remarqua que Jack n'avait pas enclenché l'alarme. Elle accrocha son manteau à un cintre et sursauta en voyant son assistant émerger de la cuisine.

— Vous êtes encore là ? Mais il est presque 21 h 30 !

— Oui, j'espère que cela ne vous ennuie pas. Je me suis dit que vous seriez épuisée à votre retour. J'ai fait un saut chez le traiteur. Il faut bien que quelqu'un aide les aidants, de temps à autre !

Elle s'assit devant une assiette de poulet froid.

— Ah, Jack, vous êtes un ange. Mais je me suis toujours occupée de mes filles toute seule. Remarquez, cela présentait aussi certains avantages : j'avais la liberté de prendre toutes les décisions les concernant. Jamais de dispute à ce sujet…

— Peut-être, mais je suppose que c'est la première fois que l'une d'entre elles est confrontée au cancer. En tout cas, je l'espère.

— Oui, heureusement. Je ne m'attendais pas à ça... Je me suis demandé toute ma vie si l'hérédité de ma mère finirait par me rattraper. Pour mes filles, je ne voulais même pas y penser. C'est tellement injuste...

— C'est vrai. D'un autre côté, Xela tirera peut-être quelque chose de positif de cette épreuve, comme un signal d'alarme qui lui permettra de remettre ses priorités à jour. J'ai l'impression que jusqu'à maintenant, elle n'a vécu que pour son travail.

— Oh, connaissant Xela, elle bossera juste deux fois plus à la sortie de l'hôpital. C'est sa stratégie de survie : elle se réfugie dans le travail pour éviter de s'engager émotionnellement. Tout comme Theo.

— Et comme vous, si je ne m'abuse ? risqua Jack.

Isabelle laissa échapper un soupir.

— Vous savez, je n'ai pas toujours été comme ça, bien au contraire... Je me suis jetée aveuglément dans plus d'une relation improbable. Et puis j'ai fini par me construire une armure quand le père d'Oona est mort. J'ai grillé mes trois chances, je suis éliminée ! Je n'ai jamais été aussi heureuse qu'avec Declan. J'ai compris que je ne pourrai jamais retrouver rien de tel, alors j'ai mis une croix sur l'amour. Mais quand j'étais très jeune, j'ai joué gros… et perdu beaucoup.

— Ne dites pas ça ! Je ne crois pas que quiconque soit jamais complètement « hors jeu » en amour.

— Et vous, alors ? Vous ne vous êtes jamais marié, n'est-ce pas ?

— Je ne sais pas si ça compte, mais j'ai failli l'être. À l'âge de 20 ans, j'avais une carrière toute tracée, ainsi qu'une petite amie que j'idolâtrais et qui m'avait juré son amour. Et puis mes projets sont tombés à l'eau, et la relation aussi. La fille m'a quitté pour un type du même profil que moi et elle l'a épousé six mois plus tard. Ça m'a mis une sacrée claque, mais a posteriori je crois que c'est ce qui pouvait m'arriver de mieux. Ils ont divorcé au bout de cinq ans, et il lui paie encore une pension alimentaire. Elle l'a mis sur la paille ! Ce n'était vraiment pas la belle personne que j'idéalisais…

— Mais ensuite, vous avez rencontré une femme formidable avec qui vous avez eu dix enfants ? avança Isabelle pour détendre l'atmosphère.

— Non, après ça, j'ai passé des mois à ruminer mon malheur, ma colère et mon angoisse de ne pas savoir quoi faire de ma vie. Et puis, c'est passé, j'ai fini par cesser de m'apitoyer sur mon sort, j'ai eu deux relations assez longues.

Aucune des deux nanas n'a voulu m'épouser au final, mais j'ai beaucoup appris sur moi et sur mon rapport aux autres. Certaines femmes étaient rebutées par le fait que je change souvent de métier. Mon profil de carrière n'inspire pas d'envies de mariage…

— Et maintenant ? demanda Isabelle d'une voix douce.

— Je fais une pause pour m'occuper de ma sœur. Mais ce n'est pas un sacerdoce. Je finirai par me relancer sur le marché de l'amour !

— Vous avez bien raison. Pour ma part, je suis trop vieille. J'ai eu mon heure de gloire, mais maintenant je ne me préoccupe que du bonheur de mes enfants. Malheureusement, je n'ai pas été un modèle de courage émotionnel ces dernières années…

— Pourquoi avoir jeté l'éponge ? Peut-être que Declan n'était qu'une transition vers le prochain chapitre, pour vous prouver que le bonheur est possible ? Certaines personnes nous servent de guides vers quelqu'un d'autre, ou vers la phase suivante de notre vie.

— Comment avez-vous acquis autant de sagesse ? s'enquit Isabelle.

— J'ai commis mes propres erreurs, et essuyé quelques coups durs. Ce qui ne vous tue pas vous rend plus fort. À un moment donné, j'ai perdu tout ce qui comptait pour moi. Maintenant, j'apprécie ce que j'ai à sa juste valeur : un bon boulot, une vie agréable, des amis, ma sœur. C'est suffisant. Les paillettes et les feux d'artifices ne durent pas.

Jack fut rattrapé une pensée :

— Au fait, qui est le type que vous m'avez fait chercher l'autre jour ? Il ne vous cause pas d'ennuis, au moins ?

— Eh bien… à vrai dire, je ne sais pas encore si c'est quelqu'un de bien ou non. C'est mon fils. Je l'ai eu à 15 ans, je l'ai confié à l'adoption à sa naissance. Vous êtes la première personne à qui j'en parle. C'est mon père qui m'a forcée à l'abandonner : il estimait que c'était le mieux pour moi comme pour le bébé.

— Waouh. Et vous venez de retrouver sa trace ? Quel courage… Vous allez le voir ?

— J'aimerais bien, mais je ne sais pas quel est son état d'esprit. Charles m'a dit qu'il allait réfléchir. Je ne peux pas l'obliger à me voir, alors que je l'ai laissé tomber il y a plus de quarante ans.

— Vous ne l'avez pas « laissé tomber ». Je suis certain qu'il a été adopté par des gens bien, qui lui ont donné tout leur amour. Je pense que votre père n'avait pas tort : à 15 ans, le garder aurait sans doute gâché votre vie.

— L'abandonner a eu à peu près le même effet : je ne me le suis jamais pardonné et ne me le pardonnerai jamais.

— Vous êtes trop dure envers vous-même. Qu'auriez-vous fait si c'était arrivé à l'une de vos filles, à l'âge que vous aviez ?

— Je l'aurais tuée ! plaisanta Isabelle. Non, je dois dire que mon père est resté relativement zen... Mais je sais qu'il a été déçu quand ça m'est arrivé une deuxième fois, et que j'ai eu Theo. Elle aussi a été conçue hors mariage, par accident. Mais à ce moment-là, j'avais grandi, et je n'aurais jamais pu abandonner un deuxième enfant. J'ai aimé son père passionnément, même s'il m'avait prévenue depuis le début que nous n'aurions pas d'avenir commun.

— Allez-vous parler de Charles aux filles ?

— J'y réfléchis. Elles ont le droit de savoir qu'elles ont un frère, même s'il décide de ne pas nous voir. Elles ont aussi le droit de savoir que j'ai commis des erreurs. J'ai gardé le secret assez longtemps, maintenant je veux effacer mon ardoise. Mais avec la maladie de Xela, le moment me paraît bien mal choisi pour m'épancher sur mes états d'âme : c'est à moi de m'occuper d'elle. Et puis... il y a autre chose dont je devrais sans doute leur parler.

— Quelque chose qui explique que vous trébuchiez si souvent et que vous alliez chez le médecin toutes les semaines... C'est la sclérose en plaques ?

Isabelle secoua la tête.

— Non, je suis un traitement assez pénible contre la dégénérescence maculaire, un problème aux yeux qui peut aller jusqu'à la cécité. C'est ballot pour une consultante en art, vous ne trouvez pas ?

Sa légèreté de ton dissimulait mal l'angoisse qui resurgissait en elle.

— Oh, je suis désolé, souffla Jack en posant une main sur son épaule. C'est affreux. Et j'imagine exactement ce que vous pouvez ressentir. En fait, j'étais joueur de basket en NBA, jusqu'à ce que je me casse la jambe en match de championnat. C'en était fini de ma carrière et de mes plans de vie. Mais bizarrement, cela m'a apporté des compensations que je n'aurais jamais imaginées. J'espère que vous ne perdrez jamais complètement la vue, Isabelle, mais même si vous en arriviez là, je suis certain que de belles surprises viendraient compenser ce malheur. J'ai constaté que c'est souvent le cas, dans la vie.

— Un bonheur-surprise, en somme… J'avoue que je ne vois pas bien ce qui pourrait compenser le fait que je devienne aveugle.

— Et pourtant, le gain est parfois bien plus grand que la perte… Quant à moi, j'étais tellement focalisé sur la maladie de ma sœur que je n'ai pas imaginé que vous aviez un trouble de la vue.

— Eh oui, je suis couverte de bleus, à force de me cogner aux meubles.

— Qui vous accompagne à vos rendez-vous ?

— Personne : comme je vous l'ai dit, je n'en ai pas encore parlé aux filles, et je n'en ai pas vraiment l'intention. Je vais commencer par leur dévoiler mes erreurs passées. Elles n'ont pas besoin de connaître ma vulnérabilité. Elles comptent sur moi et je dois rester forte. En ce moment, je me concentre sur Xela.

— Vous ne pouvez pas être « forte » vingt-quatre heures par jour, trois cent soixante-cinq jours par an !

— Mais si, justement. Que feraient-elles d'une mère qui passe son temps à se plaindre... ou qui perd la vue ?

— N'empêche, vous ne devriez pas y aller seule. Me permettez-vous de vous accompagner ? Après tout, je suis votre assistant !

Isabelle parut choquée. Cette idée ne lui était jamais venue à l'esprit.

— En tout cas, vous devriez le dire à vos filles, poursuivit Jack. Elles aussi doivent être à vos côtés. À leur âge, c'est donnant-donnant. Enfin, la décision vous appartient. Quoi qu'il en soit, je serais heureux de vous accompagner.

— Non, je vous assure que ce n'est pas ragoûtant... On m'injecte un produit directement dans les yeux.

— Raison de plus ! Prendre soin de quelqu'un ne saurait se limiter à être là dans les moments les plus glamour. Et puis, j'ai l'estomac bien accroché.

— Hum, pourquoi pas, je vais y réfléchir..., bredouilla Isabelle, émue aux larmes. De toute façon, je vais mettre le traitement sur pause, le temps de m'occuper de Xela. Mais quand j'y reviendrai, je ne veux pas déchoir de mon statut de guerrière, passer pour une mauviette...

— Mais laissez-vous vivre, que diable ! Être accompagnée ne fera jamais de vous une mauviette !

Isabelle finit par sourire. Il y avait peut-être un fond de vérité dans sa théorie des compensations... Si elle n'avait pas été malade des yeux, elle n'aurait pas eu besoin d'embaucher un assistant, et de ce fait ne l'aurait jamais rencontré. Il lui apportait tellement au quotidien ! Par ailleurs, c'est l'éventualité de devenir aveugle qui l'avait poussée à rechercher enfin le bébé qu'elle avait abandonné, alors qu'elle n'était elle-même qu'une enfant. Tout comme Jack, elle avait encaissé des coups durs, suivis de belles surprises.

— Merci, Jack. Ça m'a fait du bien de parler avec vous.

— Moi aussi, ça m'a fait plaisir. Mais vous devriez aller vous coucher, sinon vous ne serez pas en forme pour vous occuper de Xela demain.

— Vous avez raison. Au fait : si vous la croisez, vous n'avez jamais entendu parler de son opération.

— Non, bien sûr. La discrétion fait partie du code d'honneur de tout bon assistant personnel… et de tout bon ami.

— Alors je suppose que nous sommes amis, conclut Isabelle d'une voix douce.

Jack mit les couverts dans le lave-vaisselle et la regarda monter l'escalier pour s'assurer qu'elle ne manquait pas une marche. Elle lui lança un « Bonne nuit » depuis la balustrade tandis qu'il enclenchait l'alarme. Il était minuit passé, la journée avait été incroyablement longue. Mais Isabelle avait le cœur comblé : Jack et elle se voyaient désormais comme des amis. Elle était très touchée qu'il lui ait spontanément parlé de sa carrière brisée de joueur de la NBA. Quel soulagement, de pouvoir s'appuyer sur lui dans cette période difficile…

15

Après sa nuit en observation à l'hôpital, Xela décida de rentrer chez elle. Elle avait un peu moins peur maintenant que l'opération était derrière elle. Elle avait même osé parler de son cancer à ses sœurs. Il ne lui restait plus qu'à affronter la radiothérapie, mais elle essaya de ne pas y penser durant sa convalescence. Isabelle alla la voir tous les jours. La jeune femme avait transformé son lit en bureau : entourée de deux ordinateurs, elle restait en contact permanent avec ses assistantes.

De son côté, Isabelle préparait un dossier sur un nouveau lot de peintures pour le yacht de Bill Casey. Le rendez-vous avec Jack s'était bien déroulé : après quelques jours de réflexion, le magnat du pétrole avait donné son accord pour tous les tableaux présentés par l'assistant.

Un beau matin, Jack entra d'un pas hésitant dans le bureau de sa patronne. Elle leva les yeux vers lui et lui adressa un sourire. Depuis leur échange de confidences, leurs rapports étaient encore plus chaleureux qu'auparavant.

— Je me demandais, à propos de Xela...

— Eh bien, nous n'avons pas encore les résultats des dernières analyses, répondit Isabelle, encore un peu anxieuse. Nous ne savons pas quand elle commencera les rayons.

— Oh, très bien... Je croise les doigts pour que le traitement ne soit pas trop long. Mais en fait mon interrogation portait plutôt sur autre chose. Est-ce que Xela s'intéresse à une forme ou une autre de spiritualité ?

— Dans un sens religieux, vous voulez dire ? Je ne sais pas. Je les emmenais à l'église, quand elles étaient petites, mais elles ont fait ce qu'elles ont voulu à l'adolescence. Je crois que Theo est plus ou moins bouddhiste. Oona est devenue très catholique en épousant Gregorio, parce que c'est ce qu'il attendait d'elle. Quant à Xela, je pense que sa seule religion est son travail. Je ne sais pas trop quelles sont ses croyances, nous ne parlons guère de ce genre de sujets. Pourquoi cette question ?

— Voilà : j'ai traversé des moments vraiment difficiles après avoir quitté la NBA. J'avais des insomnies et je passais beaucoup de temps à regarder la télé. Et puis une nuit, entre les documentaires animaliers et les pubs pour des matelas, je suis tombé sur le sermon d'un jeune prédicateur texan. Il ne devait avoir qu'une dizaine d'années de plus que moi, mais son discours m'a bluffé. Il n'agitait pas la peur du diable et des flammes de l'enfer. Non, il donnait simplement des conseils pratiques pour développer la pensée positive. Le tout avec un charisme incroyable… et le message religieux n'était là qu'en arrière-plan, pour qui voulait l'entendre. Moi-même, je ne savais pas bien en quoi je croyais, je n'avais plus confiance en un Dieu qui avait permis que je me casse la jambe en match de finale. J'avais besoin de rejeter le tort sur quelqu'un, et Dieu était un bouc-émissaire bien commode. Toujours est-il que je me suis mis à suivre les émissions de ce prédicateur de façon régulière. C'est grâce à lui que je me suis rétabli, mentalement et physiquement. Il m'a remis dans le droit chemin. Pour finir, j'ai fait le voyage jusqu'au Texas pour le voir en vrai. Il est extraordinaire. J'ai pioché chez lui de nombreux outils qui fonctionnent pour moi, aujourd'hui encore. Par exemple, il pense que le pardon est un élément important de la guérison intérieure. Si je vous en parle, c'est parce qu'il sera à New York ce week-end – je viens de le lire dans le journal. Ce n'est pas un hasard si ses meetings peuvent rassembler jusqu'à vingt mille personnes : il délivre un message très puissant sur notre capacité de prendre notre vie en main. Pour ma part, j'avais l'impression d'être sur un petit nuage en ressortant de l'église. Alors je me demandais… si vous auriez envie d'y aller avec Xela. Si vous voulez, je peux vous réserver des billets. C'est samedi soir, à Madison Square Garden.

Isabelle était intriguée. Pour elle, la religion relevait plutôt de l'intime, mais elle y trouvait une vertu inspirante, et puis si Jack lui-même en avait retiré des effets bénéfiques…

— Hum, pourquoi pas. Oui, vous pourriez acheter les billets, et j'en parlerai à Xela. Si elle ne veut pas y aller, je prendrai sa place. Cela ne pourra pas me faire de mal non plus.

Elle songea à ses propres blessures intérieures… Charles Anderson ne l'avait toujours pas rappelée, mais comment lui en vouloir ?

Jack réserva aussitôt les billets en ligne. Il expliqua qu'il aurait aimé entraîner Sandy avec lui, mais sa sœur ne se sentait pas assez en forme. Sa santé avait légèrement décliné depuis quelques semaines, et elle s'inquiétait pour sa fille en Alaska, dont le couple battait de l'aile. L'anxiété aggravait sa difficulté à respirer. Elle aurait tant voulu aller lui rendre visite… et elle enrageait de se sentir impuissante, incapable de sauter dans un avion pour soutenir sa fille.

Isabelle se rendit alors compte alors de sa chance : au moins, l'un de ses enfants habitait à New York, et elle n'avait pas eu à parcourir la moitié du globe pour venir en aide à Xela.

À la fin de la journée, Jack posa les billets sur son bureau et Isabelle en parla à Xela quand elle alla la voir le lendemain. La jeune femme écouta jusqu'au bout les explications de sa mère : en plus de ce que lui avait dit Jack, elle avait fait quelques recherches sur le prédicateur en question.

— C'est un peu bizarre, tu ne trouves pas, maman ? Franchement, qu'est-ce que tu en penses ?

Au moins Xela n'était-elle pas complètement braquée, juste un peu sceptique.

— Écoute, je suis convaincue que le corps et l'esprit sont intimement connectés. On ne perd rien à essayer, tu ne crois pas ? Moi, en tout cas, je n'ai pas de rencard torride samedi soir. Et toi ?

— Pas exactement... Mon dernier rendez-vous, c'était avec un investisseur californien ! Mais ma cicatrice me fait encore un peu mal, je ne voudrais pas être bousculée dans la foule...

— Et si je réservais une voiture avec chauffeur, afin que nous n'ayons pas besoin de jouer des coudes pour un taxi après la conférence ?

— Bon, dans ces conditions, c'est d'accord : je viens avec toi.

— Super ! Je passerai te chercher à 18 h 30. Ça commence à 19 heures.

De retour chez elle, Isabelle trouva un livre du prédicateur sur son bureau. Elle le lut d'un bout à l'autre dans la soirée.

— Merci pour le livre, Jack, lui dit-elle le lendemain. Il m'a beaucoup apporté. J'apprécie qu'il s'exprime de façon aussi simple et claire. Il n'y est question que de confiance, d'honnêteté, de pardon…

— En tout cas, c'est une approche qui me fait beaucoup de bien. J'espère que la conférence de samedi vous plaira. Qu'a dit Xela ?

— Elle est partante.

— Formidable. Alors j'achète un troisième billet pour moi.

— Vous venez avec nous ?

— Oh, non, je ne voudrais pas m'imposer auprès de Xela. Allez-y plutôt de votre côté.

Une fois de plus, Isabelle apprécia son tact et sa discrétion.

Le samedi soir, elle alla chercher sa fille à l'heure dite, et elles arrivèrent devant la salle omnisport dix minutes avant le début de la conférence. Des milliers de personnes entraient en bon ordre par les différentes portes du bâtiment, dans une joyeuse impatience. Une fois assise, Isabelle observa la foule : elle fut rassurée de voir que la plupart des gens semblaient aussi conventionnels qu'elle-même. Elle salua même un avocat de sa connaissance, et remarqua une députée qu'elle admirait, quelques gradins plus bas. Elle n'avait pas l'impression de se trouver au milieu d'originaux ni de fanatiques religieux, et espérait ne pas être déçue.

Au bout de quelques minutes, les lumières baissèrent et un homme mince et avenant monta sur la scène d'un pas énergique, dans son costume bien coupé.

— Vous ne pouvez pas savoir comme je suis heureux de vous voir ! lança-t-il à la ronde.

Isabelle se dit que c'était peut-être un bon numéro d'acteur, mais toute son attitude semblait sincère. Elle aussi était heureuse d'être là, et on aurait dit que tout l'auditorium partageait ce sentiment. Elle prit la main de Xela dans la sienne, en échangeant un sourire avec sa fille. Le prédicateur raconta avec humour des anecdotes sur lui, sa famille, ses amis… autant de situations qui pouvaient arriver à n'importe qui. Les gens riaient souvent, passaient un bon moment. Avançant dans son exposé, il reprit son sérieux pour aborder les problèmes plus pesants de la vie : le deuil, la maladie… Il n'incluait Dieu que par petites touches dans son discours, et jamais de manière oppressante. Il n'y avait pas besoin de croire pour adhérer à son message positif, selon lequel vous pouviez traverser les épreuves, vous affirmer, vous épanouir. L'absence d'harmonie au sein de votre couple pouvait certainement trouver un remède, et si ce n'était pas le cas, vous n'en étiez pas prisonnier. Il parla des problèmes professionnels, financiers, parentaux… Son approche s'appliquait à toutes les situations. Comme toutes les personnes présentes, Isabelle sentit le poids des tracas s'alléger peu à peu, comme lors d'une soirée avec un bon ami qui vous donne des conseils sincères.

Au bout d'un moment, Isabelle eut les yeux humides, et des larmes se mirent à rouler sur les joues de Xela. À la fin de son allocution de deux heures, le public tout entier offrit une standing ovation au prédicateur. Il remercia, prononça une courte bénédiction, répondit à quelques questions de la salle, puis repartit comme il était venu, avec un geste amical de la main. Pour Isabelle, c'était comme s'il l'avait serrée chaleureusement dans ses bras. Quant à sa fille, elle semblait sous le choc. Alors qu'elles se dirigeaient vers la sortie la plus proche, Isabelle aperçut l'intervenant qui, accompagné de sa très jolie épouse, serrait des mains et remerciait les gens d'être venus. Ce soir-là, elle sentit que quelque chose avait changé en elle. Et dans la voiture, Xela riait et pleurait tout en chantant les louanges du pasteur.

— Il est fantastique, dit-elle en reprenant contenance.

Une idée s'était imposée à Xela, de plus en plus évidente au fil de la soirée. Elle savait ce qu'il lui restait à faire. Quelle que soit l'évolution de son état de santé, elle se devait de réparer les dégâts qu'elle avait infligés à son entourage pendant des années, parfois en toute connaissance de cause. Isabelle l'accompagna chez elle, et elles s'assirent sur le canapé.

— Je veux voir Theo et Oona. Toute ma vie, j'ai été furieuse contre elles. J'avais envie de leur faire payer ce qu'elles avaient, et que je n'avais pas. Theo a eu un père qui l'adorait... Je ne me souviens pas vraiment de lui, mais elle a gardé toutes ses lettres. Elle me les lisait, tu sais... Et avec la fortune qu'il lui a laissée, elle peut faire ce qu'elle veut, réaliser ses propres rêves et ceux des autres. Moi, je ne bâtirai jamais un hôpital pour sauver des vies. Je me sens si nulle, quand je suis avec elle... Alors je ne peux pas m'empêcher d'appuyer là où ça fait mal, chaque fois que j'en ai l'occasion. Je l'ai toujours jalousée, moi la fille d'un criminel sans scrupule. J'ai grandi dans la haine de cet inconnu qui nous a fait tant de mal, à toi comme à moi. Et j'en ai voulu à Oona pour la même raison. Elle non plus n'a pas connu son père, mais de lui on ne dit que du bien. Elle a reçu sa bonté en héritage, et c'est ce qui lui permet d'être si heureuse et si libre. Et elle se fiche complètement de l'argent. Chaque fois que je la vois, elle porte la même robe, et se désintéresse des biens matériels. Tout ce qu'elle veut, c'est être auprès de son Gregorio et de ses petits. Elle se contente de ce qu'elle a, alors que moi, j'en veux toujours plus ! Et côté cœur, je ne tombe jamais que sur des catastrophes ambulantes. Des hommes mariés, des losers, ou des abrutis qui prennent un malin plaisir à me rejeter après avoir simulé de l'intérêt pour moi. Être rejetée, c'est l'histoire de ma vie, ça a débuté avec mon père. C'est comme si j'essayais à chaque fois de déjouer le destin, mais ce n'est pas comme ça que j'y arriverai ! Je reconnais que j'ai été insupportable avec mes sœurs parce qu'elles ont tout ce qui me manque, que ce soit un mec, un père ou de l'argent… Je leur dois des excuses. Alors voilà : je veux faire un break pour aller les voir avant de commencer la radiothérapie. Pas de Skype, de téléphone ou de mail. Je dois leur parler en personne. J'ai beaucoup à dire, et beaucoup à me faire pardonner.

— Oh, ma chérie, je sais qu'elles t'écouteront, lui assura Isabelle. C'est très courageux de ta part. Tout le monde ne serait pas prêt à s'excuser ni même à admettre qu'il y ait un problème. Je comprends que tu te sentes en porte à faux par rapport à tes sœurs, mais tu oublies un peu trop vite tes propres qualités. Tu as réussi de brillantes études, alors que Oona les a abandonnées en cours de route et que Theo n'a jamais été une excellente élève. Tu as un MBA de Harvard, ce n'est pas rien ! Et je suis certaine que ton sens des affaires te permettra bientôt de réaliser tous tes rêves. Quant à trouver un homme… c'est vraiment ce que tu veux ?

L'autre jour, tu me disais que tu étais heureuse de te consacrer à ta carrière…

— Pour le moment, oui. Mais un jour, j'aimerai sans doute avoir aussi une famille à moi, rencontrer un type bien… sûrement quelqu'un qui travaille autant que moi. J'ai eu mon lot de parasites qui voulaient vivre à mes crochets ! De toute façon, ce n'est pas vraiment d'actualité, puisque je vais mourir…

Sa voix se perdit dans un sanglot.

— Mais non, tu ne vas pas mourir, martela Isabelle en la prenant dans ses bras. Arrête de dire des choses pareilles. Tu as eu une alerte, et c'était peut-être l'occasion d'apprendre des choses sur toi et ton rapport aux autres… Tu te rends compte du pas que tu viens de franchir ? Si tu cesses de gaspiller ton énergie en colère et en ressentiment, tu auras beaucoup plus d'espace pour tout le reste ! Et un jour, tu trouveras l'homme qu'il te faut, si c'est ce que tu souhaites. Tu ne laisseras pas la maladie gagner, Xela, tu es une battante !

Son énergie et sa conviction les surprirent toutes les deux.

— Tu crois vraiment que je vais guérir ?

— Je *sais* que tu vas guérir. Je n'en attends pas moins de ta part. Tu peux avoir confiance en toi !

— Je vais essayer… Mais pour ce qui est d'aller voir Oona et Theo, je suis très sérieuse.

Je pense que je vais prendre un billet pour l'Italie avant la naissance des jumeaux, tant qu'elle est encore relativement disponible.

Pour Isabelle, il n'aurait été que trop facile, ce soir-là, de livrer ses propres confessions au sujet du bébé qu'elle avait abandonné à 15 ans. Mais elle voulait le dire de vive voix à ses trois filles en même temps, et elle ne savait pas quand elle parviendrait à les réunir. Après tout, elle gardait son secret depuis quarante-trois ans, elle pouvait bien attendre encore un peu. Si seulement Charles acceptait de la rappeler !

Ce soir-là, Isabelle pria pour que l'état de grâce que semblait avoir trouvé Xela se prolonge, et qu'elle fasse réellement la paix avec ses deux sœurs…

Le lundi matin, Isabelle remercia Jack pour son bon conseil et lui raconta à quel point Xela et elle s'étaient senties réconfortées et transformées.

— Vous n'allez pas le croire, mais cette soirée a changé nos vies… Xela a décidé de revêtir la robe de pénitente et d'aller s'excuser auprès de ses sœurs, en Inde et en Toscane !

— Waouh ! En effet, c'est fabuleux ! Mais cela ne m'étonne qu'à moitié : ce pasteur a eu le même effet sur moi la première fois que je suis allé le voir. Il m'a remis sur pied à un moment où je ne faisais que ruminer et m'a permis de changer ma façon de voir le monde du tout au tout. Je ne sais pas si j'y serais arrivé sans lui !

— J'espère qu'il aura le même impact sur Xela… Elle n'a jamais été complètement heureuse, même petite fille, mais aujourd'hui elle voit qu'une autre façon de vivre est possible. Maintenant que j'y pense, je me dis que Theo gagnerait aussi à écouter ce message. Elle a toujours été en quête de quelque chose, et ne comprend pas que ce qu'elle cherche est en elle, pas à l'extérieur. Elle donne beaucoup aux autres, mais je ne pense pas qu'elle soit fondamentalement heureuse. C'est une âme torturée, un peu comme l'était son père. J'ai l'impression qu'il y a en elle un vide qu'elle ne parvient jamais à combler.

Deux jours plus tard, Isabelle reçut un appel de Xela.

— Bonjour, maman, je pars pour Florence demain matin ! lança-t-elle d'une voix joyeuse et énergique. Et de là, je m'envole pour Delhi. Il était temps que je prenne des vacances…

— Quoi ? Déjà ?

— Oui, le médecin m'en a donné l'autorisation, et je n'ai pas une minute à perdre.

— Formidable ! Alors je te souhaite un merveilleux voyage ! Embrasse bien Oona de ma part. Qui sait, tu seras peut-être là-bas au moment de l'accouchement ?

— J'espère bien que non !

Isabelle éclata de rire.

— Pourtant, ce pourrait être un bon entraînement...

— Ne dis pas une chose pareille ! Je ne suis pas prête à avoir des jumeaux et je ne le serai jamais ! L'idée d'en avoir un à la fois est bien assez flippante. Je ne suis pas une poule pondeuse comme ma sœur, moi !

Xela promit d'appeler sa mère depuis l'Italie. En tout, elle ne pourrait s'absenter que trois ou quatre semaines avant de devoir commencer la radiothérapie. D'ici là, elle s'était assigné une mission.

Pour la première fois de sa vie, alors que l'avion décollait de New York, Xela avait hâte de voir ses sœurs, de passer du temps avec elles et de faire amende honorable pour son comportement passé. Le prédicateur texan avait fait des miracles.

16

Oona envoya un des employés de la ferme chercher Xela à l'aéroport. Elle était si touchée que sa sœur vienne la voir, alors que celle-ci se remettait tout juste de son opération ! Elle-même n'était plus qu'à deux semaines du terme. Sa famille lui manquait d'autant plus qu'elle appréhendait de donner naissance à des jumeaux, ce qu'elle n'osait pas avouer à son mari. Si Gregorio se sentait doublement viril, il n'en restait pas moins que c'était elle qui devait les mettre au monde… et cette perspective la terrifiait.

Sa mère n'avait assisté qu'à la naissance de son fils aîné, estimant qu'elle devait lui laisser un peu d'espace et d'intimité. Pour les deux autres, elle était venue la voir au bout de quelques semaines, quand les choses s'étaient un peu calmées, que l'allaitement se passait comme sur des roulettes et que le bébé avait commencé à prendre un rythme. Et puis, Isabelle ne tenait pas à se joindre à l'envahissante et pétulante famille de Gregorio. Chacun y allait de son conseil d'éducation, en criant comme dans un hall de gare… et Gregorio se fâchait quand Oona n'écoutait pas. D'après lui, les Italiens savaient tout faire mieux que tout le monde, et les membres de sa famille tenaient leurs informations de Dieu le Père en personne ! Tout cela glissait sur elle, elle n'en était pas moins profondément attachée à cette tribu pleine de vie.

Oona aurait voulu que Theo soit à ses côtés, elle qui avait aidé tant de sages-femmes en Afrique et en Inde… Mais elle était heureuse de voir Xela et espérait que sa sœur ne se disputerait pas trop avec Gregorio.

En entendant le pick-up arriver, elle sortit aussi vite que le lui permettait son gros ventre et se jeta au cou de Xela.

— Tu ne peux pas savoir comme je suis contente de te voir !

Elles s'étreignirent longuement : toutes deux étaient dans un moment d'instabilité, de vulnérabilité et de grande fatigue. Oona semblait sur le point d'éclater et ses trois garçons ne lui laissaient guère de répit. Au moindre prétexte, ses beaux-parents passaient à la ferme et s'y comportaient comme chez eux. Pour sa part, Gregorio plastronnait plus que jamais, mais Xela parvint à rester polie et presque effacée en lui disant bonjour, ce dont Oona lui sut gré.

Elles s'assirent au salon pour échanger les dernières nouvelles de vive voix : elles ne s'étaient pas vues depuis un an.

— Est-ce que Gregorio sera avec toi pour l'accouchement ? demanda Xela.

Elle l'imagina en train de couper fièrement un cordon après l'autre... Mais Oona secoua la tête avec un demi-sourire.

— Il ne veut pas. Il estime que c'est une affaire de femmes. Ni son père ni ses frères n'ont jamais assisté à la naissance de leurs enfants. Il était là la dernière fois, pour Massimiano, mais seulement parce que le petit est arrivé si vite que Gregorio n'a pas pu sortir à temps. Cette fois, il préfère me laisser entre les mains des professionnels. En revanche, ma belle-mère et ma belle-sœur insistent pour être présentes, mais pour moi il n'en est pas question. Gregorio et moi nous disputons à ce sujet tous les soirs depuis deux semaines...

Xela était navrée : sa petite sœur avait trop bon caractère, Gregorio et sa famille ne perdaient pas une occasion d'en abuser. Mais elle était bien décidée à la protéger.

— Alors, raconte un peu ce grand événement dont tu voulais me parler ! la relança Oona.

— Eh bien, c'est très simple : j'ai été horrible toute ma vie envers Theo et toi, et ça ne peut plus durer. J'ai honte de le reconnaître, mais j'ai toujours été terriblement jalouse de vous deux.

— De Theo, je peux le comprendre… mais de moi ?

— Elle a eu un père qui l'adorait, et si le tien avait vécu il t'aurait aimée tout autant. Moi, je n'ai pas eu cette chance, tant s'en faut ! J'ai été infecte avec vous parce que je voulais vous le faire payer. Mais je veux enterrer la hache de guerre. Il faut croire que le cancer m'a ramenée à la raison. J'ai eu le temps de réfléchir, et puis maman et moi sommes allées écouter un pasteur incroyable. Tout semblait si simple, après l'avoir entendu ! Je t'aime, Oona, tu es la personne la plus adorable que je connaisse, et je veux prendre modèle sur toi.

À ces mots, Xela prit tendrement sa sœur dans ses bras.

— Tu as fait tout ce chemin pour me le dire ? demanda Oona d'une voix tremblante, submergée par l'émotion. Oh, Xela, ça me touche beaucoup. Moi aussi, je t'aime, et je suis sûre que j'étais une peste quand j'étais petite. Je te trouvais tellement cool et intelligente… Je voulais être exactement comme toi, mais tu étais si brillante... Ça explique que j'aie préféré me marier plutôt que poursuivre mes études. Et puis… si maman parle de mon père comme d'un saint, c'est peut-être juste parce qu'il est mort !

Les deux jeunes femmes rirent entre leurs larmes.

— Tu sais, j'ai prévu d'aller voir Theo en repartant d'ici. Mais je voulais te rendre visite d'abord, avant l'arrivée des jumeaux. Tu vas être bien occupée…

Sur ce, Gregorio entra dans la pièce et échangea une salutation polie avec sa belle-sœur.

— Eh bien, tu n'as pas commencé à préparer le dîner ? demanda-t-il à Oona, à la surprise de Xela qui ne voyait pas pourquoi sa sœur aurait dû cuisiner étant donné son état.

— Comme Ricardo était à Florence pour faire ses livraisons et chercher Xela, ta mère lui a confié un plat de lasagnes au pesto. Ce soir, j'ai relâche !

— C'est qu'elle te soigne, ma petite maman… Tu vas prendre de mauvaises habitudes ! Tu l'as appelée pour remercier, au moins ?

— Bien sûr, mon chéri.

Xela bouillait intérieurement, et Oona le remarqua.

— Tous les mecs de cette famille sont traités comme des princes, murmura-t-elle après que Gregorio fut reparti.

— Hum, je crois que je ne suis pas faite pour le mariage… en tout cas pas dans ce pays, remarqua sa sœur en souriant.

— Pourtant, j'adore notre vie de famille. Ici, on reste ensemble et on se serre les coudes. Parents, frères, sœurs, oncles, tantes et cousins…

J'aurais tellement aimé connaître ça quand j'étais petite !

— Moi non, à ce qu'il me semble. Je deviendrais dingue au milieu de tout ce monde...

— Je m'y suis habituée, même s'il m'arrive encore de péter un câble de temps en temps. Et tu sais, tous les Italiens que je connais ont l'habitude d'être traités comme des pachas. Gregorio n'est pas pire que ses frères.

Elles bavardèrent encore un moment, avant de passer dans le réfectoire pour dresser le couvert. Peu après, les trois garçons arrivèrent avec la nounou, et Gregorio proposa un verre de vin de ses vignes à Xela. Tout le monde prit place à table. Avec les lasagnes cuisinées par sa belle-mère, Oona servit des légumes de la ferme rôtis au four, du fromage et une salade de fruits. Un dîner équilibré et réconfortant pour toute la famille.

Après avoir mis les garçons au lit, Oona frappa à la porte de Xela, qui était en train de défaire ses bagages, et la remercia pour ce qu'elle lui avait dit avant le repas. Elle avait l'impression de redécouvrir sa sœur, pour qui le cancer avait fait l'effet d'un électrochoc. Elles s'accordèrent à dire que, pour peu qu'elle reste sous contrôle, cette maladie était sans doute l'une des meilleures choses qui lui soient arrivées.

Elles se couchèrent de bonne heure, et le lendemain Oona se réveilla plus fatiguée que la veille. Elle servit le petit déjeuner, mit ses deux aînés dans le bus scolaire, puis alla faire le point sur le stock de la fromagerie et passa ramasser quelques légumes au potager avant de s'atteler à la préparation du déjeuner. Rien qu'à la regarder faire, Xela était épuisée.

— Tu ne t'arrêtes donc jamais ?

— Le soir, quand je vais me coucher ! Et encore, je mets la pédale douce en ce moment. Quand je ne suis pas enceinte jusqu'aux dents, Gregorio et moi sommes souvent invités à des soirées à Florence ou à Sienne.

Le soir venu, elle cuisina un gigot selon un livre de recettes français. Quand Gregorio déclara que ce n'était pas à son goût, elle lui prépara un plat de spaghettis : il s'attendait à ce que sa femme lui serve des pâtes à chaque repas, ce qui ne l'empêchait pas de rester mince et athlétique. Après le dîner, il ressortit pour aller voir un de ses frères. Oona était en train d'apporter au salon une théière de tisane pour Xela et elle, lorsqu'elle s'arrêta, stupéfaite : elle avait les deux pieds dans une flaque.

— Que se passe-t-il ? Tu ne t'es pas brûlée au moins ? s'alarma sa sœur qui n'avait rien remarqué.

— Euh, non… J'ai perdu les eaux. On ferait mieux d'appeler Gregorio. Il tient beaucoup à ce que j'accouche à Florence, or les trois fois précédentes, tout est allé vraiment vite.

Elle rappela également la baby-sitter, qui se tenait prête depuis deux semaines, et tous deux arrivèrent au bout de vingt minutes. La valise d'Oona était prête depuis longtemps.

— Tu viens avec moi ? demanda-t-elle à sa sœur.

Xela hocha la tête : avait-elle vraiment le choix ? Elle était bien plus angoissée que sa petite sœur, qui avait déjà accouché trois fois ! Elles montèrent à bord de la Maserati de Gregorio, qui enfonça l'accélérateur comme s'il participait à une course de Grand Prix.

— Vous croyez vraiment que le bébé est si pressé d'arriver ? fit Xela, cramponnée à la banquette arrière.

— T'inquiète, il conduit toujours comme ça, répliqua Oona en souriant. En fait, il se force même à ralentir un peu.

Pendant ce temps, Gregorio faisait mine de ne pas les entendre et prenait les virages à fond la caisse. Xela se retenait de crier.

Lorsqu'ils arrivèrent à Florence, à peine plus d'une heure plus tard, Oona commençait à ressentir les premières contractions. Gregorio adressa un sourire aux deux sœurs : il avait apprécié la balade. Oona, pour sa part, arrivait à peine à marcher en sortant de voiture. Tous trois entrèrent dans l'hôpital et il annonça qu'il allait se chercher un café tandis qu'une infirmière proposait un fauteuil roulant à Oona.

Xela les suivit jusqu'à une salle d'examen, où la parturiente se déshabilla entre deux contractions, avant de s'installer sur le lit. Les douleurs étaient de plus en plus fortes, de plus en plus fréquentes. Xela comprit les paroles en italien de l'infirmière : le médecin n'allait pas tarder.

— Oh là là, j'ai l'impression que c'est pour très bientôt, souffla Oona. Heureusement, les jumeaux ont arrêté de gigoter dans tous les sens…

À peine eut-elle achevé sa phrase qu'elle se releva et rejoignit les toilettes comme elle put. Xela, effarée, l'entendit rendre son dîner.

— Tu veux que j'appelle l'infirmière ? demanda-t-elle en l'aidant à se recoucher.

— Non, ça va aller… Je me demande juste ce que fabrique Gregorio…

Les contractions continuaient à augmenter en fréquence et en intensité, et Oona souffrait le martyre lorsque l'infirmière revint. La jeune femme laissa échapper un petit cri au moment de l'examen.

— Vous savez quand le médecin sera là ? demanda-t-elle. Je sens que ça pousse…

L'infirmière expliqua qu'il était en pause et ne devrait pas tarder. D'ailleurs elle n'avait pas à s'alarmer : le travail n'était pas très avancé.

— Elle ne me croit pas, mais je sais bien que je vais les avoir d'une minute à l'autre, souffla Oona à Xela, mâchoires serrées.

— Oh non, par pitié ! Attends au moins que le médecin soit là. Je ne saurais absolument pas quoi faire. Je n'ai jamais vu de naissance, même pas des chiots ou des chatons !

Le rire d'Oona se perdit dans un gémissement de douleur. C'est à cet instant que Gregorio entra, avec l'assurance et le charisme d'un acteur de cinéma. Xela oubliait à chaque fois à quel point il était beau. Il jeta sur la pièce un regard circulaire.

— Bon Dieu, ce que cette chambre est moche ! Ils ne pouvaient pas nous en donner une mieux que ça ? Où est le médecin ?

— En train de dîner, répondit Xela.

Sur ce, Gregorio alla faire un scandale au bureau des infirmières et il y eut tout à coup un grand remue-ménage dans les couloirs. Un jeune interne fit son entrée et sembla pris de panique en examinant Oona.

— Depuis le temps que je vous dis que les bébés arrivent ! gémit-elle.

— Si ce bouge était un hôtel, vous auriez mis la clé sous la porte depuis longtemps ! tempêta Gregorio. Je suis bien content de ne pas avoir à goûter la nourriture.

Il revint à la réalité en voyant Oona se mettre à pleurer, juste au moment où le médecin arrivait.

Ce dernier ordonna à la jeune femme de ne pas pousser tout de suite.

— Mais je ne peux pas faire autrement ! Gregorio, ne me laisse pas, je t'en prie !

Pour une fois, Xela comprit ce que son beau-frère ressentait : il était en proie à une panique totale, et elle ne lui jetait pas la pierre… L'instant d'après, le médecin roulait le lit d'Oona jusqu'à la salle d'accouchement, Xela et Gregorio courant à côté. Il était blanc comme un linge.

— Ça va aller ? lui demanda sa belle-sœur.

Alors qu'il hochait la tête, Oona s'insurgea :

— Pourquoi tu lui poses la question ? C'est moi qui suis en train d'accoucher !!!

Mais Xela craignait qu'il ne s'évanouisse et ne se sentait pas davantage dans son assiette. Oona était plus vaillante qu'eux !

Dans la salle de travail, l'infirmière installa pour chacun d'eux une chaise à la tête du lit. Le médecin plaça les pieds de Oona dans les étriers et annonça qu'il allait manipuler les bébés de façon à ce qu'ils se suivent plus facilement. Oona hurla de douleur, cramponnée au bras de Gregorio, alors que tous trois pleuraient à chaudes larmes. Déjà que Xela n'avait pas demandé à venir… c'était encore pire que ce qu'elle craignait ! Oona criait sans interruption pendant que le médecin lui enjoignait de pousser encore et encore. Au bout de quarante-cinq minutes de souffrance, qui parurent des heures à Xela, un petit visage apparut et un vagissement se fit entendre. Le médecin souleva le bébé et le tapota dans le dos. C'était clairement un garçon. Gregorio, gonflé d'orgueil, se pencha pour embrasser sa femme.

— Tu es fantastique, mon amour ! déclara-t-il entre ses larmes de joie.

Mais le répit fut de courte durée et les contractions reprirent de plus belle. Oona devait se remettre à pousser, or le second bébé s'était déplacé en travers et ne bougeait plus. À nouveau, elle hurla quand le médecin le manipula pour le mettre dans une position plus favorable, ce qui prit plusieurs minutes insoutenables. Alors que Gregorio tenait l'aîné des jumeaux dans ses bras, Oona plantait ses ongles dans la main de Xela.

— J'y arriverai pas..., répétait la jeune femme en haletant.

— Bien sûr que si, encore un effort ! l'exhortaient tous les autres, aussi bien en anglais qu'en italien.

Enfin, le bébé apparut, plus gros que le premier, dans un dernier cri de sa mère.

— C'est une fille, annonça le médecin.

Alors que les deux sœurs échangeaient un sourire, Gregorio se figea, comme si on lui avait dit que le bébé avait trois jambes.

— Une fille, vous êtes sûr ?

— Formel, répondit le médecin en éclatant de rire.

Les infirmières essuyèrent la petite, l'enveloppèrent dans une couverture rose et la placèrent dans les bras de sa mère. Chaque parent portait l'un des jumeaux, fille et garçon : le choix du roi ! Il y avait deux heures à peine qu'ils étaient arrivés à l'hôpital, mais Xela avait l'impression que toute cette aventure avait duré un mois. C'était la scène la plus dure à laquelle elle ait été confrontée de toute sa vie, et cela ne lui donnait guère envie d'avoir des enfants. Mais elle était pleine d'admiration envers sa sœur, qui venait d'endurer une telle souffrance pour la quatrième fois en cinq ans – et c'était un coup double ! Bien que tout soit allé très vite, l'accouchement n'avait pas été facile. L'infirmière annonça que chaque bébé pesait près de quatre kilos sept : exceptionnel pour des jumeaux.

— Ma femme est née pour faire des bébés ! commenta fièrement Gregorio.

Mais Xela espérait que sa sœur ne subirait plus un tel calvaire trop souvent… Un instant plus tard, il tendit le petit garçon à l'une des infirmières et prévint Oona qu'il sortait appeler sa mère. La jeune femme savait qu'une bonne partie de la famille allait débarquer dans l'heure. Mais elle y était habituée et ne s'y opposait pas.

— Tu es une super-héroïne ! déclara Xela après le départ de son beau-frère.

Oona leva vers elle un regard épuisé mais victorieux.

— Je suis heureuse, Xellie. Je l'aime. Et ça lui fera du bien d'avoir une fille… Je suis sûre qu'elle le mènera par le bout du nez !

— Je l'espère, soupira Xela en se rasseyant.

Ses jambes ne la portaient plus : pendant ces deux heures, elle avait presque oublié qu'elle-même était encore convalescente. Les deux sœurs décidèrent alors d'appeler leur mère pour lui annoncer qu'elle avait un nouveau petit-fils – et enfin une petite-fille.

À New York, il était 18 heures. Isabelle s'était plongée dans un roman après le départ de Jack. Elle fut ravie de la nouvelle, ébahie par le poids des nouveau-nés, et enchantée que Xela ait assisté à la naissance.

Le lendemain matin, Jack lui présenta ses félicitations. Il prit des nouvelles de la mère et des bébés, puis demanda comment Xela avait vécu cette expérience.

— Dans son état de fatigue, je pense qu'elle a été particulièrement choquée. Mais je suis bien contente pour Oona qu'elle ait pu être là. C'est bon de savoir que les filles sont ensemble. Je retournerai là-bas dans quelques semaines, quand ils auront pris leur rythme ; elle doit déjà gérer la famille de Gregorio !

Sur ce, elle remonta travailler et l'assistant la rejoignit peu après. Il venait de voir le rendez-vous chez l'ophtalmologiste dans l'agenda d'Isabelle.

— Alors, je vous accompagne cet après-midi ? demanda-t-il en la regardant bien en face.

— Vous y tenez vraiment ?

— Oui. Je ne vois pas pourquoi vous devriez y aller seule. Je veux venir.

— Cela dépasse largement le cadre de vos obligations, lui rappela-t-elle.

— Comme beaucoup de choses dans la vie.

Ils quittèrent la maison ensemble et Jack l'accompagna jusque dans la salle de soin. Il lui tint la main dans tous les moments où cela n'empêchait pas le médecin d'officier. Ce n'était sans doute qu'une impression, mais il sembla à Isabelle que c'était un peu moins douloureux que d'habitude.

— Merci infiniment, c'était vraiment chouette, d'avoir quelqu'un à qui parler. Mais je me sens un peu coupable de vous avoir entraîné dans une telle galère…

— Je vous rappelle que je me suis porté volontaire. Et croyez-moi, j'en ai vu d'autres.

Ils rentrèrent en taxi et passèrent le reste de l'après-midi à regarder des catalogues. Isabelle expliquait à Jack pourquoi certains tableaux convenaient à tel client. Ce dernier était fasciné, de plus en plus impressionné par l'érudition de sa patronne. C'était une femme remarquable… et une amie précieuse.

17

Oona resta cinq jours à l'hôpital, où des dizaines de visiteurs – essentiellement la famille de Gregorio – venaient la voir tous les jours. Xela repartit le jour où sa sœur rentra chez elle, éperdue d'admiration et soulagée d'avoir pu lui dire ce qu'elle avait sur le cœur. Elles avaient passé ensemble des moments intenses, leur complicité était plus forte que jamais. Depuis la naissance des jumeaux, Gregorio servait du champagne et distribuait des cigares. À son épouse, il offrit deux bracelets en diamants de chez Bulgari pour la remercier de lui avoir donné ces deux beaux enfants, Paola et Nicola. Xela promit de revenir les voir bientôt et, à sa grande surprise, Gregorio la prit dans ses bras et la remercia d'avoir été à leurs côtés pour la naissance. Leurs rapports s'étaient nettement détendus, et Xela commençait à comprendre que le caractère de son beau-frère était largement conditionné par sa culture. Et puis,

Oona l'aimait, elle se devait au moins de faire bonne figure.

Xela s'envola de Florence pour New Delhi. De là, il lui fallut rouler pendant six heures dans une voiture avec chauffeur pour rejoindre la ville de Chandpur, district de Bijnor, dans l'Uttar Pradesh, où Theo était en train de monter son petit hôpital. Devant l'entrée du bâtiment, une tente abritait une banque alimentaire et des bénévoles assuraient l'aiguillage des patients. Xela fut impressionnée par ce que sa sœur avait déjà accompli, mais aussi par la facilité avec laquelle elle s'adaptait à des conditions de vie spartiates. Theo s'inquiétait de voir sa sœur si peu de temps après son opération. Xela était-elle donc beaucoup plus gravement malade que sa mère le disait ? Elle était terrifiée à l'idée qu'elle soit venue lui faire ses adieux. Certes, elles ne s'entendaient pas bien, mais elles n'en étaient pas moins sœurs… Theo se risqua à lui poser la question le lendemain de son arrivée.

— En vrai, qu'est-ce qui t'a amenée jusqu'ici ? Je ne suis pas tranquille…

Xela se confessa comme elle l'avait fait auprès de Oona, et demanda humblement pardon à Theo.

— J'ai été horrible avec toi toute ma vie, parce que je crevais de jalousie. Mais maintenant, c'est fini !

— Ben dis donc, voilà qui ne me rassure pas… Maman ne m'avait pas dit que ton cancer avait commencé à attaquer le cerveau ! Qui êtes-vous, madame, et qu'avez-vous fait à ma sœur ?!

— Oh, c'est bon, n'en rajoute pas ! lança Xela.

Sur ce, elles se poussèrent du coude, avant de pouffer comme des petites filles. Elles n'avaient jamais été aussi bien ensemble. Xela resta une semaine, pendant laquelle Theo lui expliqua son quotidien et les projets en cours. Elle lui présenta les médecins londoniens arrivés à l'automne, qui resteraient encore quelques mois.

Xela remarqua que le coordinateur de l'équipe, un certain Geoffrey Bates, témoignait un intérêt marqué pour Theo. Son père était membre de la Chambre des lords et, malgré son origine aristocratique, il avait à cœur, autant que Theo, de lutter contre la pauvreté dans la rudesse de leur avant-poste du bout du monde. Il avait précédemment officié en Zambie, dans une structure similaire que Theo prévoyait de visiter avec lui pour y piocher des idées.

— J'ai l'impression que le Dr Bates en pince pour ma grande sœur…, commenta Xela juste avant de repartir pour l'aéroport.

— Allons donc, c'est juste un collègue, c'est normal que nous ayons les mêmes centres d'intérêt !

— Ouais ! C'est comme ça que ça commence. Moi qui pensais que tu allais entrer dans les ordres, comme mère Teresa… Mais si tu te révèles humaine, mon scénario tombe à l'eau.

— Ne t'inquiète pas. Je ne risque pas de tomber amoureuse à 37 ans !

— Et pourquoi pas ? Tu n'es pas encore bonne pour la maison de retraite. Bien peignée, et avec autre chose aux pieds que tes bottillons de l'armée, tu es plus que potable. Pour tout dire, tu étais sublime, dans le sari que tu portais à Thanksgiving. Pardon encore de m'être moquée de toi.

Les deux sœurs échangèrent un sourire, avant de tomber dans les bras l'une de l'autre.

— Prends soin de toi, murmura Theo. Je t'aime.

— Moi, aussi. N'en doute pas, même si j'ai parfois été une vraie peste. Je te promets que ça n'arrivera plus

À ces mots, Xela monta en voiture et resta penchée par la fenêtre en agitant la main jusqu'à ce qu'elle ne puisse plus voir Theo. Quel voyage ! Mais il lui fallait maintenant retourner à New York pour affronter la radiothérapie…

Apparemment, les brûlures qui en résultaient pouvaient occasionner des douleurs insoutenables. Cette perspective la terrifiait, et ne lui laissa pas de répit dans l'avion du retour.

Tout dans la vie de Xela avait pris une nouvelle dimension, une nouvelle signification. Elle appréciait maintenant Theo à sa juste valeur, même si elle était à l'opposé de leur petite Oona. D'ailleurs, le beau Dr Bates lui semblait en bonne voie pour faire tomber l'armure de Theo… Xela était en train de sourire à cette idée, lorsque son voisin de siège lui adressa la parole. C'était un Américain, du style homme d'affaires propre sur lui.

— Vous étiez à Londres pour le travail ?

— Oh non, j'y ai juste fait escale. J'étais en Inde pour voir ma sœur qui vit là-bas. Elle est en train de construire un hôpital à Chandpur, dans l'État d'Uttar Pradesh.

— Oh, voilà qui est fascinant. Votre sœur est médecin ?

— Non, c'est juste une sainte femme. Elle fait de l'humanitaire depuis seize ans : elle apporte de la nourriture, de l'eau et une aide médicale aux plus pauvres. C'est un sacerdoce plutôt qu'un job.

Désormais, il n'y avait plus la moindre nuance d'ironie dans la voix de Xela. Elle était fière de sa grande sœur.

— Je vois… Et vous ? Vous habitez New York ?

Xela hésita. Elle n'avait pas l'intention de lui parler pendant toute la traversée, mais puisqu'ils étaient en train d'attendre les plateaux-repas…

— Oui, j'y ai toujours vécu.

— Moi aussi. Je travaille à Wall Street, au siège d'une multinationale de l'électronique qui fait des investissements à Bombay et à New Delhi. Nous avons aussi des partenaires à Londres : j'y vais tous les trois ou quatre mois, et en Inde environ une fois par an.

— Moi, je suis fondatrice d'une start-up qui peine à décoller..., répondit Xela avec une moue dépréciative.

— Waouh, j'avoue que je vous croyais actrice ou mannequin ! Tenez, si jamais vous avez envie de boire un verre un de ces jours... Mark Thompson.

— Xela McAvoy.

Amusée, Xela accepta poliment le bristol qu'il lui tendait, et le rangea dans son sac sans prendre la peine de le lire. Il était plutôt mignon, mais dans son état de santé, elle n'avait pas la tête à faire des rencontres. Et si le cancer refaisait surface ? Elle ne voulait imposer une telle situation à personne.

— Enchanté, Xela. Auriez-vous aussi une carte sur vous ?

Elle secoua la tête. Après tout, le motif de son voyage était strictement personnel.

— Non, désolée, répondit-elle, sans lui proposer de lui donner son numéro.

— Un petit ami, alors ?

Xela laissa échapper un rire.

— Non, je n'ai ni l'un ni l'autre dans mon portefeuille !

— Mais vous pouvez peut-être me dire le nom de votre entreprise ?

Elle le lui révéla, admirant sa ténacité.

— Oui, je crois que j'en ai entendu parler. C'est une bonne idée. Vous livrez dans tout le pays, c'est ça ?

— Pas encore. Nous sommes concentrés sur sept grandes villes, pour le moment.

Ils bavardèrent encore pendant le déjeuner, puis elle mit ses écouteurs pour regarder un film et s'endormit au milieu. L'hôtesse de l'air la réveilla plusieurs heures plus tard, alors que l'atterrissage était imminent.

Au moment de descendre, ils se dirent au revoir avant de se perdre de vue dans la foule. Xela prit un taxi jusqu'à Manhattan et appela sa mère aussitôt rentrée chez elle : elle ne lui avait pas parlé depuis son départ d'Italie.

— Alors ? demanda Isabelle. Comment ça s'est passé ?

— C'était fabuleux. Theo est incroyable. Si tu voyais tout ce qu'elle a accompli…

— Je l'ai vu, de mes propres yeux, répondit Isabelle en souriant.

La voix de Xela était à la fois assurée et plus détendue que jamais.

— Et figure-toi qu'un médecin anglais, plutôt beau gosse, lui tourne autour. Elle maintient qu'elle n'est pas intéressée, mais je n'en crois pas un mot.

— Mieux vaut tard que jamais ! conclurent les deux femmes à l'unisson, avant d'éclater de rire.

— Et toi, ma chérie, comment te sens-tu ? s'enquit Isabelle.

— Très bien. Juste pas très rassurée à l'idée de commencer les rayons…

— N'oublie pas de me prévenir quand tu auras la date de la première séance.

Et comme Xela était épuisée par le voyage, elles ne tardèrent pas à raccrocher.

Deux minutes plus tard, le téléphone sonna à nouveau dans la maison de la 44e Rue. Isabelle décrocha en supposant que Xela avait oublié de lui dire quelque chose : elle recevait peu d'appels en soirée. Mais à l'autre bout du fil, elle entendit une voix masculine. C'était Charles Anderson, son fils, qui l'appelait du Massachusetts.

— Bonjour, bredouilla-t-il. Je ne sais pas trop comment m'adresser à vous… Pour « maman » il est un peu trop tard.

Isabelle lâcha un petit rire nerveux. Elle était si heureuse de l'entendre, alors qu'elle commençait à perdre espoir !

— Tu peux peut-être m'appeler Isabelle…

— Ça me va.

Il y eut une pause, pendant laquelle Isabelle retint son souffle.

— Voilà : j'aimerais vous rencontrer. Est-ce que ça pourrait se faire avec ma femme et mes enfants ?

— Avec grand plaisir. Préfères-tu que je passe à Boston ?

— Oui, si cela ne vous dérange pas. Nous n'avons pas beaucoup l'occasion d'aller à New York.

— Pas de problème, ce n'est qu'un saut de puce pour moi.

Ils se donnèrent rendez-vous au Bristol Bar de l'hôtel Four Seasons, sur Boylston Street, à 17 heures le samedi suivant.

— J'ai vraiment hâte de te voir, Charles, dit-elle dans un souffle.

— Tout le monde m'appelle Charlie. Et moi aussi, j'ai hâte.

Lorsqu'elle raccrocha, la main d'Isabelle tremblait.

18

Isabelle demanda à Jack s'il accepterait de l'accompagner à Boston. Elle n'aimait pas le faire travailler le week-end ni empiéter sur son temps personnel, mais elle était bien trop stressée pour envisager d'affronter seule les démarches de l'aéroport… et la rencontre avec son fils. Jack accepta de bonne grâce, mais ne lui demanda que la veille avec qui ils avaient rendez-vous : il supposait que c'était professionnel.

— Avec mon fils, répondit Isabelle.

— Ah oui, tout de même… Ce n'est pas rien !

— En effet… Il a mis un peu de temps à se décider, et je ne lui en veux pas. Il sera là avec sa femme et ses enfants. Nous avons rendez-vous au Four Seasons. Je ne sais pas trop à quoi m'attendre… et lui non plus, j'imagine. Que peuvent bien se dire une mère et un fils qui ne se sont pratiquement jamais vus ?

— Eh bien, « bonjour » me semble un bon début, plaisanta Jack pour aider Isabelle à dédramatiser.

Ils prirent donc l'avion le samedi matin, et arrivèrent à Boston avant midi. Isabelle avait prévu beaucoup de marge en cas de retard, ce qui leur laissa le temps de déjeuner et de se promener dans le centre-ville avant de rejoindre le Four Seasons. On était début mars, le vent soufflait par bourrasques, et lorsqu'une petite bruine se mit à tomber, vingt minutes avant l'heure, Isabelle décida d'entrer dans l'hôtel pour se mettre à l'abri. Ils s'assirent dans le hall en bavardant tranquillement de choses et d'autres. Jack développait des trésors d'imagination pour lui changer les idées. Au bout d'un moment, elle passa aux toilettes pour lisser une dernière fois sa queue-de-cheval et se remettre du rouge à lèvres, tout en se rendant compte de la futilité de ce geste… Alors qu'elle avait abandonné Charles bébé, voilà qu'elle se préoccupait de sa coiffure et de son maquillage !

— Vous êtes parfaite, la rassura Jack lorsqu'elle revint.

Il l'aurait volontiers prise dans ses bras pour la réconforter, mais jugea que ce n'était guère approprié, en particulier dans un lieu public. Ils étaient convenus qu'il se tiendrait en retrait dans le hall tandis qu'elle se rendrait au bar.

À 5 heures moins deux, Isabelle se leva pour entrer au Bristol, où elle avait réservé un coin salon avec deux canapés et une table basse.

Avisant un couple accompagné de deux enfants dont les âges devaient correspondre, elle s'approcha timidement. Avec son pantalon gris et ses talons plats, son look était sobre et élégant. Son court manteau noir s'ouvrait sur un col roulé en cachemire bleu pâle, assorti à ses yeux. Avant même qu'elle ait eu le temps de leur demander s'ils étaient bien la famille Anderson, l'homme se leva. Malgré un début de calvitie, il était encore mince et athlétique, avec un très beau visage. Isabelle en eut le souffle coupé : elle se tenait face à une version masculine d'elle-même – aucune de ses filles ne lui ressemblait autant. Elle qui avait craint de ne pas l'identifier, elle aurait pu le reconnaître au milieu de n'importe quelle foule. Le fils de Charlie lui ressemblait également, tandis que sa fille était une jolie brunette. Son épouse, une belle blonde qui ne devait pas avoir 40 ans, avait visiblement fait un effort : elle portait un manteau rouge et des talons hauts. Isabelle craignit soudain de ne pas être assez bien habillée pour l'occasion… Mais après tout, elle n'avait rien à prouver, et voulait se montrer authentique.

Charlie la regardait approcher : de toute évidence, il avait lui aussi conscience de leur ressemblance. Isabelle s'arrêta à deux pas, les larmes aux yeux, et tendit instinctivement les bras vers lui – il répondit à son étreinte dans un même élan. Jack, qui avait accompagné Isabelle à l'entrée du bar, les observait depuis le seuil. Il en eut la gorge nouée. Pas un mot n'avait été échangé et l'émotion était à son comble.

Enfin, Isabelle recula d'un pas pour sourire à son fils.

— Bonjour, Charlie.

— Bonjour, maman.

Ils se mirent à rire – même leurs rires étaient identiques.

— C'est fou ce que tu ressembles à mon père, commença Isabelle d'une voix douce.

Elle le dévisageait telle une lionne qui aurait retrouvé son petit dans la savane et vérifiait qu'il était indemne.

Charlie lui présenta alors sa femme, Pattie, et ses enfants Steve et Jaime, 16 et 11 ans. Les deux adolescents – ses petits-enfants – la regardaient avec fascination. Leur père leur avait expliqué la situation, concluant qu'Isabelle était une grand-mère supplémentaire, même s'il leur avait fallu un moment pour comprendre comment elle avait pu abandonner son propre enfant. Elle les embrassa, ainsi que leur mère, et tout le monde s'assit.

— Comment souhaitez-vous que les enfants vous appellent ? demanda poliment Charlie.

— Ma foi, comme ils veulent. Isabelle ? Mamie Isabelle ?

— Mamie Zaza ! s'exclama alors Jaime, ce qui fit rire tout le monde.

— C'est parfait. Mais pour commencer je tiens à ce que vous me tutoyiez tous les quatre, d'accord ?

Les deux femmes commandèrent du thé, Charlie une bière et les enfants des sodas.

— Je ne m'attendais pas à ce que tu aies l'air si jeune, avoua son fils. Il est vrai que nous n'avons que quinze ans de différence… Que sais-tu de mon père ? Je n'ai pas pu retrouver sa trace.

— Pas grand-chose, si ce n'est qu'il s'appelait Stewart Wheeler et avait 18 ans au moment de ta naissance. Quand… c'est arrivé, mon père est allé voir le sien, et le gars a tout nié en bloc. Il est parti étudier au Nouveau-Mexique ; je n'ai plus jamais entendu parler de lui. Je le connaissais à peine, nous n'étions même pas amis. Notre lycée pourrait sans doute t'en dire plus que moi.

Charlie nota le nom de l'établissement à Newport, ainsi que celui de son géniteur.

— Mon père était un homme bien, reprit Isabelle. Il m'a poussée à faire ce qu'il pensait être le meilleur pour toi et moi. Il était conservateur de musée à Boston. Quant à ma mère, je ne l'ai pour ainsi dire pas connue. Elle est morte d'un cancer du sein quand j'avais 3 ans. À la suite de cela, mon père a pris un emploi de régisseur sur une grande propriété, afin d'être plus disponible pour moi. C'est là que j'ai grandi. Il est mort voilà vingt-sept ans. Pour ma part, j'ai été assistante dans une galerie avant de monter ma propre entreprise.

— Donc tu t'en es bien sortie, malgré des débuts difficiles, reconnut Charlie. Je crois que si un sale petit voyou infligeait la même chose à ma fille, je ne répondrais plus de mes actes.

Il posa un regard protecteur sur Jaime, qui levait les yeux vers les adultes, tandis que sa mère lui caressait les cheveux. Pattie avait l'air d'une femme chaleureuse : elle semblait insuffler une énergie positive à son petit monde, et ne jugeait personne.

À ce moment, Isabelle se souvint de quelque chose qu'elle avait apporté. Elle tira de son portefeuille un polaroïd décoloré, sur lequel on voyait un nouveau-né dans une couverture bleue, avec un bonnet assorti.

— C'était le jour où les Anderson t'ont emmené. L'une des infirmières m'a donné cette photo qu'elle n'avait pas le droit de prendre, de même qu'elle n'avait pas le droit de me révéler leur nom. Elle ne m'a jamais quittée, depuis quarante-trois ans.

Incapables de retenir leurs larmes, Isabelle et Charles s'étreignirent à nouveau, sous le regard étonné des enfants : ils n'avaient jamais vu leur père pleurer. Elle lui donna aussi des photos de ses demi-sœurs et de ses neveux, avec leurs noms inscrits au dos, et lui en montra une de ses parents, ainsi que d'elle-même à différentes périodes de sa vie. Y compris à 15 ans, en robe de bal, le jour où elle était tombée enceinte… Une autre la montrait devant la tour Eiffel pendant ses études à Paris, et la plus récente avait été prise par Jack dans son bureau, pour la revue *ARTnews*.

— Si je comprends bien, Oona est la seule à avoir des enfants, mais elle compense pour les deux autres ? plaisanta Charlie, un peu dépassé par ce flot d'informations. Elles sont toutes bien différentes… Est-ce qu'elles ont le même père ?

— Non. Trois pères différents, répondit Isabelle en rougissant légèrement. Deux sont morts, l'autre s'est évaporé dans la nature après un séjour en prison.

Charlie secoua la tête :

— Je n'arrive pas à croire que tu aies enduré tout ça ! Et aujourd'hui, tu es mariée ?

— Non. Je vis seule depuis que j'ai perdu le père d'Oona, il y a vingt-sept ans.

— Je vois…

C'était maintenant au tour d'Isabelle d'étancher sa curiosité.

— Tes parents adoptifs t'ont-ils donné tout ce qu'il te fallait, Charlie ?

— Oui, je ne peux pas me plaindre. Mais ce n'étaient pas des gens chaleureux. Ils ont eu une fille après m'avoir adopté, et n'ont pas pu s'empêcher de faire des différences entre nous...

— Oh, ça n'a pas dû être facile pour toi ! lâcha Isabelle.

Elle regretta immédiatement cette remarque. Quelle hypocrisie de sa part ! Après tout, c'est elle qui l'avait mis dans cette situation, et ç'aurait pu être bien pire.

— Bah, ils sont morts depuis longtemps, répondit Charlie. Ils n'ont jamais voulu que je te recherche et ne devaient pas savoir grand-chose à ton sujet eux-mêmes. À cette époque, les dossiers d'adoption étaient verrouillés. Rien à voir avec ce qui se passe aujourd'hui, où tout le monde reste en contact, se rend visite, s'envoie des photos et des cartes de vœux. Toujours est-il que je ne suis pas malheureux ! Je suis commercial pour une maison d'édition, après avoir travaillé dans les assurances. Même si c'est purement alimentaire, je ne me plains pas. Pattie est enseignante dans le primaire. Elle, au moins, se passionne pour son boulot ! Quand nous nous sommes rencontrés, j'avais 25 ans, et elle 21. On peut dire que ça ne marche pas trop mal entre nous !

Les deux époux échangèrent un sourire. Isabelle fut rassurée de voir que son fils était une personne tranquille et stable. Elle devinait que c'était quelqu'un de loyal, en qui on pouvait avoir confiance. Comment les filles le trouveraient-elles ?

— Et sinon, est-ce qu'il y a dans la famille des maladies dont je devrais être courant, que ce soit mentales ou physiques ? demanda Charlie.

— Mentales, non, en tout cas pas à ma connaissance. Mon père est mort d'un infarctus à 65 ans, alors qu'il n'avait eu aucun problème cardiaque auparavant. Ma mère avait 33 ans quand le cancer du sein l'a emportée, et la maladie vient de resurgir chez Xela, qui en a 32. Heureusement, elle est bien soignée. Donc, pour ta fille, il s'agit de son arrière-grand-mère et de sa tante. Je ne sais pas si c'est un manque de chance ou l'hérédité, mais ce n'est pas une partie de plaisir et il vaut mieux anticiper.

— Oui, en effet. La vie n'est pas toujours tendre.

Ils renouvelèrent leurs consommations, auxquelles Isabelle ajouta une assiette de biscuits pour les enfants. Elle s'enquit alors de leurs goûts et de leurs hobbies. Le temps passa ainsi jusqu'à 19 heures. Au fur et à mesure, Isabelle sentait se dissiper toutes les tensions de son corps, et se refermer la fêlure présente en elle depuis qu'elle avait abandonné Charlie.

L'après-midi touchant à sa fin, Isabelle demanda l'addition et insista pour payer. Alors qu'ils sortaient du bar, elle avisa Jack et lui fit signe de les rejoindre.

— Charlie, je te présente mon assistant, qui a fait le voyage avec moi.

Charles lui serra la main, levant sur Jack un regard stupéfait.

— Oh, mon Dieu… C'est bien vous, n'est-ce pas ? Vous étiez mon idole au lycée, quand vous jouiez en équipe universitaire. Jack Bailey ! J'ai vu votre dernier match. J'en ai pleuré pendant une semaine. Qu'est-ce qui se passe, c'est une caméra cachée ?

— Ha ha ! Non, comme vous l'a dit Isabelle, je suis vraiment son assistant. Je l'aide au bureau, je l'accompagne dans ses déplacements… et je lui apprends à tirer des paniers, bien sûr.

Tout le monde éclata de rire et Jack proposa de les photographier dans le hall de l'hôtel, puis Charlie demanda à Isabelle de le prendre avec Jack. Les deux femmes échangèrent un sourire : il était presque plus ému de rencontrer son idole que sa mère biologique !

On prit congé avec force embrassades, puis Isabelle promit d'organiser prochainement une rencontre avec ses filles. Enfin, Isabelle et Jack remontèrent à bord de la voiture et le chauffeur prit la route de l'aéroport. Avec un profond soupir, elle s'enfonça dans la banquette, aussi épuisée que soulagée.

— Comment est-ce que ça s'est passé ? demanda Jack.

Isabelle réfléchit un instant. Tout s'était déroulé beaucoup plus facilement qu'elle le craignait, dans la compréhension et l'empathie. Charles ne nourrissait ni haine ni ressentiment à son égard.

— C'est comme si je venais de crever un abcès que je traînais depuis trop longtemps, déclara Isabelle. Et j'ai l'impression que c'était pareil pour Charlie. Il reste beaucoup de questions sans réponse, pour lui comme pour moi. Apparemment, ses parents adoptifs n'étaient pas méchants, mais sans plus. Je suis heureuse qu'il soit marié avec une femme charmante et qu'il ait de beaux enfants. Ce sont des gens bien. Je crois que cette rencontre lui a permis de comprendre la raison de mon choix, il y a quarante-trois ans. Si la même histoire se produisait aujourd'hui, l'entourage de la jeune fille l'encouragerait à porter plainte pour viol, et elle aurait gain de cause. Mais à l'époque, cela faisait partie des risques que l'on encourait à sortir le soir : tant pis pour la fille si elle tombait enceinte à 15 ans ! Les gens estimaient qu'elle l'avait bien cherché, si sa vie, ses rêves ou ses projets d'avenir étaient fichus. Et personne ne prenait en compte le traumatisme subi. Pour ma part, j'ai réussi à m'en sortir, mais j'ai encore le poids de la culpabilité sur les épaules...

Isabelle laissa échapper un soupir, avant de reprendre sur une note plus gaie :

— Toujours est-il que j'ai hâte de le revoir et de le présenter aux filles ! Comme il y a peu de chances qu'elles se retrouvent à New York en même temps, j'envisage de les faire venir exprès. Je crois que c'est important. Après tout, le même sang coule dans leurs veines. C'est fou... Je me demande ce qu'en aurait pensé mon père s'il était encore là.

— Je suis certain qu'il comprendrait, la rassura Jack.

— Je l'espère. En tout cas, je ne voulais pas mourir sans avoir essayé de retrouver mon fils.

— Hey, j'espère que ce n'est pas au programme !

— Mais non, voyons ! Disons que je tenais à le voir avant de devenir aveugle. C'est drôle, il me ressemble bien davantage qu'aucune des filles.

— Oui, ça ne m'a pas échappé. C'est un très bel homme.

— Et il était comme un gamin en vous voyant ! s'amusa Isabelle.

— Il faut croire que quelques personnes se souviennent encore de moi...

— Ouais ! À peu près tous les hommes de moins de 90 ans !

— Qu'est-ce que vous en savez ? la taquina Jack. Je suis sûr que vous n'avez jamais regardé de match de basket.

— Ce n'est pas tout à fait faux. Mais entre-temps je me suis renseignée sur vous. Je sais que vous êtes une très grande star.

Jack ne réagit pas à ce commentaire. Il se contenta de rebondir :

— Il faudra que je vous emmène à un match !

— Avec plaisir, accepta Isabelle en souriant.

Maintenant que la pression était retombée, le bref vol de retour fut bien différent de l'aller. Isabelle s'endormit sur l'épaule de Jack, qui ne bougea que pour la réveiller au moment de l'atterrissage.

Cette nuit-là, Isabelle pensa à Charlie et sa famille. Au moins, il n'avait pas atterri chez des bourreaux d'enfants. Dans ses cauchemars, son bébé était battu et mal nourri… Et dans la réalité, son père avait toujours refusé d'aborder le sujet, ne fût-ce que pour la rassurer. Pour Jeremy, le dossier était clos, il ne fallait plus jamais en parler.

À 3 heures du matin, elle finit par se relever pour écrire un mail à ses filles. Comment les inciter à venir la voir toutes les trois en même temps sans trop leur en dire et sans les inquiéter ? Elle tourna et retourna les mots plusieurs fois avant de se lancer.

Chères Theo, Xela et Oona, (elle les nommait toujours par ordre de naissance)

Ce message est une de ces drôles de requêtes que font parfois les mères, et que l'on ne comprend qu'après-coup. Mais c'est quelque chose d'important, de très important pour moi. Je voudrais vous présenter quelqu'un en lien avec mon passé. Il serait bon que vous le connaissiez, autant pour vous que pour lui. Faites-moi plaisir : venez à la maison toutes les trois ensemble d'ici un mois ou deux. Naturellement, je vous paie le voyage. Trouvons une date qui convienne à tout le monde. Avec tout mon amour et toute ma gratitude.

Maman

Oona fut la première à appeler le lendemain matin.

— Tu es amoureuse, maman ? Tu as croisé un ancien petit ami ? Laisse-moi deviner ! Tu veux nous prendre par surprise et nous annoncer que tu te maries !

— Non, ma chérie, je ne suis pas amoureuse et je ne vais pas me marier. C'est quelqu'un de ma famille que tu n'as jamais rencontré. Je ne peux pas t'en dire plus, mais j'aimerais vraiment que tu puisses te libérer.

— Ce ne sera pas facile, tu sais. Gregorio refuse que je voyage sans lui. Et puis, je serai encore en train d'allaiter.

Avec les jumeaux, elle avait l'impression d'être une vache laitière, mais Gregorio insistait pour qu'elle leur donne le sein encore quelques mois. Chaque fois que l'un des aînés s'enrhumait, il l'accusait de les avoir sevrés trop tôt. Si Oona estimait qu'une année entière suffisait amplement, Gregorio aurait préféré qu'elle tienne jusqu'à leur deuxième anniversaire.

— Écoute, ma chérie, je ne peux pas attendre deux ans. Comme je l'ai précisé dans mon mail, je vous offre le voyage, mais emmène donc les jumeaux et je paierai aussi pour le billet de la nounou. Nous nous occuperons d'eux à tour de rôle. Je t'en prie, je ne te demande que quelques jours ! Et Gregorio est le bienvenu.

— Alors là, certainement pas ! Il déteste quitter l'Italie, il passerait son temps à se plaindre. J'aime encore mieux venir seule, avec les bébés. En tout cas, merci pour les billets, c'est très tentant ! Je vais voir ce que je peux faire.

Theo envoya un mail dans lequel elle posait les mêmes questions, auquel sa mère fit les mêmes réponses. Toutes les quatre échangèrent quantité de messages sans qu'Isabelle révèle rien.

Xela tenta de lui tirer les vers du nez lorsqu'elle l'accompagna à sa première séance de rayons. On lui avait déjà tatoué de minuscules marques sur le torse pour cibler les radiations le plus précisément possible.

— Je ne dirai rien tant que vous ne serez pas toutes là, répéta Isabelle.

— Mouais, je reste persuadée que tu es amoureuse… et tu as bien de la chance…, soupira Xela qui lui parla alors de Mark Thompson, l'homme d'affaires rencontré dans l'avion.

— Il m'a l'air intéressant. Pourquoi est-ce que tu ne l'appellerais pas ?

— J'ai un cancer, maman ! Je ne peux pas imposer ça à un pauvre garçon qui risque de finir garde-malade si mon état empire !

— Mais s'il n'empire pas – ce qui est bien plus probable –, tu auras raté une belle occasion.

— Pff, laisse tomber. Je ne l'appellerai pas.

La radiothérapie se révéla aussi éprouvante qu'on la lui avait dépeinte. Mais au bout de quatre semaines de séances quotidiennes, ce serait terminé. Isabelle avait suspendu son propre traitement pour soutenir sa fille.

— Un mois sans injections ? Est-ce bien raisonnable ? s'inquiéta Jack.

— Je ne suis pas en mesure de faire les deux : me soigner et accompagner Xela. J'y retournerai dès qu'elle sera tirée d'affaire.

Jack n'insista pas : le ton d'Isabelle ne souffrait pas la contradiction. Et puis il n'était que son assistant, pas son mari…

Hélas, le jour de la dernière séance de Xela, en courant pour attraper un taxi, Isabelle manqua le bord du trottoir et fit une chute. Elle s'écorcha le genou, se tordit le poignet, et crut mourir de honte quand les passants s'arrêtèrent pour lui porter secours. En boitillant, elle rentra chez elle le plus discrètement possible pour ne pas alerter Jack. Mais il l'entendit et sortit de la cuisine pour la saluer. Il se figea sur place en voyant un filet de sang couler le long de son tibia. Quant au poignet d'Isabelle, il était bien enflé.

— Seigneur ! Que vous est-il arrivé ? On vous a agressée ?

Il alla chercher des glaçons, ainsi qu'un torchon propre pour essuyer le sang.

— Non, non, tout va bien, dit-elle en s'asseyant sur une chaise de la cuisine, si ce n'est que je me sens idiote. Je n'ai pas vu le bord du trottoir.

En réalité, elle craignait de s'être cassé le poignet mais elle garda ses craintes pour elle.

— Vous devriez retourner chez l'ophtalmo. Est-ce que votre vue baisse beaucoup ?

— Honnêtement, j'ai plutôt l'impression qu'elle s'améliore. C'est juste que j'étais pressée, je ne faisais pas attention…

— Hum, je vous emmène faire une radio du poignet ?

— Mais non, voyons…, grommela Isabelle. Je vais juste m'allonger un peu.

Un coup de fil d'Oona lui remonta le moral.

— Je peux être là dans une semaine ! Ma belle-sœur accepte de garder la maison. La nounou va rester ici, elle a fait appel à sa cousine pour venir à New York avec moi. Pour clouer le bec à Gregorio, je lui ai dit que tu voulais nous parler de ton héritage ! Il m'a donné trois jours.

— Formidable ! Est-ce que tu as des nouvelles de Theo ?

— Elle m'a envoyé un mail : elle doit aller à Londres au même moment. Le médecin anglais qui lui donne un coup de main doit présenter un rapport à l'Academy of Medical Royal Colleges, censé les aider à récolter des fonds. Elle dit qu'elle peut prévoir de faire un saut à New York, si tu insistes.

— Eh bien, j'insiste.

Isabelle n'avait plus qu'à prévenir Charlie, en espérant qu'il serait également disponible. Elle l'appela aussitôt après : par chance, il était libre. Elle lui annonça qu'elle prendrait à sa charge le vol et l'hôtel pour toute sa famille, ce qu'il accueillit avec un mélange de gêne et de gratitude : ils ne roulaient pas sur l'or.

Le moment était venu d'envoyer un mail de confirmation collectif. Ainsi, ses quatre enfants seraient réunis à New York dans une semaine…

Quand elle appela Jack pour lui demander de s'occuper des réservations, il fronça les sourcils en voyant que son poignet avait encore gonflé malgré la glace. Cette fois, il ne lui laissa pas le choix et l'emmena aux urgences, où la radio dévoila une belle fracture. Elle devrait garder le plâtre quatre semaines ! Isabelle était terriblement vexée de recevoir ses enfants dans cet état… mais que faire ? En revanche, lors de son rendez-vous avec l'ophtalmo le lendemain, le médecin constata une légère amélioration.

Isabelle bouillait d'impatience à l'approche de la réunion de famille. Les filles arrivaient le vendredi, et Charlie le samedi à l'heure du déjeuner. Puisque son poignet l'empêchait de cuisiner, elle demanda à Jack de lui chercher un chef. Theo, Oona, la nounou et les jumeaux dormiraient chez elle.

Dès leur arrivée, ce fut le chaos à la maison. Jack avait loué tous les équipements possibles, dont deux berceaux, deux chaises hautes et une balancelle. Pour le dîner, Xela vint partager un plat de pâtes à la table de la cuisine. Theo et elle furent horrifiées de voir Oona allaiter si souvent. Elle avait constamment un des bébés au sein, parfois les deux.

— Ils ne s'arrêtent donc jamais de manger ? s'exclama Xela. On dirait des vampires !

— Je sais. Et moi, j'ai l'impression d'être une vache. J'ai tellement de lait que je me demande si je ne devrais pas en distribuer pour soulager la faim dans le monde.

— Si tu en as marre, pourquoi est-ce que tu ne les sèvres pas ? suggéra Theo.

— Impossible, Gregorio me tuerait. Et puis, ils n'ont que deux mois. Personnellement, je trouve que jusqu'à six mois ce serait déjà bien, mais il estime qu'un an est un minimum.

Pas facile de tenir le rythme avec des jumeaux… Quand elle n'allaitait pas, un châle sur la poitrine, elle était constamment en train de changer des couches. Les bébés passaient de bras en bras : entre leurs tantes, leur grand-mère et la nounou, il y avait toujours quelqu'un pour porter un bébé et soulager Oona.

— Par contre, je suis désolée, mais je ne peux pas les allaiter pour toi, plaisanta Xela. Surtout qu'en ce moment, j'ai un sein grillé comme un marshmallow…

Une tomographie et un bilan sanguin venaient de confirmer qu'elle avait battu le cancer, et elle n'avait jamais été d'aussi bonne humeur. Pour célébrer cette belle victoire, leurs retrouvailles, et bien sûr la naissance des jumeaux, elles trinquèrent au champagne – sauf Oona, qui leva son verre d'eau minérale. Isabelle était aux anges !

Les trois filles se perdirent en conjectures sur le visiteur du lendemain, mais comme elles ne parvenaient à tirer aucune information supplémentaire de leur mère, ce fut au tour de Theo d'être soumise à un feu nourri de questions sur le Dr Geoffrey Bates. Sous les gloussements de ses sœurs, elle finit par avouer qu'ils avaient dîné ensemble plusieurs fois, et qu'ils s'apprêtaient à passer un week-end en Écosse.

— Je le savais ! triompha Xela.

Et toutes d'encourager la si belle et si sage Theo, qui ne leur avait plus parlé de ses relations amoureuses depuis des années. Elles restèrent si longtemps à discuter de choses et d'autres que Xela décida de passer la nuit là.

Le samedi matin, le petit déjeuner fut aussi animé que le dîner. Tout le monde était dans l'attente de l'invité mystère et les langues allaient bon train. À midi, les filles étaient encore en train de s'habiller quand Charlie arriva, accompagné de sa petite famille. Isabelle les fit entrer et leur proposa quelque chose à boire. Cinq minutes plus tard, les trois sœurs entrèrent au salon. Theo portait la petite Paola, et Xela, son jumeau Nicola. Isabelle présenta ses filles, puis nomma chacun des Anderson par son prénom sans plus de précisions, avant de prier tout le monde de s'asseoir.

— Je tenais à vous réunir, commença-t-elle, parce que je voulais vous faire part d'un chapitre de mon histoire personnelle que j'ai trop longtemps gardé pour moi. Cela remonte à mes années de lycée…

Tandis que sa mère parlait, Theo fixait intensément Charlie du regard. Elle était certaine de ne l'avoir jamais vu, et pourtant son visage lui était étrangement familier. Tout le monde se souriait, un peu gêné, et Charlie, qui tenait la main de son épouse, ne pouvait cacher son appréhension. Jaime jouait avec l'un des bébés, que Xela avait installé dans la balancelle, alors que Steve, qui parcourait la pièce des yeux, semblait s'ennuyer ferme.

Isabelle raconta ce funeste soir de bal, la découverte de sa grossesse, la décision de son père, le bébé qu'il avait fallu abandonner, le poids des remords et les recherches qu'elle avait enfin osé entreprendre, au bout de quarante-trois ans. Au fil du récit, ses filles la regardaient avec un étonnement croissant, elles qui pensaient si bien connaître leur mère.

— Voilà, Charlie est votre demi-frère, et je pense qu'il était normal que vous fassiez sa connaissance.

Le silence s'installa. Theo, qui avait tout compris avant qu'Isabelle leur révèle le fin mot, se leva la première. Elle se planta devant Charles, les bras grands ouverts, et ils échangèrent une longue accolade. Puis ce fut Oona qui demanda « Je peux ? » avant de déposer un baiser sur la joue d'un Charlie de plus en plus ému. Enfin, Xela déclara, entre ses larmes, qu'elle avait toujours rêvé d'avoir un frère quand elle était petite, car ses sœurs étaient de vraies pestes ! Tout le monde rit de bon cœur.

Il y eut une effusion de larmes et de tendresse, les trois filles voulurent tout savoir de la vie de Charlie, de sa femme et de ses enfants. Aucun mot d'accusation ou de récrimination ne fut prononcé. Seules régnaient la compassion et l'empathie pour ce que la mère et le fils avaient subi.

Au bout d'une heure, le niveau sonore avait considérablement augmenté dans la pièce lorsque Isabelle invita tout le monde à passer à la salle à manger et demanda aux filles de servir les plats préparés par la cheffe.

— Jack n'est pas là aujourd'hui ? remarqua Charlie, un peu déçu, lorsque tout le monde fut attablé.

— Tu connais l'assistant de maman ? s'étonna Xela.

Et Charlie de relater son émotion de rencontrer son idole lors de leur entrevue à Boston. Les filles n'auraient jamais imaginé le glorieux passé de l'employé de leur mère...

— Il m'avait exceptionnellement accompagnée pour le voyage, expliqua Isabelle à son fils. En règle générale, il ne travaille pas le samedi.

— Dommage !

Un peu plus tard, Xela souffla à Isabelle qu'elle avait rappelé Mark : ils avaient déjeuné ensemble et avaient rendez-vous pour un dîner la semaine suivante.

— Mais ce serait mieux qu'on reste amis, au cas où je rechuterais...

— Voyons, ma chérie, est-ce que tu t'enfuirais à toutes jambes si tu le savais malade ?

— Non, bien sûr que non. Pour qui me prends-tu ?

— Alors pourquoi se comporterait-il de cette façon ?

— Ce n'est pas ça... Seulement, je n'ai pas envie de gâcher sa vie.

— Comme tu y vas ! Pourquoi ne pas profiter de l'instant, et progresser pas à pas ?

Oona montra aux Anderson des photos de ses plus grands et de sa ferme. Theo échangea avec Pattie des idées autour du projet d'école qu'elle voulait construire à côté de son hôpital. Jaime eut la permission de tenir un des jumeaux sur ses genoux, et Charlie s'entretint avec chacune de ses sœurs.

Après le départ des invités, vers 17 heures, les quatre femmes s'assirent dans le bureau d'Isabelle.

— Pourquoi ne nous en as-tu jamais parlé ? demanda Theo, visiblement blessée.

— À l'époque, on a exigé de moi que j'enterre cette histoire dans le tréfonds de ma conscience, et je l'ai gardée toute ma vie comme mon plus terrible secret. Je n'en ai parlé à personne, pas même à vos pères respectifs.

— Moi, je l'aime bien, notre demi-frère, commenta Oona. Il a dû se sentir complètement dépassé, de nous rencontrer toutes les trois en même temps. Au vu des circonstances, je trouve qu'il s'en est plutôt bien sorti.

— Moi aussi, renchérit Isabelle, également fière de ses quatre enfants.

— Est-ce que tu penses le revoir souvent ? voulut encore savoir Theo.

— Aucune idée. En tout cas, je veux rester en contact. Il est sans doute trop tard pour incarner une figure maternelle, mais c'est tout de même mon fils et je ne veux pas le perdre une seconde fois.

À ce moment, Isabelle prit une grande inspiration et se jeta à l'eau pour leur révéler son autre secret... Avec des mots simples, sans alarmisme, elle leur parla de son problème de vision, qui semblait s'améliorer temporairement.

— Et voilà pourquoi j'ai embauché un assistant, conclut-elle. Je ne peux plus passer des heures d'affilée devant un écran d'ordinateur, et c'est comme ça que je me suis cassé le poignet : j'ai raté le bord du trottoir. Ce que je me suis sentie bête !

Les filles accueillirent cette information avec une inquiétude légitime, mais sans surréagir.

— Cette famille est décidément pleine de secrets ! lança Xela. Est-ce que quelqu'un d'autre a quelque chose à confesser ?

— Eh bien, je n'ai aucune envie de rentrer chez moi demain, déclara Oona, mais ce n'est un secret pour personne.

— Pourquoi ne pas rester quelques jours de plus ? suggérèrent les autres.

— Non, je ne veux pas contrarier Gregorio…

— Il survivra, lui assura Xela. Tu ne reviens jamais à New York. Pour une fois, profites-en ! Et ça fait tellement plaisir à maman…

— Hum, je peux éventuellement reporter d'une journée…

Finalement, les autres la convainquirent de rester jusqu'au mardi : au total, elle ne serait partie que quatre jours – et ses autres enfants n'étaient-ils pas choyés par leur tatie et leur nounou ? Ses sœurs crièrent victoire et Theo s'occupa d'échanger le billet d'avion, pendant qu'Oona envoyait un SMS à Gregorio. Il lui répondit aussitôt par tout un chapelet de messages dans lesquels il la sommait de rentrer à la date prévue. Oona répondit qu'elle devait s'occuper de sa mère, qui avait des problèmes aux yeux et venait de se casser le poignet. Que pouvait-il objecter à cela ?

Le samedi soir, elles partagèrent un dîner animé et allèrent se promener dans Central Park le dimanche. Isabelle ne se souvenait pas d'avoir jamais autant apprécié sa vie de famille. Le fait que Xela ait tourné la page changeait beaucoup de choses.

— Ce pasteur fait vraiment des miracles… Mais le véritable électrochoc a eu lieu quand on m'a diagnostiqué le cancer. Quand le temps vous est compté, vous ne voulez pas le perdre en colère et en ressentiment.

— Dans le fond, ce coup du sort était un coup de chance…

— En français, il y a une expression pour cela, se souvint Isabelle. On dit que c'est « un mal pour un bien ». Et je pense que c'est le cas de beaucoup de choses dans la vie…

Ce soir-là, quand Jack l'appela pour savoir comment s'était passée la journée, Isabelle le remercia d'avoir assuré la logistique, et ainsi contribué au succès de ce moment fort en émotions.

Le lundi, Theo repartit pour Londres sous les taquineries de sa mère et de ses sœurs au sujet de Geoffrey Bates. Et après le départ d'Oona et des jumeaux, le mardi, la maison se retrouva bien silencieuse.

— Pourquoi ne pas retourner les voir ? suggéra Jack le mercredi matin, en la voyant faire triste mine devant sa tasse de café. Maintenant que la radiothérapie de Xela est terminée, plus rien ne vous retient ici. Dans un mois, il y a ce salon d'art à Venise, et un autre à Bologne. C'est l'occasion rêvée ! Et sur le chemin du retour, vous n'aurez qu'à faire un crochet par

Paris, que vous aimez tant : vous avez aussi besoin de vous distraire de temps à autre !

— Vous avez sans doute raison, Jack…

À la fin de sa journée de travail, elle était convaincue. Il n'y avait pas de raison qu'elle reste chez elle à broyer du noir, d'autant que les grands salons italiens se tenaient au mois de mai, la saison la plus agréable pour voyager.

— C'est décidé, annonça-t-elle avant le départ de son assistant, allons en Europe le mois prochain ! Pourrez-vous vous libérer ?

— Je vais me débrouiller. Écoutez, ça me fait tellement plaisir que je vais m'occuper des réservations dès que je serai rentré chez moi. À demain, Isabelle !

Le soir venu, il lui envoya un mail avec les billets d'avion en pièce jointe. Il s'occuperait des hôtels le lendemain. Isabelle le remercia chaleureusement de faire des heures supplémentaires pour elle.

« De rien, répondit-il. J'adore travailler avec vous. C'est riche, varié… Je m'amuse encore plus que quand j'étais assistant du sénateur. Bonne nuit ! »

Isabelle referma son ordinateur en se répétant que même sa dégénérescence maculaire était un mal pour un bien. Si elle n'avait pas craint de perdre la vue, elle n'aurait jamais rencontré Jack…

19

Lors de leur escale à Paris, l'avion d'Isabelle et de Jack pour Florence fut retenu plus d'une heure au sol en raison des intempéries. Mais une fois en Toscane, un magnifique soleil printanier les accueillit. Cette fois, Jack séjournerait à la ferme pendant les quatre jours de leur visite, ainsi qu'il l'avait promis à Gregorio.

Les enfants étaient ravis de revoir leur grand-mère, et les jumeaux avaient incroyablement grandi en deux mois. Gregorio, fidèle à lui-même, souligna que c'était grâce au bon lait de leur maman. Oona confia à sa mère qu'elle était épuisée et comptait bien sevrer Paola et Nicola dans le courant de l'été, même si elle n'en avait pas encore parlé à son mari. Isabelle fut rassurée de voir que sa fille, à tous petits pas, tendait à prendre son indépendance. Ils finiraient par trouver leur *modus vivendi*.

Les nouvelles de Theo étaient bonnes : elle avait passé un merveilleux séjour en Écosse avec

Geoffrey, et ils rentraient en Inde ensemble. Xela fréquentait de plus en plus Mark Thompson et ses examens de santé étaient tous positifs. Toutes les trois ou quatre semaines, Isabelle envoyait un mail et des photos à Charlie et Pattie, ou bien elle leur passait un coup de téléphone. Son fils semblait apprécier de faire partie d'une famille plus large, et Isabelle était heureuse de voir que tous ses poussins allaient bien. Le jour où elle quitta Castellina pour Bologne avec Jack, elle semblait heureuse et détendue. Ils n'avaient que deux petites heures de route.

— C'est fou, vous avez débarqué dans notre famille dans une période pour le moins perturbée, dit-elle, pensive, en regardant la campagne défiler par la fenêtre de la voiture.

— C'est bien pour cela que vous m'avez embauché, lui rappela-t-il.

Dans l'après-midi, ils visitèrent le salon, puis descendirent au Grand Hotel Majestic, où Jack avait réservé deux superbes chambres. Ils partirent pour Venise le lendemain. Jack fut grandement impressionné par la cité des Doges, qu'il n'avait jamais vue. Après avoir déposé leurs bagages au Danieli, ils sortirent se promener au hasard dans le dédale des ruelles, des places et des ponts.

— J'oublie parfois que tout cela fait partie de mon travail… J'en suis encore à me pincer le matin au réveil, pour m'assurer que je ne rêve pas. C'est moi qui devrais vous payer !

Pour éviter de trébucher sur le pavé inégal, Isabelle glissa sa main sous le bras de Jack. Mais force était de constater que le traitement avait amélioré sa vue.

Ils passèrent quatre jours à Venise, puis continuèrent en voiture jusqu'à Rome, où ils restèrent deux jours avant de prendre l'avion pour Paris.

Isabelle était satisfaite de ses affaires : à Venise, elle avait acheté quatre tableaux qui viendraient parachever la collection de Bill Casey, et un à Paris pour d'anciens clients. Au cours des six derniers mois, Jack s'était donné beaucoup de mal pour se former à l'histoire des arts, et il ne se contentait plus de gérer les aspects pratiques du quotidien d'Isabelle : il prenait une part de plus en plus active à la recherche d'œuvres pour ses clients.

— J'ai bien peur qu'un jour vous me quittiez pour ouvrir votre propre galerie, plaisanta Isabelle alors qu'ils dînaient dans son bistro parisien préféré, rue Saint-Dominique. Je ne sais pas comment je ferais sans vous… Souvent, j'ai peur d'exagérer, d'empiéter sur votre temps personnel. Vous faites tellement partie de ma vie que je crains de ne plus savoir poser la frontière. Il n'y a rien dont je ne parle pas avec vous… et pour comble, nous tombons presque toujours d'accord !

— Vous savez bien que je ne vous offre mon temps que parce que cela me fait plaisir. J'avoue que je me pose les mêmes questions. Que sommes-nous l'un pour l'autre, désormais ? Partenaires professionnels, meilleurs amis, ou…

Il scruta son visage, attendant une réponse.

— Y a-t-il besoin de mettre un nom dessus ? demanda Isabelle.

— Cela pourrait devenir nécessaire, sinon je crains moi aussi de ne pas savoir tenir ma place.

Voilà des mois que les limites étaient de plus en plus floues. Ainsi, quand il la grondait pour une raison ou une autre, parce qu'elle ne prenait pas assez soin de sa santé, elle lui reprochait de parler comme Gregorio et n'en faisait qu'à sa tête.

Ils étaient en train de partager une assiette de profiteroles quand Jack demanda :

— Où est-ce que vous vous voyez dans cinq ans… voire dix ?

Elle releva la tête, surprise.

— J'espère surtout ne pas être morte…

— Pourquoi dites-vous des choses pareilles ? Vous vivrez sans doute jusqu'à 90 ans alors que je serai mort depuis plusieurs années.

— C'est drôle, vous et moi avons eu plusieurs vies. Vous avec votre carrière éclectique, moi avec les enfants et les différents hommes qui ont influencé mon parcours. Est-ce que vous aimeriez avoir des enfants, Jack ? Vous qui vous occupez si bien des autres, vous feriez un papa formidable.

— Oh, non, je me trouve déjà trop vieux. Et je ne regrette pas de ne pas en avoir eu plus tôt : je vois bien à quel point vous souffrez de l'absence des vôtres, maintenant qu'elles sont loin et qu'elles peuvent se passer de vous. Pareil pour Sandy, nous sommes là l'un pour l'autre, mais au final je sais qu'ils lui manquent et qu'elle se sent seule.

Isabelle resta songeuse. Il est vrai que son quotidien manquait parfois de saveur. Elle n'avait pas de projets, rien de joyeux et d'excitant en perspective pour les dix ans à venir. Bien sûr, elle adorait son travail, et en tant qu'indépendante n'était même pas tenue de prendre sa retraite un jour… Mais à part cela ?

Jack la tira de sa rêverie.

— Isabelle ? Est-ce que vous seriez d'accord pour commencer quelque chose, vous et moi…

— Une nouvelle entreprise ?

— Hum, j'avais autre chose en tête. Voilà : le fait est que tout marche merveilleusement bien entre nous, alors je me demandais…

— Oh, murmura Isabelle en plongeant ses yeux dans les siens. Est-ce que c'est une proposition malhonnête, ou bien une demande en mariage ?

— Peut-être les deux…, répondit Jack sur le même ton.

— J'avoue que c'est tentant. Je vais réfléchir…

Ils quittèrent alors le restaurant. Dans la voiture qui les ramenait à l'hôtel, elle lui posa la question qui fâchait :

— Et la différence d'âge ne te dérange pas ?

— Non. Est-ce qu'elle te dérangerait, si c'était l'inverse ? Putnam avait vingt-sept ans de plus que toi, si je ne m'abuse.

— C'est vrai. Qu'est-ce que j'étais jeune… Mais voudras-tu d'une vieille femme aveugle ?

— Au moins, tu ne me verras pas vieillir. Quelle chance pour moi !

Isabelle éclata de rire. Ils entrèrent dans le hall de l'hôtel, prirent l'ascenseur et se retrouvèrent devant la porte de leurs chambres, qui étaient mitoyennes et communicantes.

— Bonne nuit, Jack.

— Bonne nuit, Isabelle, dit-il en déposant un baiser sur sa joue, avant que chacun disparaisse chez soi.

Une fois dans sa chambre, Isabelle resta plantée devant la porte de communication. C'est alors qu'elle sentit l'audace de ses 20 ans s'emparer à nouveau d'elle. Sans un bruit, elle ouvrit le verrou, tourna la poignée. Elle entrouvrit à peine et s'immobilisa : Jack ne s'en apercevrait peut-être même pas. Dans le cas contraire… tout était possible. Alors qu'elle scrutait la seconde porte, cette dernière s'ouvrit lentement et Isabelle se trouva face à Jack.

— Est-ce une erreur ou une invitation ? demanda-t-il.

Elle sourit.

— Qu'est-ce qui te plairait le mieux ?

— À ton avis ?

À ces mots, il franchit le pas, l'embrassa passionnément… et entra dans sa vie.

Dès lors, tout changea pour Jack et Isabelle. Ils avaient retrouvé leur jeunesse et leur esprit d'aventure. À leur départ de Paris, toutes les frontières avaient été franchies, les murs étaient tombés, les cœurs étaient à nu. Et à son âge, Isabelle estimait qu'elle n'avait pas besoin de l'assentiment de qui que ce soit, ses filles y compris.

Ils bavardèrent comme deux tourtereaux pendant le vol de retour, picorèrent dans l'assiette l'un de l'autre, regardèrent les mêmes films. La seule ombre au tableau était qu'ils ne pouvaient pas emménager ensemble : Jack devait être présent toutes les nuits auprès de Sandy, et bien qu'il soit fou amoureux d'Isabelle, il n'était pas question pour lui d'abandonner sa sœur.

Jack la déposa chez elle, l'aida à monter sa valise dans sa chambre et l'embrassa. Il n'avait aucune envie de repartir. Enfin, il se décida à rentrer. Aussitôt le seuil franchi, il remarqua que sa sœur avait l'air bizarre, comme si quelque chose la tracassait, mais il était épuisé et préféra ne pas poser de questions. Sandy se confia au petit déjeuner.

— J'ai une mauvaise nouvelle… Rassure-toi, cela n'a rien à voir avec ma santé. Je me sens horrible de te faire un coup pareil… Figure-toi que ta nièce a enfin quitté la grosse brute qui lui sert de mari. Nancy veut me rejoindre à New York, Jack, et vivre ici avec les enfants. Je n'ai pas eu le courage de lui dire non… Je sais que tu as lâché ton super boulot à Washington pour moi, et voilà que je te mets à la porte. Je crois que je suis la pire sœur du monde !

Jack la regarda, stupéfait.

— Tu me mets à la porte ?

Sandy hocha la tête.

— Elle arrive avec armes et bagages dans trois semaines.

— Génial ! Timing parfait ! s'exclama Jack en passant sa veste. Désolé, je suis en retard pour le boulot. On en reparle ce soir !

— Tu es fâché ? cria Sandy alors qu'il ouvrait la porte pour sortir.

— Pas du tout, je t'aime plus que jamais !

Une fois sur la 44e Rue, il ouvrit avec sa clé et désactiva l'alarme : Isabelle dormait encore. Il monta l'escalier quatre à quatre, ouvrit la porte de la chambre sans un bruit et, après avoir laissé tous ses vêtements choir sur le parquet, se glissa sous la couette pour la prendre dans ses bras.

Isabelle ouvrit un œil ensommeillé.

— Je ne me souviens pas que c'était dans le contrat d'embauche…

— Ça aurait dû ! Je viens de me faire expulser par ma grande sœur. Sa fille divorce et revient vivre avec elle. Elle débarque dans trois semaines. Donc me voilà SDF.

Isabelle sourit et l'attira à elle, de façon à sentir le moindre centimètre carré de sa peau.

— C'est ce qu'on appelle un mal pour un bien, non ? murmura-t-elle.

Pour toute réponse, il plaqua ses lèvres sur les siennes.

ŒUVRES DE DANIELLE STEEL
AUX PRESSES DE LA CITÉ *(Suite)*

Joyeux anniversaire
Hôtel Vendôme
Trahie
Zoya
Des amis proches
Le Pardon
Jusqu'à la fin des temps
Un pur bonheur
Victoire
Coup de foudre
Ambition
Une vie parfaite
Bravoure
Le Fils prodigue
Un parfait inconnu
Musique
Cadeaux inestimables
Agent secret
L'Enfant aux yeux bleus
Collection privée
Magique
La Médaille
Prisonnière
Mise en scène
Plus que parfait
La Duchesse
Jeux dangereux
Quoi qu'il arrive
Coup de grâce
Père et fils
Vie secrète
Héros d'un jour

Imprimé en France par CPI
en avril 2021

Composition et mise en pages
Nord Compo à Villeneuve-d'Ascq

MIXTE
Papier
FSC FSC® C003309

L'éditeur de cet ouvrage s'engage dans une démarche de certification FSC® qui contribue à la préservation des forêts pour les générations futures.

Pour en savoir plus :
www.editis.com/engagement-rse/

N° d'impression : 3043068